Os números do amor

HELEN HOANG

Os números do amor

Tradução
ALEXANDRE BOIDE

paratela

Copyright © 2018 by Helen Hoang

Todos os direitos reservados, incluindo direitos de reprodução parcial ou total, em qualquer formato. Publicado mediante acordo com Penguin Press, selo do Penguin Publishing Group, uma divisão da Penguin Random House LLC.

A Editora Paralela é uma divisão da Editora Schwarcz S.A.

Grafia atualizada segundo o Acordo Ortográfico da Língua Portuguesa de 1990, que entrou em vigor no Brasil em 2009.

TÍTULO ORIGINAL The Kiss Quotient
DESIGN DE CAPA ORIGINAL E ILUSTRAÇÃO Colleen Reinhart
ILUSTRAÇÃO DE FUNDO Marina Sun/ Shutterstock
PREPARAÇÃO Lígia Azevedo
REVISÃO Luciane Helena Gomide, Renata Lopes Del Nero e Thiago Passos

Dados Internacionais de Catalogação na Publicação (CIP)
(Câmara Brasileira do Livro, SP, Brasil)

Hoang, Helen
   Os números do amor / Helen Hoang ; tradução Alexandre
Boide. — 2ª ed. — São Paulo : Paralela, 2022.

   Título original: The Kiss Quotient.
   ISBN 978-85-8439-268-1

   1. Ficção norte-americana I. Título.

22-109416   CDD-813

Índice para catálogo sistemático:
1. Ficção : Literatura norte-americana   813

Cibele Maria Dias — Bibliotecária — CRB-8/9427

2ª edição
2ª reimpressão

Todos os direitos desta edição reservados à
EDITORA SCHWARCZ S.A.
Rua Bandeira Paulista, 702, cj. 32
04532-002 — São Paulo — SP
Telefone: (11) 3707-3500
www.editoraparalela.com.br
atendimentoaoleitor@editoraparalela.com.br
facebook.com/editoraparalela
instagram.com/editoraparalela
twitter.com/editoraparalela

Dedicado à minha família.

*Obrigada, Ngoại, Mẹ,
Chi 2, Chi 3, Chi 4, Anh 5 e 7
por serem meu porto seguro.*

*Obrigada, querido,
por me amar, com meus rótulos, minhas manias,
minhas obsessões e tudo o mais.*

*Obrigada, B-B e I-I,
por deixarem a mamãe escrever.
Vocês são o que tenho de melhor.*

{1}

"Sei que você odeia surpresas, Stella. Para alinhar nossas expectativas a um cronograma aceitável para você, saiba que já estamos prontos para ser avós."

O olhar de Stella Lane saltou da mesa do café da manhã para o rosto de sua mãe, que envelhecia da forma mais graciosa possível. A maquiagem sutil chamava a atenção para os olhos cor de café, prontos para a batalha. Aquela não era uma boa notícia para Stella. Quando sua mãe punha alguma coisa na cabeça, era impossível fazer com que mudasse de ideia.

"Recado dado", Stella respondeu.

O choque deu lugar a questionamentos acelerados, motivados pelo pânico. Netos significavam bebês. E fraldas. Montanhas de fraldas. Uma explosão de fraldas. E bebês choravam, dando gritos agudos como criaturas mitológicas que nem os melhores fones de ouvido eram capazes de abafar. Como conseguiam berrar tanto e por tanto tempo sendo tão pequenos? Além disso, bebês implicavam maridos. Maridos eram precedidos por namorados. Namorados eram precedidos por encontros. Encontros levavam a *sexo*. Ela estremeceu.

"Você tem trinta anos e ainda está solteira, Stella. Estamos preocupados com você. Já experimentou usar o Tinder?"

Stella deu um gole enorme de água e engoliu acidentalmente um cubo de gelo junto. Depois de limpar a garganta, respondeu: "Não. Nunca experimentei".

Só de pensar no Tinder — e no encontro decorrente do uso do aplicativo — já começou a suar. Stella detestava qualquer coisa relacionada a um encontro: a quebra da rotina confortável, as conversas rasas e constrangedoras, e, de novo, o *sexo*...

"Me ofereceram uma promoção no trabalho", ela disse, na esperança de distrair a mãe.

"De novo?", questionou seu pai, baixando o *Wall Street Journal* e revelando seus óculos de aros finos. "Faz uns quatro meses desde a última promoção, não? Isso é incrível."

Stella se acomodou na beirada do assento. "Um novo cliente, um grande varejista da internet que não podemos divulgar, tem um banco de dados incrível. Me deixaram brincar à vontade com os números, então criei um algoritmo para ajudar a sugerir compras. Pelo jeito, está funcionando bem."

"E qual é seu cargo novo?", seu pai quis saber.

"Bom..." O molho e a gema do ovo dos bolinhos beneditinos de siri tinham se misturado, e Stella tentava separar as duas texturas viscosas com o garfo. "Não aceitei a promoção. Era para econometrista sênior, com cinco subordinados e muito mais interação com o cliente. Prefiro trabalhar só com dados."

A mãe recebeu a informação com um gesto de reprovação. "Você está ficando acomodada, Stella. Se não aceitar novos desafios, não vai evoluir no seu traquejo social. Por falar nisso, tem algum colega na empresa com quem aceitaria sair?"

O pai baixou o jornal e cruzou as mãos sobre a barriga saliente. "E aquele rapaz, Philip James? Ele me pareceu um bom sujeito na festa de confraternização da empresa."

As mãos da mãe voaram para a boca. "Ah, por que eu não pensei nele antes? Um moço tão educado. E bonito também."

"Ele é legal, acho." Stella passou os dedos nas gotículas de água condensadas do lado de fora do copo. Se fosse sincera, precisaria assumir que até daria uma chance a Philip. Ele era convencido e desagradável, mas pelo menos era direto, algo que ela apreciava nas pessoas. "Acho que Philip tem vários transtornos de personalidade."

A mãe deu um tapinha na mão de Stella e em seguida a segurou. "Então ele pode ser uma boa opção para você. Talvez entenda melhor a questão do autismo se também tiver suas dificuldades."

Apesar de ditas com convicção, as palavras soaram antinaturais e exageradas aos ouvidos de Stella. Uma rápida olhada para as mesas da área externa arborizada do restaurante a certificou de que ninguém tinha ouvido. Stella ficou observando aquela mão sobre a sua, fazendo um esforço consciente para não a puxar de volta. Contatos físicos não solicitados a incomodavam, e sua mãe sabia disso. Fazia aquilo justamente para que se "acostumasse". Na maior parte das vezes, só a deixava irritadíssima. Philip compreenderia aquilo?

"Vou pensar no assunto", disse Stella, com sinceridade. Sua aversão pela mentira e pelo engodo era ainda maior do que aquela que sentia pelo sexo. E, apesar de tudo, ela queria deixar sua mãe orgulhosa e contente. Não importava o que fizesse, nunca conseguia parecer bem-sucedida aos olhos dela e, em consequência, aos seus próprios olhos. Stella sabia que um namorado ajudaria muito nesse sentido. O problema era que simplesmente não conseguia manter um relacionamento com um homem.

Sua mãe abriu um sorriso. "Ótimo. Quero que apareça acompanhada no meu próximo jantar beneficente, daqui a alguns meses. Adoraria ver James ao seu lado, mas, se não for possível, vou encontrar alguém."

Stella contraiu os lábios. Sua mais recente experiência sexual havia sido após um dos encontros às cegas promovidos pela mãe. Era um cara bonito — ela era obrigada a admitir —, mas com um senso de humor que a deixava confusa. Ele trabalhava com investimentos financeiros, então os dois deveriam ter muito em comum, mas o sujeito não queria conversar sobre o trabalho em si. Preferia falar sobre política corporativa e técnicas de manipulação, o que a deixou tão perdida que o encontro fora um fracasso.

Quando ele perguntou sem rodeios se ela queria transar, Stella foi pega totalmente de surpresa. Concordou só porque detestava dizer não. Então começaram os beijos, que não agradaram. Ela podia sentir o gosto do cordeiro do jantar na boca dele. E não gostava de cordeiro. O cheiro do perfume do cara a deixou enjoada, e ele era bem rapidinho com as mãos. Como sempre acontecia em situações de intimidade física, o corpo de Stella entrou no modo de sobrevivência. Quando ela se deu conta, ele já havia terminado e estava descartando o preservativo na lixeira ao lado da escrivaninha do quarto, o que a incomodou — ele não sabia que o lugar desse tipo de coisa é no banheiro? Em seguida, o cara disse para ela se cuidar e se mandou. Se a mãe soubesse o total desastre que ela era com homens...

E agora queria bebês também.

Stella se levantou e pegou a bolsa. "Preciso ir trabalhar." Apesar de estar adiantada no cronograma, o verbo "precisar" era o mais apropriado no seu caso. O trabalho a encantava, era onde podia canalizar as demandas furiosas de sua mente. E uma espécie de terapia.

"Essa é minha garota", o pai comentou, ficando de pé e limpando a camisa de estampa havaiana antes de abraçá-la. "Logo mais vai ser a dona daquele lugar."

No rápido abraço — ela não se incomodava com o contato físico por iniciativa própria, ou quando tinha tempo de se preparar mentalmente para ele —, Stella sentiu o perfume familiar da loção pós-barba que ele usava. Por que todos os homens não podiam ser como seu pai? Ele a considerava linda e genial, e o cheiro dele não a deixava enjoada.

"Você sabe que o trabalho não é uma obsessão saudável, Edward. Não incentive esse tipo de coisa", a mãe falou antes de voltar a atenção para Stella e soltar um suspiro maternal. "Você deveria sair com gente nova nos fins de semana. Sei que acabaria encontrando o homem certo."

O pai deu um beijo gelado em sua testa e murmurou: "Eu bem que gostaria de estar no trabalho também".

Stella sacudiu a cabeça para o pai enquanto abraçava a mãe. O colar de pérolas que ela sempre usava pressionou o esterno de Stella, que foi invadida pela fragrância do Chanel Nº 5. Suportou o cheiro enjoativo por três segundos antes de se afastar.

"Vejo vocês no fim de semana que vem. Tchau."

Ela acenou para os pais antes de sair do restaurante chique no centro de Palo Alto para a calçada ladeada de árvores e lojas caríssimas. Três quarteirões ensolarados depois, chegou ao prédio baixo que abrigava seu lugar favorito no mundo: seu escritório. A sala do canto com janela no terceiro andar era sua.

A fechadura da porta da frente se abriu quando Stella aproximou a bolsa do sensor, e ela entrou com passos firmes no prédio vazio, apreciando o eco solitário dos saltos altos no piso de mármore ao passar pela mesa vazia da recepção e entrar no elevador.

Uma vez instalada em sua sala, iniciou sua adorada rotina. Primeiro, ligou o computador e digitou a senha de acesso. Enquanto carregava, guardou a bolsa e foi pegar um copo d'água na cozinha. Em seguida tirou os sapatos, calçando os tênis que deixava debaixo da mesa, e se acomodou na cadeira.

Computador, senha, bolsa, água, tênis, cadeira. Sempre a mesma ordem.

O SAS, Sistema de Análise Estatística, carregou automaticamente, e os três monitores sobre a mesa foram inundados por um mar de dados. Comprás, cliques, tempo de acesso, método de pagamento — nada muito complicado, na verdade. Porém dizia mais sobre as pessoas do que elas próprias. Stella alongou os dedos e os posicionou sobre o teclado ergonômico, ansiosa para mergulhar no trabalho.

"Ah, oi. Imaginei que fosse você."

Ela olhou por cima do ombro, e sua visão foi inundada pela presença nada bem-vinda de Philip James parado à porta. Seus cabelos curtos avermelhados enfatizavam o queixo quadrado, e ele usava uma polo bem justa no peito. Parecia um homem seguro, sofisticado e inteligente, do tipo exato que seus pais queriam para ela. E tinha acabado de pegá-la trabalhando sem motivo no fim de semana.

O rosto de Stella ficou vermelho, e ela ajeitou os óculos que escorregavam do nariz. "O que está fazendo aqui?"

"Esqueci um negócio aqui ontem." Ele tirou uma caixinha de uma sacola e mostrou para ela. Stella viu a marca TROJAN se destacar em letras garrafais na embalagem de preservativos. "Bom fim de semana para você. O meu com certeza vai ser."

O café da manhã com os pais voltou à sua mente. Netos, Philip, a perspectiva de mais encontros às cegas, trabalho. Ela umedeceu os lábios e procurou às pressas alguma coisa para dizer — *qualquer coisa*. "Você precisava mesmo comprar uma caixa inteira?"

Assim que as palavras saíram de sua boca, Stella fez uma careta.

Philip abriu o sorriso mais cafajeste possível, mas a irritação que causou foi amenizada por seus dentes brancos impressionantes. "Vou usar pelo menos metade hoje à noite. A nova estagiária me chamou para sair."

Stella ficou impressionada, ainda que não quisesse. A nova garota parecia bem tímida. Quem diria que era tão ousada? "Para jantar?"

"Não só, eu acho", ele respondeu com um brilho nos olhos amendoados.

"Por que esperou que ela te chamasse para sair? Por que não tomou a iniciativa?" Ela achava que os homens gostavam disso. Estaria errada?

Com um gesto impaciente, Philip devolveu a caixa de preservativos à sacola. "Ela acabou de se formar. Eu não queria ser acusado de aliciar menininhas. Além disso, gosto de garotas que sabem o que querem... principalmente na cama." Ele a olhou dos pés à cabeça, como se pudesse ver por baixo de suas roupas, o que a deixou toda tensa e envergonhada. "Me diga uma coisa, Stella... você é virgem?"

Ela se virou para as telas do computador, mas os dados se recusavam a fazer sentido. O cursor na tela de programação piscava. "Não que seja da sua conta, mas não."

Ele entrou na sala, apoiou o quadril na mesa e a encarou com uma expressão cética. Stella ajeitou os óculos no rosto, apesar de não ser necessário. "Então nossa grande econometrista já mandou ver... Quantas vezes? Três?"

Ela nunca assumiria que o palpite dele estava certo. "Para com isso, Philip."

"Aposto que você fica deitada na cama repassando recursões lineares enquanto o cara faz tudo sozinho. Estou certo?"

Stella de fato faria aquilo se pudesse inserir dezenas de gigabytes de dados no cérebro, mas jamais admitiria ter pensado nisso.

"Um conselho de um cara que já deu suas voltinhas por aí: pratique mais. Com a experiência, você começa a gostar mais da coisa, e aí os homens passam a gostar mais de *você*." Ele se afastou da mesa e tomou a direção da porta, sacudindo ostensivamente a sacola. "Aproveite sua semana sem fim."

Assim que ele saiu, Stella levantou da mesa e fechou a porta, usando mais força que o necessário, provocando um estrondo reverberante. Seu coração disparou. Ela limpou as mãos suadas na saia reta justa e tentou controlar a respiração. Quando voltou a se sentar, estava agitada demais para fazer qualquer coisa além de olhar para o cursor que piscava.

Philip estaria certo? Ela não gostava de sexo porque não sabia fazer direito? A prática levava à perfeição? Era um conceito interessante. Talvez o sexo fosse só mais uma interação pessoal que exigisse um esforço extra de sua parte — como conversas casuais, contato visual e regras de etiqueta.

Mas como ganhar prática no sexo? Os homens não se jogavam aos pés dela como, ao que parecia, as mulheres faziam com Philip. Quando ela conseguia dormir com um cara, ele ficava tão decepcionado com a experiência que nunca mais tentava repeti-la.

E Stella estava no Vale do Silício, o reino dos cientistas e dos gênios da tecnologia. Os homens solteiros disponíveis deviam ser tão ruins de cama quanto ela. Com a sorte que tinha, mesmo se fosse para a cama com uma parcela estatisticamente significativa deles, não conseguiria nada além de DSTS.

Não, Stella precisava mesmo era de um profissional.

Suas credenciais teriam sido testadas e comprovadas, e ainda não haveria o risco de contrair doenças. Pelo menos era o que ela achava. Era assim que conduziria sua carreira se estivesse no ramo. Homens comuns eram atraídos por atributos como personalidade, senso de humor e desempenho na cama — coisas em que Stella não sobressaía. Mas profissionais se interessavam por dinheiro — o que Stella tinha em quantidade considerável.

Em vez de trabalhar no novíssimo banco de dados, ela abriu o navegador e fez uma busca no Google por acompanhantes masculinos na região.

{2}

Qual envelope ele abriria primeiro? O do resultado dos exames ou o da conta? Michael era paranoico em relação a proteção, então talvez devesse optar pelo primeiro. Devia ser o melhor a fazer. Por sua experiência, merdas aconteciam sem motivo. Já as contas eram sempre a mesma coisa. Um pé no saco. A única diferença era a força do impacto.

Por algum motivo, ele abriu o envelope da conta, tenso e se preparando para o golpe. Quanto estaria devendo aquele mês? Seus olhos foram direto para a parte inferior da fatura, que discriminava cada compra. O ar se manteve em seus pulmões por um bom tempo antes que conseguisse soltá-lo. Não era tão ruim assim. Numa escala de "incômoda" a "massacrante", a conta ficaria na categoria "dolorida".

O que provavelmente significava que ele estava com clamídia.

Michael deixou a conta sobre o armário de metal atrás da mesa da cozinha e abriu o envelope com o resultado de seu mais recente exame de DSTs. Todos negativos. Ainda bem. Era sexta à noite, o que significava que ele precisava trabalhar.

Estava na hora de entrar no clima para trepar. Não que fosse uma coisa fácil depois de passar tanto tempo pensando em DSTs e boletos aterrorizantes. Por um instante, Michael se permitiu imaginar como seria se as contas parassem de chegar. Enfim estaria livre. Poderia voltar à sua antiga vida e... se afundar na vergonha. Não, ele não queria que as contas parassem de chegar. Aquilo não podia acontecer. Jamais.

Enquanto tirava a roupa no caminho para o banheiro do apartamento barato, Michael tentou reviver o entusiasmo que costumava sentir pelo trabalho. De início, a natureza da função, cercada de tabu, foi motivação suficiente, mas depois de três anos como acompanhante seu ânimo tinha acabado. A necessidade de vingança, porém, continuava lá.

Olha só o que seu único filho faz da vida, pai.

Ele ficaria transtornado se descobrisse que Michael fazia sexo por dinheiro. O que era o bastante. Não em termos sexuais, claro. Para aquilo serviam as fantasias. Michael repassou mentalmente suas favoritas. O que poderia deixá-lo tentado naquela noite? *Uma professora? Uma dona de casa negligenciada? Uma amante secreta?*

Ele abriu o chuveiro e esperou o vapor dominar o ar antes de entrar na água quente. Respirando fundo, conseguiu acalmar seus pensamentos. Como era mesmo o nome da cliente daquela noite? Shanna? Estelle? Não, Stella. Seria capaz de apostar vinte dólares que aquele não era o nome verdadeiro dela, mas tudo bem. A mulher tinha pagado adiantado. Ele tentaria fazer alguma coisa legal para compensar. *Aluno com tesão pela professora*, então.

Ele era um calouro de faculdade. Tinha abandonado todas as disciplinas menos uma, porque a sra. Stella gostava de deixar o apagador cair perto da carteira dele. Imaginando a saia dela subindo quando se abaixava para pegá-lo, Michael segurou o pau e o acariciou com movimentos firmes. Quando a aula terminava, debruçava a professora de costas sobre a mesa, levantava a saia até a cintura e descobria que ela estava sem calcinha. Começava a penetrá-la com estocadas fortes e aceleradas. Se alguém entrasse e os visse...

Com um grunhido, ele afastou a mão antes que fosse longe demais. Estava mais do que pronto para se encontrar com a sra. Stella fora da sala de aula.

Enquanto ele terminava o banho, se secava e saía do banheiro para vestir calça jeans, camiseta e blazer preto, sua mente se manteve voltada para a fantasia que criara. Com uma rápida olhada no espelho ainda embaçado e uma passada de dedos pelos cabelos molhados, teve certeza de que estava apresentável.

Camisinhas, chave, carteira. Por força do hábito, ele releu a seção de pedidos especiais do encontro daquela noite no celular.

Por favor não use perfume.

Sem problemas. Ele nem gostava mesmo. Michael enfiou o celular no bolso e saiu.

Pouco tempo depois, parou o carro no estacionamento do Clement Hotel. Enquanto caminhava pelo saguão impecável e moderníssimo, ajeitou as lapelas do blazer e começou o habitual jogo de tentar adivinhar a aparência da nova cliente.

A idade declarada era trinta anos. Ele suspirou e corrigiu mentalmente para cinquenta. Qualquer número abaixo de quarenta era falso — a não ser que fosse um lance de grupo, coisa que ele não topava. Despedidas de solteira pagavam bem, mas a ideia de interferir num relacionamento que estava apenas começando o deixava deprimido. Talvez fosse ridículo, mas ele preferia viver num mundo em que noivas só transavam com os homens com quem iam casar e vice-versa. Além disso, grupos de mulheres com tesão eram assustadores. Era impossível se defender delas, e suas unhas eram bem afiadas.

"Stella" devia ser uma perua cinquentona que gostava de doces, spa, cachorrinhos e de ser idolatrada na cama — algo que para Michael não era problema nenhum. Ou talvez fosse uma coroa enxuta que gostava de ioga, suco de clorofila e maratonas sexuais, porque trabalhavam melhor seu abdome que qualquer aula de ginástica localizada de academia. Ou podia ser uma asiática durona e mandona que o escolheu porque ele se parecia um bocado com o astro de dramas coreanos Daniel Henney, graças à sua ascendência vietnamita e sueca. Era a opção de que menos gostava, porque aquele tipo de mulher inevitavelmente o fazia lembrar de sua mãe, e ir para a cama com elas exigia uma boa dose de terapia com o saco de pancadas.

Ao entrar no restaurante do hotel, ele procurou entre as mesas mal iluminadas por uma mulher de cabelos e olhos castanhos usando óculos. Como não havia recebido nenhuma notícia ruim pelo correio, estava preparado para o pior ali mesmo. Seu olhar percorreu as mesas ocupadas por homens de negócios até encontrar uma asiática de meia-idade sentada sozinha dando instruções detalhadas à garçonete a respeito de como preparar sua salada. Enquanto ela passava as unhas bem-feitas pelos cabelos clareados artificialmente, Michael já caminhava na direção dela, com um buraco no estômago. Seria uma noite bem longa.

Não, aquele era o ápice de um semestre letivo inteiro de tensão sexual. Ambos queriam aquilo. Ele também.

Antes que chegasse à mesa, um homem mais velho, alto e magro se sentou com a mulher e colocou a mão sobre a dela. Surpreso, mas aliviado, Michael recuou e esquadrinhou o saguão com os olhos outra vez. Não havia ninguém sozinho... só uma garota num canto mais afastado.

Seus cabelos escuros estavam presos num coque, e ela usava óculos sobre o nariz bem desenhado, como uma bibliotecária gostosa. Na verdade, pelo que ele podia ver, parecia até que ela estava vestida de bibliotecária safada. Usava sapatos de ponta fina, saia justa cinza e uma camisa acinturada abotoada até o colarinho. Não era impossível que tivesse trinta anos, mas Michael arriscaria vinte e cinco. Havia algo de jovial e franco nela, apesar do rosto franzido enquanto examinava o cardápio.

Ele olhou ao redor, procurando uma câmera escondida ou um grupo de amigos morrendo de rir atrás de um vaso de plantas. Não encontrou nada.

Ele apoiou as mãos na cadeira diante dela. "Com licença, você é a Stella?"

Os olhos dela se voltaram para ele, e Michael ficou sem reação. Por trás dos óculos de bibliotecária safada havia um par de lindos olhos castanhos e suaves. E os lábios dela eram cheios o bastante para ser tentadores, mas sem estragar a impressão geral de delicadeza.

"Devo ter me confundido", ele disse, com um sorriso que parecia mais um pedido de desculpas do que uma demonstração de vergonha total. De jeito nenhum aquela garota contrataria um acompanhante.

Ela piscou algumas vezes antes de ficar de pé num pulo, sacudindo a mesa. "Não, sou eu. Você é o Michael. Reconheci pela foto." A garota estendeu a mão. "Stella Lane. Prazer."

Ele encarou sua expressão franca e manteve a mão imóvel por uma fração de segundo. Não era assim que costumava ser cumprimentado pelas clientes. Em geral elas só faziam um gesto para que se sentasse, com um sorrisinho malicioso nos lábios e um brilho nos olhos, que afirmava que se consideravam melhores que ele, mas estavam dispostas a ver o que tinha a oferecer. Stella o cumprimentara como se fosse... um igual.

Recuperando-se rapidamente da surpresa, cumprimentou-a segurando sua mão estreita e com dedos finos. "Michael Phan. O prazer é meu."

Stella fez um gesto desajeitado na direção da cadeira. "Por favor, senta."

Michael se sentou e a observou se acomodar perigosamente na beirada do assento, com as costas muito aprumadas. Ele examinou seu rosto, mas, quando ergueu uma sobrancelha, Stella se voltou para o cardápio. Em seguida ajeitou os óculos franzindo o nariz.

"Está com fome? Eu estou." Os dedos dela seguravam o cardápio com tanta força que as juntas estavam até brancas. "O salmão daqui é bom. A carne também. Meu pai prefere o cordeiro..." O olhar de Stella se voltou para ele às pressas. Mesmo com a iluminação fraca, Michael viu que estava vermelha. Ela pigarreou. "Mas talvez seja melhor deixar o cordeiro para lá."

Ele não conseguiu resistir a perguntar: "Por quê?".

"Acho que tem gosto de lã... e se você... quando nós..." Ela olhou para o teto e respirou fundo. "Eu só ia conseguir pensar em carneiros e ovelhas."

"Entendido", Michael disse com um sorriso.

Quando ela olhou para sua boca como se não se lembrasse do que ia dizer, o sorriso dele se alargou. As mulheres o escolhiam porque gostavam de sua aparência. Mas pouquíssimas reagiam assim à sua presença. Era lisonjeiro, além de divertido.

"Tem alguma coisa que você prefere que *eu* não coma ou beba?", ela perguntou.

"Não, sou bem tranquilo." Ele manteve o tom de voz leve, tentando ignorar o aperto no peito. Devia ser azia. Uma pergunta atenciosa não era capaz de deixá-lo assim.

Depois que a garçonete anotou os pedidos e se afastou, Stella bebeu um gole de água e começou a desenhar formas geométricas nas gotículas condensadas do lado de fora do copo com seus dedos delicados. Então percebeu que Michael estava olhando, recolheu a mão e se sentou sobre ela, corando como se tivesse sido surpreendida fazendo algo que não devia.

Havia alguma coisa nela que despertava seu afeto. Se já não tivesse pagado, Michael não acreditaria que ela de fato queria transar. E por que ia querer? Devia ter namorado... ou marido. Contrariando seus próprios princípios — ele se sentia melhor quando não sabia —, Michael olhou para a mão esquerda dela, pousada sobre a mesa. Nada de aliança. Nem uma marca que fosse.

"Tenho uma proposta para você", ela disse de forma repentina, encarando-o com um olhar surpreendentemente direto. "Exigiria comprometimento... pelos próximos meses, imagino. Eu gostaria... preferiria... ter acesso exclusivo a você durante esse tempo. Se tiver disponibilidade."

"O que tem em mente?"

"Me diga primeiro se tem disponibilidade, por favor."

"Eu só trabalho nas noites de sexta." Aquilo não era negociável. Ser acompanhante uma vez por semana já bastava. Se fizesse aquilo mais vezes, acabaria pirando, o que obviamente não poderia acontecer. Muita gente dependia dele.

Além disso, Michael não marcava mais programas com uma mesma cliente. Elas poderiam se apegar, o que seria insuportável. Mesmo assim, estava disposto a ouvir a proposta.

"Você teria os próximos meses livres, então?", ela insistiu.

"Depende do que estiver propondo."

Stella empurrou os óculos sobre o nariz e jogou os ombros para trás. "Sou péssima em... nisso que você faz. Mas quero melhorar. Acho que seria bom ter alguém para me ensinar. E gostaria que fosse você."

A compreensão foi atingindo Michael em ondas surreais. Ela se considerava péssima. Na cama. Queria ter aulas para melhorar. E que ele fosse seu professor.

Como poderia ensinar alguém a transar?

"Acho melhor fazer uma experiência primeiro antes de combinar qualquer coisa mais definitiva", Michael argumentou. Era impossível que ela fosse tão ruim de cama, e o programa estava pago. No mínimo, teriam aquela noite.

Ela franziu a testa e assentiu. "Você tem toda a razão. Precisamos estabelecer um parâmetro."

O sorriso voltou aos lábios dele. "Você é cientista, Stella?"

"Não, não. Economista. Mais precisamente econometrista."

Na opinião de Michael, aquilo a colocava claramente na categoria dos crânios. Ele sentiu um estranho arrepio. Garotas inteligentes sempre tinham sido seu fraco. Não era à toa que sua fantasia favorita envolvia uma professora. "Nem sei o que é isso."

"Uso estatísticas e cálculo algébrico para modelar sistemas econômicos. Sabe quando você compra uma coisa na internet e recebe um e-mail com outras sugestões? Eu ajudo os sites com as recomendações. É um ramo bem fluido e fascinante." Enquanto falava, ela se inclinou na direção dele, com os olhos acesos de empolgação. Seus lábios se curvaram como se estivesse revelando um segredo. Sobre matemática. "O material disponível hoje é completamente diferente do que aprendi na faculdade."

A estranha sensação que percorria a espinha de Michael se intensificou. De alguma forma, ela conseguia ficar mais bonita ao longo da conversa. Tinha olhos castanhos com cílios grossos, lábios bem desenhados, queixo delicado, pescoço fino. Imagens vívidas dele desabotoando a camisa dela surgiram na mente de Michael.

Mas ele não queria apressar as coisas, o que lhe era incomum. Não queria partir logo para o sexo, cair fora do hotel e voltar para casa. Aquela garota era diferente. Tinha um brilho nos olhos. Ele queria fazer tudo com calma para ver se conseguia extrair daquilo outro tipo de satisfação. Ele sentiu o pau duro contra a braguilha da calça jeans, transportando-o de volta para o momento.

Sua pele estava quente e sensível, sua pulsação retumbava de ansiedade. Fazia uma eternidade que não se sentia tão excitado. E não estava fantasiando com outra pessoa. Precisou lembrar a si mesmo que estava ali a trabalho. Seus desejos e suas necessidades pessoais não tinham espaço ali. Era um programa como qualquer outro. Quando acabasse, passaria para o seguinte.

Michael respirou fundo e falou a primeira coisa que passou por sua cabeça. "Você participava de olimpíadas de matemática na época do colégio?"

Ela riu, olhando para o copo d'água. "Não."

"De ciências? Ou talvez competições de xadrez."

"Não e não." Ela abriu um sorriso triste, que o fez se perguntar como deviam ter sido os tempos de escola dela. Ela o encarou de volta. "Me deixa adivinhar: você era o quarterback do time de futebol americano."

"Não. Meu pai achava que esportes eram perda de tempo."

Ela franziu de leve a testa. "Acho difícil acreditar nisso. Você é bem... atlético."

"Ele me incentivava a fazer coisas práticas. Tipo autodefesa." Michael detestava concordar com o pai, mas, considerando o trabalho da família, as técnicas tinham sido bem úteis quando era criança e enchiam seu saco.

O interesse iluminou o rosto dela. "O que você pratica? MMA? Kung fu? Jeet kune do?"

"Fiz um pouco de tudo. Por que estou com a impressão de que você entende do assunto?"

Ela baixou os olhos para o copo d'água outra vez. "Gosto de filmes de artes marciais."

Ele soltou um ruído de desconfiança. "Não vem me dizer que gosta de dramas coreanos..."

Ela inclinou a cabeça e abriu um sorrisinho. "Gosto."

"Eu não me pareço com o Daniel Henney."

"Não, você é mais bonito."

Ele apoiou as mãos na mesa e sentiu o rosto esquentar. Porra, tinha ficado vermelho. Que tipo de acompanhante fica vermelho com um elogio? Suas irmãs tinham vários pôsteres de Henney colados nas paredes do quarto, e estabeleceram uma escala de beleza masculina que ia de um a Henney. Elas concordavam que Michael merecia um oito. Ele não dava a mínima para aquilo, mas por outro lado significava que aquela garota tinha acabado de lhe conceder um onze.

O jantar chegou, salvando-o da obrigação de responder. Stella tinha pedido salmão, e ele a imitou. Não ia se arriscar com o cordeiro. Michael riu sozinho. *Gosto de lã.*

O peixe estava bom, então ele comeu tudo. Todos os pratos ali deviam ser bons. O Clement era um dos hotéis mais exclusivos de Palo Alto, com quartos que chegavam a custar mais de mil dólares por noite. Parecia que econometristas ganhavam uma boa grana.

Enquanto observava Stella comendo, Michael concluiu que tudo nela era minimalista. Não usava maquiagem ou esmalte nas unhas curtas e usava roupas simples, mas com um caimento perfeito. Deviam ser feitas sob medida.

Quando Stella largou o garfo e limpou a boca, o salmão ainda estava pela metade. Se os dois se conhecessem melhor, ele atacaria o que ela deixara. Sua avó sempre o fazia comer até o último grão de arroz.

"Não quer mais?"

"Estou nervosa", ela admitiu.

"Não precisa." Ele era um ótimo acompanhante, e ia cuidar bem dela. Ao contrário do que acontecia na maioria dos programas, estava inclusive ansioso para aquilo.

"Eu sei. Mas não consigo evitar. Vamos acabar logo com isso?"

Ele franziu a testa. Nunca tinha ouvido alguém falar de uma noite na sua companhia daquele jeito. Deixá-la mais animada talvez fosse divertido.

"Tudo bem." Michael largou o guardanapo sobre o prato vazio e ficou de pé. "Vamos para o quarto."

{3}

Depois de destrancar a porta, Stella entrou na suíte de iluminação discreta, colocou a bolsa na poltrona perto da porta e deixou os sapatos de salto alto encostados na parede, quase suspirando quando seus pés descalços tocaram o carpete.

Michael lançou um olhar divertido em sua direção. Ela olhou para os dedos dos pés — tinha tirado os sapatos no piloto automático. Era um de seus rituais. Seria falta de educação fazê-lo quando estava acompanhada? Talvez fosse melhor voltar a calçá-los. Seu estômago se revirou e seu coração disparou.

Ele a poupou da decisão tirando os sapatos de couro preto e colocando-os ao lado dos dela. Depois tirou o blazer e jogou na poltrona, ao lado da bolsa, revelando a camiseta branca e lisa que usava por baixo, bem justa no peito e nos braços, e a calça jeans de cintura baixa. Para Stella, era impossível não olhar.

O corpo dele era todo músculos definidos e membros bem coordenados. Ele era o homem mais impressionante que ela já havia visto.

E os dois iam transar naquela noite.

Apavorada, Stella respirou fundo e foi para o banheiro, onde apoiou as mãos no granito frio da pia e observou seu reflexo no espelho. Seus olhos estavam um pouco arregalados, seus lábios, ressecados e seu rosto parecia pálido. Não era capaz de prosseguir com aquilo. Não devia ter escolhido um acompanhante tão bonito. Onde estava com a cabeça?

Seus lábios se curvaram num sorriso. Sua cabeça não estivera *nem um pouco* no lugar. Depois de analisar os perfis dos acompanhantes durante horas, observando incontáveis rostos e informações que se misturaram em sua mente, bastara uma única olhada em Michael para saber que seria ele. Tudo por causa dos olhos. Castanho-escuros, sob sobrancelhas bem desenhadas, e tão intensos... mas, ainda assim, gentis. A semelhança com o ator coreano mais bonito do mundo também ajudava. Bom, não naquele momento. Havia uma boa chance de Stella acabar vomitando a janta na pia da cozinha.

Pelo espelho, Stella o viu se aproximar e se encostar no batente da porta, num movimento tão sensual que ela sentiu o coração pular, voltando a bater com muita dificuldade. Michael entrou no banheiro e parou atrás dela, com os olhos cravados nos seus através do espelho. Agora que não estava mais de salto, Stella notou que ele era uns vinte centímetros mais alto. Ela não sabia se gostava de se sentir tão pequena.

"Posso soltar seu cabelo?", Michael perguntou.

Ela assentiu com a cabeça. Em questão de segundos, a tensão em seu couro cabeludo se foi, e seus cabelos se libertaram. O elástico preto caiu sobre a bancada da pia, e ele deslizou os dedos por seus cabelos, separando as mechas para que escorressem pelos ombros e pelas costas. Stella sentiu seu corpo vibrar enquanto esperava que o contato íntimo fosse iniciado, provocando um colapso nervoso nela. Quando acontecesse, ele perceberia com quem estava lidando.

Uma mancha preta no braço dele chamou a sua atenção, e ela se virou para examinar mais de perto. Ergueu a mão para tocá-lo, mas interrompeu o gesto. Ela nunca encostava em ninguém sem permissão. "O que é isso?"

Os lábios dele se curvaram num sorriso lento e torto, revelando dentes brancos e perfeitos. "Uma tatuagem."

Ela engoliu em seco de forma involuntária, e uma onda de calor a invadiu. Stella nunca tinha entendido o motivo pelo qual se fazia uma tatuagem. Até aquele momento. A tatuagem de Michael era a coisa mais sexy que ela podia imaginar.

Stella se coçava para levantar um pouco mais a manga da camisa, mas ficou hesitante por um momento, até Michael segurar sua mão e pressioná-la contra o próprio braço. Um choque elétrico percorreu o caminho da ponta dos seus dedos ao coração. Ele parecia perfeito, como se entalhado em pedra, mas sua pele era macia e quente, firme e flexível, *viva*.

"Pode tocar", ele falou. "Onde quiser."

Apesar de ser um convite tentador, Stella se manteve imóvel. Um toque era algo muito pessoal. Ela não conseguia entender como Michael era capaz de fazer aquilo com tanta naturalidade com gente que nem conhecia.

"Tem certeza de que para você tudo bem?", Stella perguntou.

O sorriso torto dele voltou com toda a força. "Gosto de ser tocado."

Ela continuou hesitante, então ele arregaçou a manga e mostrou o desenho na parte superior do braço, desaparecendo camiseta adentro. Devia ser bem grande, porque a forma ainda não tinha nem começado a se revelar. Quanto do corpo cobriria?

Os músculos bem definidos que ela viu a distraíram da tarefa de investigar mais. Stella nunca havia tocado alguém tão firme antes. Queria passar a mão nele inteiro. E seu cheiro... Como ela demorara tanto para reparar?

"Está usando perfume?", Stella perguntou, respirando fundo.

Ele ficou tenso. "Por quê?"

Ela se aproximou o máximo possível sem afundar o rosto no pescoço dele, à procura daquele aroma inebriante. "Seu cheiro é muito, muito bom. O que é?"

Todas as partes do corpo dele pareciam exalar aquilo, mas de uma forma bem sutil. Stella queria descobrir uma concentração um pouco maior em algum ponto.

"Michael?"

Um olhar de divertimento surgiu no rosto dele. "Sou só eu, Stella."

"*Você* tem esse cheiro bom?"

"Parece que sim. Você foi a primeira a comentar."

"Quero esse cheiro todinho em mim." Quando as palavras escaparam de sua boca, Stella temeu ter dito algo errado. Era uma afirmação pessoal demais, um tanto esquisita. Revelaria o quanto era estranha?

Ele se abaixou para levar a boca bem pertinho de seu ouvido e perguntar: "Tem certeza de que você é ruim de cama?".

"O que está querendo dizer com isso?"

"Que até agora está se saindo muito bem."

Seus dedos se flexionaram sobre o braço dele, e Stella teve que se conter para não se agarrar a Michael como uma stripper se agarra a um poste. Ela não gostava de tirar a roupa nem — ao contrário dele — de ser tocada, mas sentiu um desejo tão intenso de contato físico com Michael que até doeu. "Ainda não fizemos nada."

"Você é muito boa na parte falada."

"Já transei antes. Não existe parte falada."

Uma faísca se acendeu nos olhos dele. "Ah, se existe..."

Por favor, que não exista uma parte falada. Se Stella tivesse que fazer algo do tipo, não havia esperança.

"Por enquanto..."

Michael afastou o cabelo dela e beijou de leve sua orelha. Aconteceu tão depressa que ele já havia se afastado quando seu corpo ficou todo tenso. Michael não deu sinal de que repetiria a carícia, então os músculos de Stella puderam relaxar. O lugar onde ele beijara queimava de vergonha.

Sem tocar sua pele, ele passou os dedos por seus cabelos. Com gestos lentos e comedidos, passeava pelos fios no alto da cabeça, no pescoço e nas costas. Os movimentos a acalmaram um pouco.

"Acho que você deveria me beijar", ele falou com uma voz rouca.

O coração de Stella se comprimiu, e sua pele se arrepiou de pânico. Ela beijava muito mal. Suas tentativas desajeitadas com certeza deixariam os dois envergonhados. "Na boca?"

Ele ergueu o canto dos lábios. "Onde quiser. A boca costuma ser um bom lugar para começar."

"Talvez seja melhor eu escovar os dentes antes..."

Ele pressionou o polegar contra seus lábios, silenciando-a, mas com um olhar gentil. Aquele toque também acabou antes que seu cérebro se desse conta. "Vamos tentar de outro jeito. Quer ver minha tatuagem?"

A mente dela sofreu uma reviravolta, passando do medo à empolgação. "Quero."

Com um leve sorriso que era uma mistura de divertimento e orgulho de si mesmo, Michael tirou a camiseta e jogou na bancada da pia.

Stella ficou boquiaberta com a visão. Uma cabeça de dragão, com a boca aberta no meio de um rugido, cobria a metade esquerda de seu peito largo e bem definido. No ombro e no braço ficava uma das garras da criatura. Escamas detalhadas desciam em diagonal pelo abdome e desapareciam dentro da calça.

"É de corpo inteiro", ela comentou.

"Pois é. Aqui..." Ele pegou sua mão e a colocou sobre o coração. "Pode sentir."

"Você não liga?" Michael fez que não com a cabeça. Ela mordeu o lábio e, com toda a cautela, apoiou a mão esquerda espalmada no peito dele.

Foi um toque tímido a princípio, mas, como ele não se incomodou, ela ficou mais ousada. Começou a passar a mão naquele peito firme, desfrutando da sensação de acariciar os músculos definidos e a maciez da pele lisa. Era impossível diferenciar, só pelo tato, onde havia tatuagem e onde não havia. *Fascinante*.

Seus dedos foram descendo pelo abdome dele, e ela começou a contar baixinho. "Cinco. Seis. Sete. Oito." Stella encontrou a cintura da calça jeans e respirou fundo, fazendo os músculos dele se flexionarem.

"Você não podia ter um tanquinho convencional? Precisava ter tanto músculo assim?"

Ele revirou os olhos e sorriu. "Isso é uma reclamação?"

"Não tenho do que reclamar. Nem imaginava que gostava de tatuagens."

"Então você curtiu?"

Ela considerou aquilo bem óbvio, e não respondeu. Era difícil manter a concentração. A visão de um corpo atlético e perfeito com uma tatuagem imensa, a sensação da pele quente e o cheiro delicioso que pairava no ar sobrecarregavam seus sentidos.

"Posso tirar seus óculos? Consegue enxergar sem eles?"

Ela engoliu em seco e assentiu. "Não vou conseguir ver nada de longe, mas tudo bem, porque..."

Ele retirou seus óculos, provocando um leve ruído ao colocá-los na bancada da pia atrás dela. A suíte do hotel e tudo mais ao redor se tornaram um borrão. Só Michael se destacava em seu campo de visão. A sensação da firmeza do corpo dele sob suas palmas a ancorava.

"Vai ser mais fácil me beijar se enlaçar meu pescoço", ele sugeriu.

Seus dedos tremeram ao começar a subir pela extensão deliciosa da barriga e do peito firme dele. "Pronto", ela avisou, depois de fazer o que Michael disse.

"Mais perto."

Stella se aproximou só um pouquinho.

"Mais."

Ela se moveu alguns poucos centímetros, mas se deteve antes que seus corpos se encostassem.

"Stella, *mais perto*."

Ela enfim compreendeu e se aninhou contra ele. Estavam em contato quase total. Apenas a fina camada de roupas os separava. Os nervos dela ficaram à flor da pele. O pânico ameaçou tomar conta, mas ele não a apressou. Continuou imóvel, observando-a com olhos pacientes e generosos. Contrariando as expectativas, Stella relaxou.

"Ainda está firme aqui comigo?", Michael perguntou.

Ficando na ponta dos pés, ela alinhou o corpo dos dois até se encaixar... perfeitamente. Seu coração disparou num ritmo maluco contra o peito, mas ela ainda estava no controle de si mesma — porque, sabiamente, ele havia lhe concedido aquilo. "Estou bem."

Quando Michael a envolveu cuidadosamente nos braços, o calor de seu corpo atravessou a camisa dela e aqueceu sua pele. A pressão do abraço suave reverberou dentro de Stella, acalmando-a e aliviando nós de tensão que nem sabia que existiam. Talvez estivesse um pouco melhor que apenas bem.

Stella pagaria de bom grado o preço dele só para poder abraçá-lo daquele jeito. Era uma coisa divina. Stella enterrou o rosto no pescoço dele e sentiu seu cheiro. Suas mãos deslizaram pela pele descoberta enquanto tentava se aninhar ainda mais. Se Michael a abraçasse mais forte...

Alguma coisa dura cutucou sua barriga, e ela inclinou a cabeça para trás.

"Ignora", ele pediu.

"A gente nem se beijou nem nada. Como é que você..."

Os olhos semicerrados dele procuraram os dela enquanto Michael baixava a mão de seus ombros até a parte inferior das suas costas. O calor da palma penetrava em suas roupas, e todos os pelos de seu corpo se arrepiaram. "É uma coisa mútua, Stella. Você me sente. Eu te sinto."

Aquele conceito era novo para ela. A intimidade quase sempre era uma via de mão única para Stella. Os homens gostavam daquilo — ou pelo menos pareciam gostar. Ela, não.

Mas daquilo Stella estava gostando. Ela se sentia corajosa e destemida.

Seus olhos se voltaram para os lábios dele outra vez, e seu sangue pareceu correr acelerado em virtude da ansiedade. "Você vai me ensinar a beijar bem?"

"Desconfio que você já saiba."

"Não sei, não."

Mesmo com a boca dele a poucos centímetros de distância, Stella não conseguiu tomar a iniciativa do beijo — apesar de querer. Nunca havia beijado um homem por iniciativa própria. Eles simplesmente... avançavam.

"Posso dizer onde quero que me beije?", ela murmurou.

Um sorriso lento surgiu no rosto dele. "Pode."

"A-aqui."

O hálito dele se aproximou do ponto indicado por ela, provocando arrepios em seu pescoço. Ele beijou sua têmpora esquerda. "E agora?" As palavras foram ditas com tanta suavidade contra sua pele que pareceram uma carícia.

"No rosto."

A ponta do nariz dele roçou sua pele quando Michael desceu mais um pouco. Ele a beijou na bochecha. "E agora?", perguntou, sem afastar a boca.

Michael estava bem perto. Ela mal conseguia respirar. "No canto da b-boca."

"Tem certeza? Seria quase um beijo de verdade."

Uma impaciência repentina a invadiu, e ela levou os dedos aos cabelos dele, segurou-o e comprimiu os lábios fechados contra os seus. Ondas de sensações se espalharam pelo seu peito. Depois de hesitar um pouco, ela repetiu o gesto, e ele tomou a iniciativa, mostrando como intensificar os beijos.

Aquilo era beijar. E era o máximo.

Quando a língua dele escorregou por entre seus lábios, Stella ficou imóvel, em choque. Aquilo não era mais o máximo. Tinha uma língua *dentro* da sua boca. Ela teve que se afastar. "Isso é mesmo necessário?"

Michael soltou o ar com força, franzindo a testa, confuso. "Você não gosta de beijo de língua?"

"Parece que sou um tubarão tendo os dentes higienizados por um peixe-piloto." Parecia algo estranho e pessoal demais.

Ele desviou os olhos. Embora mordesse o lábio, dava para ver um sorriso de canto de boca.

"Está rindo de mim?" O rosto dela ficou quente e vermelho de vergonha. Stella baixou a cabeça e tentou dar um passo atrás, mas a bancada do banheiro impediu.

A pressão dos dedos dele em seu queixo a obrigou a encará-lo de novo, o que levava a crer que Michael queria fazer contato visual. Havia regras, que ela teve de aprender. Três segundos contados lentamente na cabeça. Se durasse mais, a outra pessoa ficava sem graça. Stella até tinha desenvolvido uma boa técnica. Naquele momento, porém, não conseguia segui-la. Não queria ver o que ele achava dela. Então fechou os olhos.

"Estava rindo da sua analogia. Você é engraçada."

"Ah." Ela arriscou olhar no rosto dele e encontrou uma expressão sincera. As pessoas lhe diziam aquilo de tempos em tempos, mas ela nunca entendera. Não era engraçada de propósito. Só acontecia por acidente.

"Em vez de pensar em presas de tubarões, pense que estou acariciando sua boca. Se concentra na *sensação*. Quer que eu mostre como é?"

Stella fez que sim com a cabeça. Aquele era o motivo de estar lá, no fim das contas.

Michael se inclinou na direção de sua boca de novo, e ela cerrou os punhos junto ao peito dele para se preparar para o contato. Em vez de enfiar a língua entre seus lábios, ele a beijou como havia feito antes, de boca fechada, por mais tempo. Aquilo ela podia fazer. Uma parte de seu estresse se dissipou, e seus dedos relaxaram.

Um calor úmido percorreu seu lábio inferior. A língua dele. Ela sabia que era, mas os beijos de boca fechada a fizeram esquecer. Mais uma carícia, e a sensação voltou. Mais beijos. Entre um toque e outro dos lábios, ele a acariciava com a língua, fazendo sua pele se arrepiar.

Não demorou para que Michael seduzisse sua boca, acariciando o lábio inferior, o lábio superior e o ponto onde se uniam. Talvez ela pudesse afastar os lábios. Talvez *quisesse* que fosse em frente. Mas ele não fez isso. Os beijos de boca fechada de que ela tanto gostara no começo não eram mais suficientes. Stella tentou capturar a língua dele, atraí-la para dentro de sua boca, mas Michael se esquivou. Apenas roçava seus lábios com carícias enlouquecedoras, avançava por pouquíssimos segundos e se retirava. Ela comprimia os ombros dele, frustrada.

A cada vez, ele oferecia um breve gostinho de sal e calor, então se recolhia. Sem que fosse uma escolha consciente, Stella colou suas bocas e levou sua língua à dele. O gosto de Michael invadiu seus sentidos. Seu estômago congelou e o sangue acelerou em suas veias. Suas pernas ficaram bambas, mas os braços dele a mantiveram firme, impedindo que caísse.

Ele sugou e lambeu seu lábio inferior antes de tomar sua boca inteira de novo. O quarto começou a girar, e Stella percebeu que tinha se esquecido de respirar.

Parando para recuperar o fôlego, ela comentou: "Ai, meu Deus, que gosto bom você tem".

Por um instante, Michael ficou olhando para sua boca como se ela tivesse tomado algo que ele quisesse de volta. Ele piscou algumas vezes e a expressão se desfez, então uma risadinha grave escapou dos lábios avermelhados que Stella tanto queria tocar com a ponta dos dedos. "Você sempre diz exatamente o que está pensando?"

"Ou então não falo nada." Por mais que ela tentasse, era inevitável. Seu cérebro simplesmente não tinha sido programado para interações sociais complexas.

"Gosto de saber o que você está pensando. Principalmente quando te beijo." De forma inesperada, ele se afastou e a pegou pela mão. "Vem. Não quero que machuque as costas na pia."

Foi só então que ela sentiu a rigidez do granito contra seu corpo. Enquanto ele a conduzia para fora do banheiro, Stella olhou para seu reflexo turvo. Não reconheceu a garota de bochechas vermelhas e descabelada que viu. Não conseguia acreditar que tinha beijado um homem e gostado. Seria capaz de lidar com o que viria a seguir também?

{4}

Michael esfregou os lábios para esconder um sorriso quando Stella sentou na beiradinha da cama e cruzou as mãos sobre o colo. Se ele a beijasse, ela iria ao chão. Era o tipo de garota que perdia as forças quando se excitava. Ele adorava aquilo. Cada esforço necessário para derrubar as barreiras dela tinha valido a pena.

Stella parecera bonita antes, mas daquele jeito ficava linda além da conta. Livres do coque, suas mechas compridas emolduravam o rosto. A excitação iluminava seus olhos cor de chocolate, e os lábios estavam inchados por causa dos beijos. Maravilhosa. Michael quase desejou poder encontrá-la de novo depois daquela noite.

Em vez de se sentar ao lado dela, ele se acomodou no meio da cama king-size, se apoiou sobre um dos cotovelos e deu um tapinha no espaço ao seu lado. Depois de uma hesitação momentânea, Stella se deitou junto a ele, despencando no colchão, com os olhos voltados fixamente para cima. Era possível ver as veias pulsando sob seu queixo. Ela estava tensa como se esperasse um eventual ataque.

Michael precisaria se esforçar mais.

"Vou beijar você de novo." Como pressentiu que Stella precisava ser avisada, acrescentou: "De língua".

"Tudo bem."

Ele se inclinou e a beijou, voltando ao início com roçadas leves dos lábios e lambidas provocativas antes de dominar sua boca de novo. Stella não sabia mesmo beijar, mas era divertido senti-la aprendendo. O que não tinha de habilidade compensava com entusiasmo.

Ela o beijava com movimentos destreinados da língua, seguindo sua boca enquanto ele tentava recuar para diminuir ainda mais a iluminação do quarto. Sua experiência dizia que ela se sentiria bem mais confortável com o mínimo de luzes possível.

Michael tentou alcançar o interruptor sem deixar de beijá-la. Stella enfiou os dedos nos seus cabelos. A única coisa que o enlouquecia de verdade — além de sexo oral — era uma mulher mexendo em seus cabelos. As unhas dela arranhavam seu couro cabeludo, exercendo a pressão ideal para fazer uma onda de prazer percorrer sua espinha. Ele se esqueceu das luzes.

Sua mão percorreu o corpo dela, agarrando o peito pequeno. Apesar da camisa e do sutiã, dava para sentir a ponta do mamilo enrijecido. Michael sentiu vontade de beliscar de leve, brincar com ela, mas havia muitas camadas de tecido firme no caminho. Ele a beijou com mais força, e Stella se arqueou na direção de seu corpo. Se não estivesse usando aquela saia justa, teria aberto as pernas. Michael era capaz de apostar que estava toda molhada para ele.

Inclinando-se para trás e respirando fundo, ele avaliou seu efeito. Stella respirava fundo com os lábios entreabertos vermelhos e brilhando. A mensagem em seu olhar era de puro sexo. Estava pronta para mais.

Ele levou o dedo ao colarinho da camisa dela e abriu o primeiro botão.

Foi como acionar uma chave, tão drástica foi a mudança. Em um momento, o corpo dela estava relaxado e entregue. No seguinte, ficou tenso como um elástico esticado até o limite. O rosto dela empalideceu. Sua expressão passou de sensual a assustada. Stella baixou as mãos ao lado do corpo e cerrou os punhos.

"Stella?"

Ela engoliu em seco e começou a desabotoar a camisa. "Desculpa. Pode deixar que eu abro." Com gestos descoordenados, soltou um botão, depois outro.

Michael pôs a mão sobre a dela para interrompê-la. "O que está fazendo?"

"Tirando a roupa."

"Não vou transar com você desse jeito." Aquilo era errado. Ele nunca tinha feito sexo com uma mulher que não estivesse cem por cento a fim, e não ia começar àquela altura.

Stella se virou de costas para ele, com a respiração trêmula. Droga, ela estava chorando. Michael baixou as mãos para tocá-la, então hesitou. Ajudaria ou só pioraria a situação? Porra. Precisava fazer alguma coisa. Ele não podia deixá-la chorando daquele jeito. As lágrimas o incomodavam mais que qualquer outra coisa. Michael se aninhou junto a ela. Quando Stella tentou se desvencilhar do abraço, ele apertou mais forte. Como era possível? Tinha sido só um botão.

"Desculpa. Não queria ter feito isso. O que aconteceu? Por acaso alguém... abusou de você? Foi por isso que se fechou assim?" A ideia de que ela pudesse ter sido violentada encheu sua mente de ódio. A adrenalina subiu, preparando-o para uma explosão de violência.

Stella cobriu os olhos com as palmas das mãos. "Não. Só sou assim. Você pode continuar para podermos estabelecer o parâmetro, por favor?"

"Stella, você está tremendo e chorando." Ele limpou as lágrimas do rosto dela com carinho.

Ela esfregou os olhos e respirou fundo. "Já parei."

"Outros homens transaram com você nesta situação?" Ele se esforçou para manter o tom de voz suave, mas suas palavras saíram duras mesmo assim. A visão de um babaca suando em cima dela toda pálida e assustada fez seus punhos se cerrarem.

"Três."

"Mas que porra..."

Michael foi interrompido quando ela virou para ele com a expressão magoada.

"Não estou bravo com você. É com esses caras. Comigo mesmo." Um vinco se formou entre as sobrancelhas dela, e ele alisou com a ponta do dedo. "Você precisa de alguém que pegue mais leve. Que vá mais devagar."

"Você *está* pegando mais leve comigo. A esta altura os outros já tinham terminado."

"Não quero nem falar deles", Michael resmungou.

Stella desviou os olhos e segurou a camisa fechada. "E agora?"

Michael não tinha ideia. Teria que ser *ultralento*. Olhou ao redor da suíte do hotel em busca de inspiração. A TV enorme pendurada na parede diante da cama chamou sua atenção. "Vamos ver um filme abraçadinhos. Depois podemos pensar no lance do parâmetro."

Ela fez uma careta. "Não gosto muito de abraço."

"Está brincando?" Michael achava que todas as mulheres adoravam aquilo. Ele mesmo adorava. Pelo menos antes de começar a fazer programas. Ficar abraçadinho com uma cliente era no máximo tolerável, mas seus instintos diziam que naquele caso se fazia necessário.

"Mas talvez com você eu goste. Acho que é o seu cheiro. Meio que provoca uma guerra biológica dentro de mim."

"Então está me dizendo que sou seu calcanhar de aquiles?" Ele até que gostou de saber daquilo. Os dois talvez nunca mais se vissem, mas ela ia se lembrar dele. Michael com certeza ia se lembrar dela.

Em vez de sorrir, como ele imaginou que Stella faria, ela ficou observando seu rosto. Encarou seus olhos por uma fração de segundo antes de levantar da cama e ir para o banheiro. Depois de um tempão lá dentro, voltou com os óculos, trazendo nas mãos a camiseta dele, bem dobradinha, e a colocando sobre o criado-mudo. Em seguida pegou o controle remoto, sentou do outro lado da cama e ligou a tv. Sua expressão ao ler o guia de programação, totalmente concentrada, exalava frieza. Com suas roupas de trabalho, ela parecia estar em uma reunião de negócios — a não ser pelos cabelos soltos. "O que você quer ver?"

O distanciamento repentino dela não deveria incomodá-lo, mas incomodou. Ele queria a Stella de antes. "Nada coreano, por favor. Minhas irmãs morrem de rir quando eu choro."

A frieza dela se derreteu. Seus lábios se curvaram em um sorriso e tudo voltou a ser como deveria. "Sério?"

"Quem não choraria? Todo mundo morre nessas histórias. Tem um monte de mal-entendidos. A mocinha grávida é atropelada por um carro."

O sorriso dela se alargou, apesar de ainda parecer quase tímido. "Essa é minha minissérie preferida. Que tal algo com mais ação e menos drama?" A página com a descrição de O *grande mestre*, um dos melhores filmes de artes marciais de todos os tempos, apareceu na tela.

"Não precisa ver isso só por minha causa."

Ela revirou os olhos e apertou o botão para começar o filme.

"Espera", Michael falou, tomando o controle de sua mão para pausar a exibição. "Tem mais uma coisinha."

"Que coisinha?"

"Você precisa tirar a roupa."

* * *

Stella fechou a camisa desabotoada, sentindo como se as paredes estivessem se fechando sobre ela.

"Por quê?", ela perguntou.

"Por que não?"

Porque ela preferia ficar vestida. Precisava da restrição provocada pelo tecido para se sentir segura. Porque não gostava de seu corpo. Porque sempre que tirava a roupa para um homem, ele a usava e jogava fora.

Ela umedeceu os lábios e disse a mais elementar das verdades: "Não estou acostumada a esse tipo de coisa".

Além disso, estava exausta. Era tanta coisa nova acontecendo ao mesmo tempo que se sentia quase em estado de choque. Uma vontade desesperadora de ir para casa a consumia, mas seria covardia. Ela tinha uma missão. Quando decidia alguma coisa, era obstinada como sua mãe.

A reação dele se limitou a um soerguer de sobrancelha, então ela perguntou: "Acha mesmo que isso vai ajudar?".

"Acho." Michael espalhou os travesseiros, afastou as cobertas com os pés e se acomodou. Estava tão lindo encostado daquele jeito que por um momento Stella se sentiu em uma capa de revista. As sombras e a iluminação acentuavam as feições do rosto dele, as extremidades daquele corpo masculino, a tatuagem de dragão. Era difícil acreditar que *ela* havia bagunçado aqueles cabelos, e ainda mais difícil assimilar que o lugar reservado ao lado dele era *seu*.

Jogando os ombros para trás, ela ficou de pé e levou os dedos frios aos botões da camisa. Enquanto abria os que faltavam, seu coração disparou. O silêncio a ensurdeceu como as turbinas de um avião prestes a decolar. Uma fina camada de suor recobriu sua pele. Ela tirou a camisa e estremeceu.

Dava para sentir o peso dos olhos de Michael sobre sua pele recém-exposta, o que fez suas mãos se atrapalharem ao abrir o zíper da saia. Seus dedos estavam tão rígidos que foram necessárias três tentativas. A saia caiu sobre seus tornozelos, deixando-a com um conjunto simples de calcinha e sutiã cor de pele.

Com os olhos voltados para o teto, ela falou: "Talvez eu precise comprar lingeries melhores. As minhas são assim".

Ele limpou a garganta antes de perguntar: "Todas da mesma cor?". "É a cor mais funcional."

Stella fez uma careta quando percebeu como soava tediosa e arriscou uma olhada na direção dele, mas Michael não parecia incomodado com sua escolha de lingerie. Talvez algumas de suas clientes preferissem calcinhas de vovó. Mas para elas havia uma hora e um lugar bem definidos. Não era o que Stella estava usando naquele momento.

"Pode ficar assim se quiser. Estou aqui para você, Stella. Não se esqueça de que a última palavra é sua."

O peso em seu estômago aliviou um pouco. Ela ajeitou os óculos e assentiu com a cabeça. Depois de colocar suas roupas no criado-mudo, junto com a camiseta dobrada dele — que ela havia ficado um bom tempo cheirando escondida no banheiro —, Stella subiu na cama e sentou ao lado de Michael.

Ele a puxou mais para junto de si. "Apoia a cabeça no meu ombro."

Quando Stella obedeceu, ele pôs o filme. Os créditos de abertura apareceram, com uma trilha sonora dramática. Ela não conseguia se concentrar, apesar de ser um filme de Donnie Yen, que em sua opinião era melhor que Jackie Chan, Chow Yun Fat e Jet Li juntos. Estava quase hiperventilando, seus músculos tão tensos que se sentia prestes a ter câimbras por todo o corpo.

Michael passou a mão em seu braço coberto de suor e a encarou com preocupação. "Está com calor? Quer que eu ligue o ar-condicionado?"

Ela sentiu um aperto no peito. "Desculpa. Posso ir tomar um banho."

Stella se inclinou para a frente para levantar, mas ele a impediu, abraçando-a com força e acomodando-a no colo. Os dois estavam em contato quase total — o rosto dela no peito dele, os braços dele em volta dos ombros dela, a lateral do corpo dela contra a frente do dele —, e o suor era uma presença incômoda e indisfarçável. Ele devia estar enojado. Stella fechou os olhos com força, fazendo de tudo para tolerar o abraço. Não sabia quanto mais era capaz de suportar.

"Relaxa", Michael murmurou. "Não me incomodo com suor, e é gostoso abraçar você. Vê o filme. A primeira briga está para começar."

Ele pegou a mão dela, entrelaçou os dedos nos seus e segurou firme.

Enquanto Michael fingia assistir ao filme — por algum motivo,

Stella sentia que monopolizava a atenção dele —, ela olhava para as mãos dos dois, notando o contraste entre a pele morena e bronzeada dele e a sua. Como o restante do corpo de Michael, suas mãos eram obras de arte, com dedos compridos e veias fortes no dorso. Ela franziu a testa quando sentiu calos na palma da mão dele.

Stella abriu a outra mão dele. Um calo enorme cobria a base da palma e outros três, menores, marcavam o espaço entre os dedos médio, anelar e mindinho. Ela traçou os pontos de pele endurecida com a unha.

"O que é isso aqui?" Stella não conseguia entender como a função de acompanhante provocaria calos desse tipo.

"Calos de segurar espada."

"Está brincando?"

Ele abriu um sorriso torto. "Kendô. Mas lutas de espada de verdade não são nada parecidas com as dos filmes. Nem adianta se empolgar."

"V-você é bom nisso?"

"Não sou ruim. É só um passatempo."

Ela não imaginava que alguém com um rosto tão bonito fosse bom de briga, mas era obrigada a admitir que a ideia era animadora. "Sabe abrir espacate?"

"É meu talento secreto."

"Pensei que ser espadachim fosse seu talento secreto."

"Tenho vários", Michael falou, passando a ponta do dedo no nariz dela, depois beliscando sua bochecha de leve.

"E quais são?

Michael se limitou a sorrir e voltar os olhos para a tv. "Olha. Está chegando a parte em que ele mete porrada em todo mundo."

A pergunta continuou na ponta de sua língua, mas ela sabia que seria falta de educação insistir. Michael havia se esquivado do questionamento de forma proposital. Stella se deu conta de que não sabia quase nada sobre ele. Pouco antes, Michael dissera que só trabalhava nas noites de sexta. O que deixava um bom tempo para dedicar à sua outra vida. O que ele fazia além de ser acompanhante? Sem contar o kendô? Poderia passar o tempo todo malhando e treinando, sete dias por semana?

Talvez sim. Um corpo daquele exigia muito esforço. Michael podia ser um daqueles caras que acordavam cedinho, engoliam cinco ovos crus e corriam quilômetros. Definitivamente o esforço estava compensando — a não ser que acabasse tendo salmonela.

Imagens dele praticando golpes surgiram em sua mente, e Stella até esqueceu de que estava quase nua. Sua respiração se acalmou e seu corpo relaxou. A pressão dos braços dele continuou firme, mas confortável, e os acontecimentos extraordinários do dia voltaram à sua mente. O cheiro dele, o ritmo constante das batidas de seu coração e o volume baixinho de *O grande mestre* embalaram seu sono.

{5}

Os olhos de Stella se abriram, e ela olhou ao redor do quarto do hotel. Depois de tatear um pouco a superfície do criado-mudo, encontrou os óculos. O relógio digital marcava nove e vinte e quatro. Seu coração disparou.

Ela dormira até mais tarde. Aquilo *nunca* acontecia.

Quando se sentou na cama, as cobertas caíram sobre sua cintura e o ar frio tocou sua pele exposta. Estava só de lingerie. Sirenes de alerta dispararam em sua mente, avisando que sua rotina noturna tinha sido ignorada. Ela não havia passado fio dental, escovado os dentes, tomado banho ou colocado o pijama. Ficara com o corpo sujo sobre os lençóis outrora limpos. Ainda bem que não precisaria dormir naquela cama mais uma noite.

Michael saiu do banheiro de banho tomado, com uma toalha enrolada na cintura. Sua tatuagem parecia especialmente sexy à luz do dia. Ele sorriu, com a escova de dente ainda na boca. "Bom dia."

Stella levou a mão à boca. Seu hálito devia estar *um horror*.

Ele atravessou o quarto com passos tranquilos e remexeu na mochila que só podia ter ido buscar no carro, porque não estava lá na noite anterior. Enquanto Michael pegava roupas limpas, Stella observou os movimentos fluidos e sincronizados dos músculos das suas costas, admirando as elevações idênticas dos dois lados da base da coluna. Queria tocar aqueles contornos. Depois tirar a toalha e...

"Acaba na minha coxa direita", ele falou, olhando por cima do ombro.

Acaba? O que acaba?

Piscando várias vezes para aclarar os pensamentos, ela percebeu que a tatuagem contornava os quadris, desaparecia sob a toalha e se estendia até a parte posterior do joelho. O dragão se desenrolava pelo tronco e pelas pernas dele. Stella se imaginou fazendo a mesma coisa ao longo da duração do acordo — algo que ainda precisava ser discutido.

Ela abriu a boca para falar, mas sua boca estava tão seca que ficou desconcertada. Só quando levantou lembrou que estava quase pelada, então pegou a primeira peça de roupa que viu — a camiseta dele da noite anterior — e correu para o banheiro enquanto a vestia.

Uma vez lá dentro, passou fio dental duas vezes. Ao ver que nada de nojento se desprendeu, soltou um suspiro de alívio e começou a escovação com gestos mais tranquilos.

Michael entrou no banheiro, e ela deu um passo para o lado para permitir que cuspisse na pia, envergonhadíssima por estar com a boca cheia de espuma. Por que aquilo não parecia tão sensual nela quanto nele? Depois de enxaguar a boca e secá-la, Michael se inclinou em sua direção e beijou sua bochecha. Cheirava a sabonete de hotel, pasta de dente sabor hortelã e... Michael. Aquele cheiro fugidio continuava atrelado a ele. Devia emanar de seus poros. Sorte dele. Ou *dela*.

Stella manteve os olhos voltados para as bolhas de espuma na pia enquanto escovava os dentes até ele sair do banheiro. Então fez uma pausa e ouviu o farfalhar de tecido. Michael estava se vestindo. O que significava que tinha tirado a toalha. Sem pensar duas vezes, ela correu até a porta para espiar.

Ela murchou de decepção quando viu que a calça jeans já cobria a cueca. Ele vestiu uma camiseta preta justa e sentou para calçar as meias escuras. Em breve iria embora.

Stella correu para terminar de escovar os dentes e o pegou amarrando o último cadarço.

"Precisamos conversar", ela avisou.

A expressão no rosto dele quando se ajeitou na poltrona fez o estômago dela se revirar. Michael ia pular fora. A noite anterior fora um fiasco, com seu ataque de pânico e seu suor nervoso, e ele não queria mais saber daquela história. Stella comprimiu os lábios, que ameaçavam tremer. Tinha sido ruim, mas com algumas partes boas. Ou não?

Ela achava que havia uma chance.

"Tenho um compromisso às dez que não posso perder." Ele ficou de pé, passou a alça da mochila no ombro e caminhou até ela com passos descontraídos. Quando a encarou, foi com olhos muito gentis.

Ou era pena? Stella detestava pena.

"Preciso que você me diga se vamos continuar com as aulas ou não."

Ele sacudiu negativamente a cabeça com um sorriso triste. "Infelizmente, não. Desculpa."

Stella sentiu seu coração sucumbir, mas não se arrependia da noite anterior. Ele conseguira fazê-la beijar — beijar *de verdade*, não só suportar outra língua abominável em sua boca. "Vou te dar cinco estrelas."

"Não mereço. Não entreguei o prometido. A agência não faz reembolso, mas vou devolver minha parte. Me passa o número da sua conta..."

"Não, nada de reembolso", ela respondeu com firmeza. "Obrigada, mas com certeza você teve mais trabalho comigo do que com a maioria das clientes."

"Na verdade, não."

Ela entrelaçou os dedos e olhou para o chão. Não *queria* pedir aquilo, mas precisava. "Sei que você precisa ir, mas antes poderia... me recomendar... um colega que acha que poderia me ajudar?"

"Ainda quer ir em frente com essa maluquice das aulas?"

"Não é maluquice. E, sim, pretendo ir em frente." Ela se esforçou para encarar as feições esculpidas dele, respirando fundo. "Se pensar um pouco, talvez se lembre de alguém que seja... paciente como você, e n-não ligue para o suor ou..."

Ele esboçou um passo em sua direção, mexendo a boca sem emitir som antes de dizer: "Garotas como você não precisam de acompanhantes, porque têm namorado. Você precisa esquecer essa ideia".

Uma raiva pulsante fervilhou em seu corpo, deixando-a imobilizada. Ele não sabia nada a respeito de garotas como ela. "Isso não é verdade. Garotas como eu intimidam e afugentam namorados. Garotas como eu nunca são chamadas para sair. Garotas como eu precisam encontrar sua própria solução, *inventar* seu próprio destino. Precisei lutar para conseguir tudo na vida, e vou lutar por isso também. Vou ser boa de cama, e finalmente atrair a pessoa certa para mim."

"Stella, não é assim que as coisas funcionam. Você não precisa dessas aulas."

"Discordo. Por favor, pense a respeito. Confio no seu julgamento." Ela foi até a bolsa, pegou um cartão de visitas e anotou o número do celular no verso. "Eu agradeceria muito. Por favor", disse, colocando-o na mão dele.

Michael enfiou o cartão no bolso de trás da calça com um movimento rápido. "O que vai fazer se eu não indicar ninguém?"

Ela encolheu os ombros. "Meu processo de seleção se mostrou muito bom da primeira vez. Posso analisar as listas de acompanhantes de novo."

"Você sabe quantos malucos existem por aí? Não é *seguro*." Ele ergueu a mão como se quisesse tocá-la, mas cerrou o punho e recolheu o braço.

"Está me dizendo que a garantia da agência não vale nada?"

Ele soltou um grunhido de frustração e passou os dedos nos cabelos molhados, deixando-os de pé. "Tem um processo de seleção com avaliação psicológica e verificação de antecedentes, mas as pessoas sabem como se aproveitar das brechas no sistema. Não quero que aconteça nada de ruim com você."

Stella levantou o queixo. "Não seja bobo. Tenho um taser."

"Tem o *quê*?"

Ela sacou a arma de eletrochoque cor-de-rosa da bolsa e entregou a ele.

"Minha nossa, e você sabe usar essa coisa?" Michael arregalou tanto os olhos que ela teria dado risada se a situação fosse outra.

"Você dá um passo para trás, aponta e aperta o botão. É bem simples."

"E teria usado em *mim*?"

"Não usei."

Ele girou a arma e ficou observando fascinado, mas ela a tomou de sua mão. "Nunca aponte para si mesmo." Depois de jogar o taser de volta na bolsa, Stella cruzou os braços. "Como você pode ver, está tudo sob controle, mas agradeço a preocupação."

A ideia de rever todos os anúncios de acompanhantes a fez ranger os dentes de raiva. Não tinha interesse em nenhum daqueles outros homens. Quando se decidia por algo, não havia *volta*. Só queria Michael, mas havia estragado tudo. Como conseguir melhorar se seu problema continuava a afastar as pessoas que poderiam ajudá-la?

Sua amargura devia ter ficado evidente, porque a expressão no rosto dele se amenizou. "Stella, só saio uma vez com cada cliente. Esse é o problema."

"Por quê?", ela questionou, com um suspiro de frustração.

"Porque uma cliente acabou se apegando e as coisas saíram do controle. Essa política evita uma série de aborrecimentos para todo mundo."

"Então você sabia logo de cara que não ia aceitar?" A raiva ameaçava transbordar e inundar suas entranhas. Ela o considerara uma potencial solução para seu problema, mas desde o início ele sabia que seria só uma noite e nada mais.

Michael só assentiu.

"Por que ficou ontem à noite, então? Deixei bem claro o que queria desde o início. Todos aqueles b-beijos e carícias, tirar a roupa, foi tudo *à toa*." O nó em sua garganta ficou tão apertado perto do fim da frase que mal conseguiu terminar.

Ela levou as mãos quentes à testa, tentando lidar com aquele sentimento de traição. A tristeza e a vergonha eram tão inesperadas que tinha dificuldade em respirar. Por que fazer aquilo tudo com ela? Fora só um joguinho? Ele considerava aquilo divertido?

Stella nunca conseguia entender as pessoas.

"Sinceramente, não acreditei na sua proposta", ele respondeu. "No máximo, achei que estivesse com um problema de autoconfiança que seria resolvido depois de uma noite juntos. Além disso, você pagou adiantado. Queria dar alguma coisa em troca."

"Você queria me proporcionar um pouco de diversão."

"Bom... sim. É pra isso que as pessoas me contratam."

"Mas não foi pra isso que *eu* contratei você." Ela esfregou o nariz e ajeitou os óculos, sentindo-se vazia e exaurida. "Enfim, não importa. É melhor você ir, ou vai perder a hora."

Ela notou que seus pés a levaram até a porta e que sua mão segurou a maçaneta para abri-la, como se estivesse fora do próprio corpo.

Ele respirou fundo e pareceu que ia dizer alguma coisa, mas acabou fechando a boca antes disso. Passou por ela e parou do outro lado da porta para observá-la. "Não queria ir embora com as coisas assim. Fica bem, tá?"

Ela desviou o olhar e assentiu com a cabeça.

"Tchau, Stella."

Ele saiu, e ela fechou a porta com um clique.

Era melhor tomar um banho. Ela havia dormido toda suada. Quando foi tirar a roupa, lembrou que estava usando a camiseta dele. Baixou o rosto e inalou seu cheiro. Então se deu conta de que aquele aroma estava em toda parte, inclusive em seus braços e cabelos.

O que faria?

Estava morrendo de vontade de tomar um banho, mas, se o fizesse, aquele cheiro precioso ia se perder. E ela nunca mais poderia senti-lo. Seria seu fim.

Stella sentou no chão e aproximou os joelhos do peito para aliviar a solidão. Queria tanto ser abraçada que um mal-estar invadiu seus músculos e seus ossos. Como sempre, seus próprios braços não ofereceram muito consolo. Ela aguardaria mais cinco minutos e começaria a se arrumar para o trabalho. Ainda era sábado de manhã, mas seu fim de semana já tinha ido longe demais. Se não arrumasse uma forma de ocupar a mente, entraria numa espiral de escuridão e desespero — processo que já havia começado.

Três rápidas batidas na porta foram ouvidas em seguida, e ela se levantou num gesto mecânico. Provavelmente era a arrumadeira, querendo confirmar se o quarto estava desocupado.

Ela abriu a porta e deu de cara com o olhar intenso de Michael. Seu peito ofegava como se ele tivesse corrido do estacionamento até seu quarto.

"Três sessões. É o máximo que posso fazer", ele avisou.

Ela demorou um instante para entender do que se tratava, então seu coração disparou, deixando seus dedos dormentes. Ele ia ajudá-la. Três aulas seriam suficientes para dominar o sexo? Havia tanto a aprender, tantas coisas em que ela era ruim... Mas que outra chance teria? Talvez se os dois planejassem tudo com bastante cuidado...

Com o corpo congelado pelo choque, ela só conseguiu dizer: "Tá".

Michael a observou, com o maxilar cerrado. "Se a gente fizer isso, você precisa me prometer que não vai pirar quando tudo terminar."

"Claro", ela falou em meio à pulsação que ressoava em seus ouvidos.

"É sério. Nada de me seguir, ligar, dar presentes. Não quero saber disso." Ele apertou com força a alça da mochila enquanto esperava a resposta, com uma expressão bem séria.

"Tá."

Ele tirou a mochila do ombro e a deixou cair no chão antes de se aproximar dela e só parar depois de deixá-la prensada contra a porta aberta. Em seguida pôs a mão espalmada sobre a superfície de madeira perto de seu rosto e se inclinou em sua direção, baixando o olhar para seus lábios. "Vou beijar você agora."

"Tá." Michael devia ter deixado o cérebro dela em pane, porque aquela parecia ser a única palavra que ela ainda era capaz de dizer.

Os lábios dele tocaram os dela, e o prazer invadiu seu coração, se espalhando pelos braços e descendo pelas pernas. Inclinando a cabeça, ele intensificou o beijo. Uma vez. Duas vezes. De novo. E mais uma. Até que Stella suspirasse e se jogasse sobre ele, enfiando os dedos entre seus cabelos. Michael dominou sua boca de uma forma que lhe era ao mesmo tempo nova e familiar. Stella retribuiu com tudo o que tinha, tentando comunicar o que não conseguia articular verbalmente.

"Nossa", ele sussurrou com os lábios junto aos seus, os olhos atordoados e semicerrados. "Você aprendeu rápido."

Antes que ela pudesse responder, ele tomou sua boca de novo. Ela esqueceu o horário, o trabalho e até o ataque de ansiedade. O corpo volumoso dele se esfregou no seu, e Stella se arqueou em sua direção, apreciando a proximidade.

Seu celular tocou. Pela música, era a mãe.

Michael se afastou de forma abrupta, vermelho e ofegante. Ele sugou o lábio inferior e olhou bem no fundo dos olhos dela, como se estivesse prestes a beijá-la de novo.

"Preciso atender." Stella entrou no quarto, sentou na beirada da cama e apertou o botão para aceitar a chamada com o dedo trêmulo. "Alô?"

"Stella, seu pai... ah, espera um pouco." A voz grave dele soou do outro lado da linha, e ela afastou o aparelho da orelha o máximo possível enquanto os dois falavam sobre golfe e os planos para o almoço.

Michael se aproximou com passos fluidos e leves. "Preciso ir, mas nos vemos sexta que vem."

"Sexta que vem", ela confirmou com um aceno.

Em vez de ir embora imediatamente, como Stella esperava que fizesse, Michael se inclinou para a frente e deu um beijo de leve em sua boca. "Tchau."

Ela observou atordoada sua partida. Eles iam se ver de novo. Dali a uma semana.

"Quem era *esse*?" Apesar de estar com o celular a uma boa distância da orelha, Stella notou o tom de surpresa na voz de sua mãe.

"Era o... Michael." Um nervosismo ofegante a invadiu. Poderia ser interessante se sua mãe descobrisse que estivera com um homem.

Um breve silêncio se estabeleceu, seguido de: "Stella, querida, você passou a noite com alguém?".

"Não é o que você está pensando. Não fizemos nada. Foram só uns beijos." Os melhores da vida dela.

"Ora, e por que não?"

Stella moveu a boca, mas as palavras não saíram.

"Você é uma mulher adulta, pode fazer boas escolhas. Agora me conta mais sobre esse Michael."

{6}

Destruir. Derrotar. Despistar.

Michael examinou a silhueta vestida de negro de seu parceiro de treino em busca de fraquezas que pudesse explorar. Aquele instante, no calor do enfrentamento, era o único em que liberava os instintos mais básicos e egoístas que passava os dias combatendo. E era bom pra caralho.

Por mais que se esforçasse para negar, no fundo, era igual a seu pai. Tinha herdado sua maldade.

Ele avançou e partiu para um golpe na cabeça. Quando a espada de seu parceiro de treino subiu para bloquear o golpe, Michael buscou um impulso extra para arquear a arma para baixo. A ponta da espada acertou a lateral do corpo do oponente.

Contato claro. Fim do confronto.

Eles se cumprimentaram com uma reverência e largaram as espadas no chão azul acolchoado antes de se ajoelhar. Michael detestava aquela parte do treino, não porque significava que tinha chegado ao fim, mas porque era hora de tirar a armadura e voltar à vida normal.

Naquilo residia a beleza do equipamento. Era capaz de transformar uma pessoa em alguém completamente diferente. De camiseta ele era uma coisa. Com uma armadura preta e o rosto escondido atrás de uma grade de metal ameaçadora, outra. Em seu conjunto, os apetrechos pesavam uns quinze quilos, mas ele sempre se sentia mais leve quando os usava.

Ao remover as camadas de proteção, o ar frio tocou sua pele e a realidade retornou com tudo. Pensamentos pesados se empilhavam como tijolos, transportando-o ao seu estado habitual, de alguém que carrega um fardo. Responsabilidades e obrigações. Contas. Famílias. Um emprego diurno. Outro noturno.

Depois que a aula foi oficialmente encerrada, Michael guardou seu equipamento na prateleira da parede dos fundos. O vestiário era dos mais apertados, com um monte de caras aglomerados, então ele foi se trocar no corredor. Não mostraria nada que metade das mulheres da Califórnia já não tivesse visto.

Duas estudantes deram risadinhas e entraram correndo no vestiário feminino. Ele revirou os olhos enquanto vestia a calça jeans por cima da cueca. Michael Larsen: prestando serviços a metade das mulheres da Califórnia e agora a mais duas garotas.

"Isso deve nos render meia dúzia de alunas novas na semana que vem", disse Quan, seu primo e parceiro de treino.

"Vou deixar para você a tarefa de ensinar os movimentos de ataque para elas", Michael falou enquanto pegava uma camiseta amarrotada do avesso na mochila e a desvirava.

"Elas vão se decepcionar."

"Sei..." Ele vestiu a camiseta, tentando em vão ignorar o reflexo contrastante dos dois no espelho da parede.

Um monte de garotas preferia Quan. Com sua cabeça raspada e tatuagens cobrindo os braços e o pescoço, parecia um traficante asiático barra-pesada. Olhando para ele, ninguém adivinharia que trabalhava no restaurante da família para pagar a faculdade de administração. Michael, por outro lado, era a imagem do bom moço.

O que não era nenhum problema — afinal, pagava suas contas —, mas com o tempo a reação das pessoas tinha se tornado maçante. Bom, a não ser pela reação de certa economista. A atração que Stella sentia por ele era óbvia, mas ela não o olhava como um pedaço de carne com uma etiqueta de preço. Stella o encarava como se não existisse mais ninguém. Era impossível esquecer a maneira como o beijara depois que ele conquistara sua confiança, a maneira como se derretera toda e...

Quando Michael se deu conta do rumo que seus pensamentos tomavam, forçou-se a cair na real. Ela era uma cliente, e tinha lá seus problemas. Não era certo pensar em trabalho naqueles termos.

"Se aparecerem alunas novas, pode deixar que me encarrego de ensinar tudinho. Não ligo", ofereceu Khai, irmão mais novo de Quan. Ele ainda estava de uniforme, praticando ataques em projeção diante do espelho num ritmo acelerado e constante, como uma máquina.

Quan revirou os olhos. "Ele nunca liga. Nem quando se jogam em cima dele. Você precisava ver a última. Chamou o cara para jantar e ele respondeu: 'Não, obrigado, já comi'. 'Uma sobremesa então?' 'Não como açúcar depois da aula.' 'Um café?' 'Me tira o sono, preciso trabalhar amanhã cedo.'"

Michael não conseguiu segurar o riso. Khai lembrava um pouco Stella.

Quan jogou suas armas com força numa caixa e falou: "Bom treino. Está tendo um dia ruim?".

Michael deu de ombros. "Nada fora do comum." Ele deveria se sentir grato. E se *sentia*. Tudo ficaria bem se deixasse de querer de volta tudo o que havia ficado para trás. Não se arrependia de ter perdido sua antiga vida; faria aquilo de novo, caso fosse necessário, mas o desejo não ia embora. Na verdade, estava piorando. Porque ele era um maldito egoísta. Como o pai.

"Como está sua mãe?"

Ele passou a mão pelos cabelos. "Bem, acho. Disse que está gostando dos remédios novos."

"Que bom, cara." Quan apertou seu ombro. "Você deveria comemorar. Vamos na sexta. Tem um lugar novo em San Francisco chamado 212 Fahrenheit."

Parecia uma boa ideia, e uma onda de empolgação o percorreu. Fazia um tempão que não saía sem uma cliente.

A lembrança o fez soltar o ar com força. "Não posso. Tenho um compromisso."

"O quê?" Os olhos de Quan acusavam sua curiosidade. "Ou melhor, com quem? Você nunca está livre nas sextas. Por acaso tem uma namorada secreta que está com medo de apresentar?"

Ele riu por dentro da ideia de levar uma cliente para conhecer sua família. Jamais aconteceria. "Não. E você?"

Quan deu risada. "Você conhece minha mãe. Espantaria qualquer garota."

Com um sorriso, Michael apanhou a mochila e se encaminhou para a porta da frente da academia, passando por Khai, que continuava praticando seus movimentos, sem diminuir o ritmo. "Veja pelo lado bom. Se alguma garota conhecer sua mãe e não fugir, você vai saber que encontrou alguém para a vida inteira."

Quan, que vinha atrás dele, respondeu: "Não, isso só vai significar que tenho duas mulheres osso duro de roer na minha vida, em vez de uma".

Eles se despediram de Khai com um aceno. Como de costume, ele estava concentrado demais para responder.

No estacionamento, Quan montou em sua Ducati preta, vestiu a jaqueta de motoqueiro e segurou o capacete antes de dar uma boa encarada em Michael. "Não ligo se seu lance for homem, tá? Tipo, eu não teria problema nenhum com isso. Só para você saber. Não precisa esconder nada de mim."

Michael tossiu e ajeitou a alça da mochila no ombro. Uma onda de calor desconfortável subia por seu pescoço e se instalava nas orelhas. "Valeu."

Era o que acontecia com quem guardava segredos. As pessoas tiravam suas próprias conclusões. Não tinha nenhuma dúvida de que sua família aceitaria aquilo mais facilmente do que a verdade. Ninguém sabia sobre seu trabalho de acompanhante, nem sobre as contas que precisavam ser pagas. E Michael pretendia manter as coisas daquele jeito.

Ele respirou fundo. O ar cheirava a fumaça de escapamento e asfalto. Michael se sentia ao mesmo tempo tocado pela demonstração de tolerância de Quan e simplesmente cansado. "Obrigado, mas não é o caso. Só ando... saindo com... um monte de gente. Mas ninguém que eu possa levar para casa." De jeito nenhum. "Ninguém especial."

Ele quis retirar o que disse no mesmo instante. Não achava certo incluir Stella naquela categoria.

"Então me faz o favor de falar isso pra sua mãe e suas irmãs. Elas vivem fofocando a respeito com a *minha* mãe e a *minha* irmã, que me enchem de perguntas. Sendo bem sincero, é meio vergonhoso dizer que não sei onde é que você está." Quan chutou uma pedrinha no chão com uma expressão pensativa. Michael imaginou que estava relembrando os tempos em que sabiam tudo um do outro. As mães deles eram muito unidas — moravam a duas quadras de distância e tiveram filhos no mesmo ano. Como resultado, Michael e Quan eram como irmãos. Ou costumavam ser.

Michael esfregou a nuca. "Sei que tenho sido um primo de merda. Desculpa por isso."

"Você teve que encarar uma porrada de coisas." Quan abriu um sorriso compreensivo. "Primeiro com o babaca do seu pai e todos os processos, depois a saúde da sua mãe. Mas agora está tudo melhorando, não? A gente precisa voltar a se aproximar. As noites de sexta são boas para mim porque não preciso trabalhar nem ir pra aula no sábado. Essa sua 'ninguém especial' pode fazer companhia à minha. Se estiver a fim, é só falar." Quan ligou a moto, colocou o capacete e saiu.

Depois que seu primo virou a esquina, Michael abriu a porta do carro e jogou a mochila no assento do passageiro. As coisas estavam, *sim*, melhorando, mas ele não poderia sair com Quan tão cedo, pelo menos não enquanto transava com uma mulher diferente a cada sexta. Bom, não seria o caso nas próximas três semanas. Elas seriam dedicadas às aulas de sexo de Stella. Ele jamais pensou em fazer o papel oposto na fantasia do aluno e da professora, mas era obrigado a admitir que aquilo o excitava mais do que esperava.

Sabia que estava brincando com fogo, mas mal podia esperar pela chegada da sexta-feira.

{ 7 }

Quando a sexta-feira chegou, Stella estava em polvorosa. Não conseguia parar de batucar os dedos na mesa do restaurante enquanto esperava Michael. Havia providenciado o encontro pelo aplicativo da agência, com a mesma praticidade com que compraria uma passagem de avião, mas sem o programa de fidelidade. Ela recebera o e-mail de confirmação, sua única garantia de que o encontro ainda estava de pé. Era impossível não temer que Michael tivesse mudado de ideia.

Stella gostaria de ter o número do celular dele, mas Michael não devia passá-lo às clientes. Era pessoal demais. Principalmente considerando que uma delas tinha ficado obcecada por ele.

Aquela era uma das maiores fraquezas de Stella, e uma das características definidoras de sua condição. Não sabia se interessar um pouco pelo que quer que fosse. Ou era indiferente ou... obcecada. E suas manias não eram passageiras. Elas a consumiam, se tornavam parte dela. Stella as nutria, as incorporava à sua vida. Como fazia com o trabalho.

Ela precisava tomar cuidado na aproximação com Michael. Tudo nele a agradava. Não só o visual, mas a paciência e a gentileza também. Ele era *bonzinho*.

Era uma mania esperando para começar.

Sua esperança era conseguir manter a cabeça fria pelas semanas que viriam. Talvez fosse melhor mesmo que tivessem apenas três sessões. Quando terminassem, Stella poderia se concentrar em alguém que pudesse ser seu de fato. Como Philip James.

Ela notou Michael assim que entrou no restaurante do hotel. Estava usando um terno preto de caimento impecável sobre uma camisa social branca sem gravata. O colarinho aberto chamava a atenção para o pomo de adão e a base do pescoço. Ele esquadrinhou o salão com o olhar e o pousou sobre ela.

Stella olhava o cardápio sem ver nada. Ele não parecia ter pressa de ir em sua direção. *Mantenha a cabeça fria.*

"Oi." Michael se sentou diante dela e apoiou as mãos entrelaçadas sobre a mesa.

Stella respirou bem fundo, e sentiu seu cheiro. Suas entranhas se reviraram. Com uma sensação de derrota, ela levantou os olhos na direção dele, contou até três e virou a cabeça para o outro lado.

"Oi."

"Já está nervosa?"

Ela deu uma risadinha. "Estou nervosa desde sábado."

"Por falar nisso... Quem era no telefone quando eu estava indo embora?"

Ela comprimiu os lábios para esconder um sorriso. "Minha mãe. O nome dela é Ann. E pensa que estamos juntos, aliás."

Ele levou a mão à boca sorridente. "Entendi. E isso é um problema?"

"Na verdade, acho que é até bom. Agora que ela pensa que tenho namorado, deve parar de tentar me arrumar encontros às cegas."

"Ah, mãe e encontros às cegas... Sei bem como isso funciona."

"Isso quer dizer que você não tem namorada?" Assim que a pergunta saiu de sua boca, ela fez uma careta. "Desculpa. Esquece que eu falei isso."

Ela não tinha o direito de interrogá-lo sobre questões pessoais, mas uma curiosidade terrível fervilhava dentro de si. Queria saber tudo sobre ele. Se Michael tivesse namorada, fosse quem fosse, ela ia odiá-la.

"Não, eu não tenho namorada", ele disse, como se fosse a coisa mais óbvia do mundo.

Graças a Deus.

"Com que tipo de garota sua mãe tenta juntar você?"

Ele revirou os olhos. "Médicas, o que mais? E enfermeiras. Acho que minha mãe já tentou me juntar com metade do segundo andar da Fundação Médica de Palo Alto."

Stella ficou impressionada. "Quanta determinação."

"Isso porque você não conhece a minha mãe."

Ela abriu um sorriso forçado e se concentrou no cardápio. Aquilo significava que ele *queria* que ela conhecesse? Não, ela estava sendo maluca. Mães costumavam agir como feras encurraladas em relação aos filhos, em especial alguém como Michael.

E Stella não era médica.

Fim de papo. Ela não estava namorando Michael. A opinião da mãe dele não importava. Stella jamais ia conhecê-la. Era preciso voltar ao assunto em questão.

"Vamos conversar sobre minhas aulas", disse, seca.

"Boa ideia." Michael se recostou na cadeira, parecendo à vontade.

Stella tentou imitar o jeito tranquilo dele enquanto colocava três folhas de papel sobre a mesa. "Como nosso tempo é curto, tomei a liberdade de criar planos de aula. Não é uma programação rígida. Na verdade, se quiser sugerir alguma mudança, agradeço. Não faço ideia se o que escrevi faz sentido, mas gostaria de manter a coisa bem estruturada. Não lido bem com surpresas."

A expressão de Michael era impossível de decifrar. "Planos de aula."

"Exatamente." Ela afastou o saleiro, o pimenteiro e a vela. Depois de posicionar os papéis no centro da mesa, alisou as dobras com a ponta dos dedos e apontou para a primeira tabela, intitulada AULA I. "Coloquei quadradinhos em cada item, para ir marcando à medida que avançarmos."

Ele abriu a boca para falar, então respirou fundo e bateu com um dedo nos lábios. "Só um minuto."

AULA I

☐ Teoria e demonstração da masturbação
☐ Prática de masturbação
☐ Avaliação de desempenho
☐ Teoria e demonstração sobre posição-padrão
☐ Prática da posição-padrão
☐ Avaliação de desempenho

Michael leu e releu o asséptico plano de aula. Sua surpresa se transformou em divertimento, que por sua vez se dissipou num sentimento de frustração que provocou tensão nas suas costas e no seu pescoço. Ele dobrou os dedos e fez força para segurar a vontade de amassar aquela papelada. Irritado, era assim que ele estava. Só não fazia ideia do motivo.

Com palavras como "teoria" e "demonstração" envolvidas, ele deveria estar curtindo a ideia. Era como interpretar o papel do professor na fantasia da sala de aula, com a diferença de não haver nenhuma fantasia envolvida.

"Quem vai preencher os quadradinhos? Eu ou você?"

"Posso fazer isso se você não quiser", ela ofereceu com um sorriso solícito.

Uma imagem de Stella interrompendo o sexo para pôr os óculos e fazer anotações passou pela cabeça de Michael. Como se ele fosse um robô num experimento científico sobre sexo.

"Percebi que não tem nenhum beijo na programação", ele comentou.

"Pensei que já tivéssemos resolvido essa parte."

Ele franziu a testa. "Como assim?"

"Você falou que eu já tinha aprendido, então é melhor não perder tempo com isso. Beijar você me impede de pensar direito, e quero fazer as coisas como se deve. Além disso, parece ser algo que namorados fazem, o que não é nosso caso. Quero que as coisas entre nós se mantenham num nível claro e profissional." Ela deu um golinho na água gelada e ajeitou os óculos, deixando umedecidos os lábios rosados — lábios que ele não iria poder beijar.

Os beijos dela não seriam mais para ele. Seu papel era deixar que ela o masturbasse e transar com ela, mas aqueles lábios macios estavam reservados para outra pessoa. A ideia provocou um impulso quase violento, que Michael precisou lutar para suprimir.

"Você levou *Uma linda mulher* a sério demais. Os beijos não significam muita coisa, e é melhor nem pensar muito mesmo quando se está na cama. Confia em mim", ele falou.

Ela comprimiu os lábios em teimosia. "É importantíssimo que eu consiga pensar. Gostaria de não te beijar mais, se não se incomodar."

A irritação de Michael só cresceu. Ele teve que fazer força para relaxar as mãos, antes que um vaso sanguíneo acabasse estourando. Como ele tinha se enfiado naquilo? Ah, sim, temera que outros acompanhantes tirassem vantagem dela. Quanta burrice. Como se sua vida não fosse complicada demais sem que se preocupasse com as clientes. Era exatamente aquele o motivo pelo qual não saía duas vezes com a mesma mulher.

Ele teria desistido de bom grado — era uma ideia tentadora —, mas havia dado sua palavra. Manter-se fiel a ela era sua maneira de se manter em equilíbrio com o universo. Seu pai havia quebrado promessas suficientes para os dois.

"Certo", Michael se forçou a dizer. "Nada de beijos."

"O resto está bom?", ela quis saber.

Ele se obrigou a examinar os papéis, que eram bem parecidos, mas passando de masturbação a sexo oral e diferentes posições na cama.

Apesar de tudo, achou aquilo divertido, e comentou: "Estou surpreso por você usar expressões como 'de quatro' e 'cavalgada'".

Ela ficou toda vermelha e ajeitou os óculos. "Sou inexperiente, não tonta."

"Falta uma coisa importante nos seus planos." Ele estendeu a mão, e Stella colocou a caneta em sua palma com um gesto cauteloso.

Ela inclinou a cabeça para o lado enquanto o via escrever PRELIMINARES no alto de todas as páginas em letras garrafais. Para complementar, desenhou um quadradinho na frente, apertando a ponta da caneta com força.

"Mas por quê? Que eu saiba, os homens não precisam disso."

"Mas você, sim", ele disse apenas.

Ela franziu o nariz e sacudiu a cabeça negativamente. "Não precisa se preocupar comigo."

Michael estreitou os olhos. "Não é uma preocupação. A maioria dos homens gosta de preliminares. Eu gosto. Deixar uma mulher excitada é bem gostoso." Além disso, ele não transaria com ela sem estar pronta. De jeito nenhum.

Engolindo em seco, ela olhou para o cardápio. "Está me dizendo que não tenho chance nenhuma de melhorar."

"Quê? Não." A mente dele se esforçou em vão para entender por que ela diria uma coisa daquelas.

"Você viu como eu reagi. E foi só *um botão*."

"E depois você passou a noite inteira comigo. Estava quase pelada, e até se aconchegou em mim."

"Prontos para pedir?", interrompeu a garçonete. A julgar pelo brilho de divertimento em seus olhos, tinha ouvido a última parte da conversa.

Stella analisou as opções para o jantar, enfiando as unhas no tecido da encadernação do cardápio.

"Vamos querer o prato do dia", Michael anunciou.

"Ótima escolha. Vou deixar vocês à vontade." A garçonete deu uma piscadinha, recolheu os cardápios e se afastou.

"Qual é o prato do dia?", Stella quis saber.

"Não faço ideia. Vamos torcer para não ser nada com gosto de lã."

Ela fez uma careta incomodada e se inclinou para a frente de forma hesitante, encarando-o nos olhos por uma fração de segundo. "O que você quis dizer com 'se aconchegou'?"

Michael sorriu. "Que no fundo você gosta de dormir abraçando alguém."

"Ah."

Ela ficou tão horrorizada que Michael não teve como conter o riso. "Confesso que gostei." Aquilo era verdade, mas não era nem um pouco sua cara. Era obrigado a ficar abraçadinho com as clientes porque elas gostavam. Mas, em geral, ficava contando os segundos para a hora do banho. Ficar com Stella tinha sido diferente. Eles não haviam transado, então não precisavam tomar banho, e a maneira como ela se entregara ao sono ao lado dele o fizera sentir coisas sobre as quais não queria nem pensar. Principalmente depois que Stella deixou claro que ela considerava aquilo detestável. Sua irritação cresceu ainda mais.

"Mas e quanto às aulas? Como vamos progredir com limitações tão grandes? Como vamos contornar meus problemas?"

"Não vamos 'contornar' seus problemas. Vamos *superar*."

Ela cruzou os braços e começou a tamborilar os dedos no cotovelo em um ritmo estranho. "Como?"

"Vamos... destravar você." Isso o fez parecer um babaca arrogante, mas ele não tinha uma avaliação cinco estrelas só por sorte. Quando perdeu a virgindade, já com dezoito anos, descobriu que era dono de um talento natural para a coisa. E o profissionalismo havia elevado suas habilidades a um novo patamar.

"Não acho que isso seja possível." Ela contorceu a boca como se estivesse diante de um vendedor de carros usados.

"Você pensou que fosse gostar dos beijos?" E Stella *tinha* gostado uma vez que pegara o jeito da coisa. Havia esperança para ela. Garotas que não gostavam de sexo não ficavam de pernas bambas. Ele só precisava entendê-la melhor.

Stella bateu o dedo em um dos quadradinhos das preliminares. "O que acontece se você tentar de tudo e eu não gostar? Nosso tempo é escasso."

"Não acho que vai ser o caso." Mas, se fosse, eles lidariam com aquilo no tempo certo.

Depois de um longo silêncio, ela falou: "Vamos tentar do seu jeito, então".

{8}

Quando a porta do quarto se fechou atrás deles, Michael tirou os sapatos e foi andando até a janela. Abriu as cortinas e contemplou a vista do prédio ao lado, a Fundação Médica de Palo Alto. O que o fez lembrar de sua mãe, das contas, das responsabilidades e do cachê de acompanhante. E não era bem isso o que ele queria ter na mente naquele momento.

Ele fechou as cortinas e se virou para Stella, que estava de pé ao lado da cama. Ela desviou os olhos e ficou mexendo nas folhas dobradas que trazia nas mãos. Os planos de aula.

Michael se imaginou rasgando tudo e transformando em confete. Apesar de não saber precisar um motivo, detestara as listas. Em vez de agir de acordo com sua fantasia, ele se aproximou, pegou os papéis e colocou-os cuidadosamente sobre o criado-mudo, então encontrou uma caneta na gaveta e pôs em cima da AULA I. Se Stella conseguisse se lembrar de marcar os quadrinhos, ele precisaria rever suas técnicas. Michael diminuiu a intensidade das luzes.

"Como eu... o que eu... talvez eu..." Stella levou a mão ao colarinho. "Quer que eu tire a roupa?"

"Não sei. Não está no plano de aula." Ele logo se arrependeu de dizer aquilo. As listas o irritavam, mas ele não precisava tratá-la daquele modo. "Descul..."

"Tem razão. Não pensei em incluir isso." Ela passou por ele e foi até o criado-mudo. Depois de observar a lista por um tempo, se inclinou e pegou a caneta, demonstrando a verdadeira função de uma saia justa para um homem: mostrar a curvatura perfeita de uma bela bunda.

Talvez tenha sido por isso que ele demorou tanto tempo para se dar conta de que ela não sabia o que estava fazendo. Stella não entendia grosseria ou sarcasmo. Talvez tivesse passado a vida mergulhada nos livros e não estivesse acostumada a socializar. Se fosse o caso, Michael estava pegando pesado demais com ela. "Se eu dissesse que seus planos de aula são ofensivos, como você reagiria?", ele perguntou baixinho.

Ela o olhou por cima do ombro, alarmada. "Tem alguma parte que preciso reescrever? Posso fazer mudanças." Stella se virou para o plano de aula e passou os dedos pelo texto, pensativa.

A irritação que oprimia o peito dele se aliviou. Era impossível se irritar se ela não entendia o motivo.

Stella mordeu o lábio e batucou os dedos na mesa cada vez mais depressa, até se virar para ele com um olhar ansioso. "Eu deveria ter escrito outra coisa que não 'avaliação de desempenho'? Estava me referindo ao *meu* desempenho, claro. Não tem nada de errado com o seu. Mesmo se houvesse, eu não saberia. Não sou qualificada para julgar..."

Antes que ela tivesse um ataque de pânico, ele falou: "Era uma pergunta hipotética. Esquece".

Ela pareceu confusa por um instante, mas piscou rapidamente e soltou um suspiro de alívio. "Ah, tudo bem." Depois de ajeitar os óculos, se voltou para os papéis e escreveu "de Stella" depois de cada "avaliação de desempenho".

Era um bom lembrete. A questão ali era ajudar no desempenho *dela*. E só. E daí se ela não via a situação como a realização de suas fantasias secretas, como outras clientes? Michael precisava seguir seu próprio conselho e parar de pensar tanto.

Enquanto ela passava para a segunda folha, ele tirou o paletó, colocou-o sobre o braço de uma poltrona e desabotoou a camisa. Depois de puxá-la para fora da calça, sentou na cama ao lado de Stella. Ela lançou um rápido olhar em sua direção, com a atenção capturada pela porção de pele exposta pela camisa aberta. A caneta parou no meio da anotação e caiu sobre o criado-mudo.

Michael abriu um sorriso de satisfação. As coisas estavam ficando menos assépticas.

Stella ajeitou os ombros antes de levar a mão ao colarinho. Os botões foram abertos num ritmo dolorosamente lento, então o tecido branco foi ao chão, junto com a saia cinza. A maneira como ela levantou o queixo quando permitiu que ele a olhasse mostrava determinação. E ele olhou.

Em geral preferia mulheres com seios grandes, lábios carnudos e coxas grossas. Gostava de carne preenchendo suas mãos. Stella não era daquele tipo. Tudo em si era modesto. No conjunto bege de calcinha e sutiã, seu corpo miúdo revelava ombros e braços elegantes, cintura estreita, quadris de curvas suaves e pernas bem formadas com tornozelos delicados. Não era o que ele sempre achou que preferisse, mas parecia perfeita.

"Tira o sutiã." A voz dele soou mais áspera do que pretendia, mas foi inevitável. Estava morrendo de vontade de ver o restante do corpo dela. Stella podia não ter fantasiado sobre o tempo que passariam juntos, mas Michael, sim.

Ela cerrou os punhos ao lado do corpo. "Isso é mesmo necessário? Não são meu maior atrativo. São pequenos."

"É necessário, sim. Os homens gostam de ver, independente de tamanho." E de tocar. Nossa, como ele queria tocar os peitos dela.

Stella fez uma careta, parecendo prestes a iniciar uma discussão. Quando levou a mão às costas para tirar o sutiã, ele prendeu a respiração.

Michael mordeu o lábio para segurar um sorriso. Viu aréolas rosadas e bicos protuberantes que — sem dúvida nenhuma — ficavam durinhos o tempo todo, chovesse ou fizesse sol. Stella Lane, a economista pudica, tinha peitos de atriz pornô. E ele os queria em sua boca.

"E agora?", ela perguntou quase num sussurro.

Michael arrancou a camisa e jogou do outro lado da cama. "Acho que você pode marcar um quadradinho."

Ela o encarou como se tivesse falado num idioma desconhecido. Depois de piscar várias vezes, sacudiu a cabeça e falou: "Tá".

Inclinando o corpo para a frente, ela marcou um quadradinho no alto da lista. Depois ajeitou os óculos e ficou imóvel por um instante antes de tirá-los do rosto, remover o elástico dos cabelos e sacudi-los, fazendo com que caíssem em volta do rosto. Seus olhos castanhos vulneráveis procuraram os dele antes de se voltarem para a parede do outro lado do quarto.

O ar escapou dos pulmões de Michael, e seus órgãos internos amoleceram enquanto o restante de seu corpo endurecia. *Maravilhosa.*

E assustada. Como amenizar aquele medo?

"Me deixa abraçar você."

Ela se aproximou o máximo que conseguia sem tocá-lo.

Ele segurou o riso. "Se você sentasse no meu colo ajudaria."

Mordendo o lábio, Stella montou sobre ele. Porra, como ela estava perto. Toda exposta. Michael ficou todo duro de imediato, mas se obrigou a ir devagar. O principal ali era Stella. Achava que ela fosse se sentar toda rígida e tensa e que ele teria que descobrir alguma mágica para fazê-la relaxar, mas Stella foi logo se encostando e apoiou o rosto em seu ombro. Quando os braços dele a envolveram, ela soltou um suspiro profundo e se derreteu toda.

Os segundos se transformaram em minutos, e Michael se permitiu saborear o momento — sem falar, sem foder, sem fazer nada, só desfrutando da companhia. O quarto estava tão silencioso que dava para ouvir os carros rodando lá fora. Alguém passou conversando pelo corredor, então se afastou.

"Vai dormir de novo?", ele perguntou por fim.

"Não."

"Que bom." Michael passou a ponta dos dedos pelos braços dela e sorriu quando viu os pelos se arrepiando. Ele passou o nariz em seu pescoço e sentiu o cheiro suave de sua pele, então deu um beijo no ponto sensível no fim do maxilar. Os lábios dela o tentavam, mas ele preferiu fazer algo menos invasivo e chupar o lóbulo de sua orelha, arrancando-lhe um suspiro trêmulo.

"Isso são preliminares?" O tom sussurrante da voz dela fez uma sensação de satisfação se espalhar pela pele dele.

"Sim." Apesar de saber a resposta, Michael perguntou com a boca colada ao ouvido dela: "Gostou?".

Stella estremeceu e se encostou nele um pouco mais. Um novo arrepio percorreu sua pele. "Sim, mas não é o que eu esperava."

"O que você esperava?"

Ela sacudiu negativamente a cabeça.

"Me diz se quer que eu pare por aqui ou se quer alguma coisa específica", Michael disse, acariciando os cabelos dela e puxando sua cabeça para trás. Uma trilha de beijos se seguiu pela linha do maxilar dela, passando pelo queixo até chegar ao canto da boca.

Perto demais da tentação dos lábios. O corpo inteiro dele estava ansioso pela sensação de um beijo profundo, e Michael quase cedeu, apesar do que havia sido combinado. Ele passara a semana toda sonhando com aquela boca. Mesmo sentindo que estava nadando contra a correnteza, forçou seus lábios a baixarem para o pescoço dela.

"Passa a mão em mim." Michael levou as mãos dela ao seu peito.

As mãos espalmadas dela passearam por ele até encontrar seus mamilos. Como se estivesse fascinada com a textura, Stella passou os polegares nas pontas enrijecidas. Os músculos de Michael ficaram tensos, e ele estremeceu de prazer.

"Tudo bem fazer isso?", ela perguntou.

"Eu gosto. E disso também." Michael apertou os seios tentadores na palma das mãos e beliscou de leve os mamilos.

A respiração dela acelerou, e Stella olhou para baixo. As mãos bronzeadas de Michael sobre a pele clara dela e os mamilos sensuais entre os dedos dele era uma visão das mais eróticas. Ele não resistiu a um novo beliscão, e ficou todo satisfeito quando ela respirou fundo.

"Por que é tão bom quando você faz isso?" A curiosidade no tom de voz dela o fez sorrir.

"Quer experimentar algo ainda melhor?" Ela acenou hesitante. "Fica de joelhos para mim", ele falou.

Ela flexionou as coxas para se levantar do colo dele. Com o corpo todo tenso e a respiração acelerada, pôs as mãos em seus ombros. A nova posição deixou seus mamilos pontudos na altura do rosto de Michael, como ele queria. Parecia que, se não tomasse cuidado, ela poderia furar seus olhos daquele jeito. Seria um acidente de trabalho. Se fosse sincero, no entanto, ele não sentiria que estava trabalhando. Não havia nenhuma fantasia rolando em sua cabeça, e ele não precisava mentir para si mesmo a cada quinze segundos. Naquele momento, com aquela mulher, a atração era inegável e verdadeira.

Ele passou as mãos pelas costas dela até sentir os músculos relaxarem sob as palmas. Em seguida deu um beijo na parte inferior de um seio. Ela fechou os dedos, cravando as unhas na pele dele.

Michael se inclinou para trás e perguntou: "Está tudo bem?".

Ela limpou a garganta duas vezes. "Me diz o que você pretende fazer. Por favor."

"Vou chupar esses peitos lindos e passar a língua neles."

Stella apertou os ombros dele com mais força. "Foi uma descrição mais explícita do que eu esperava."

"Como você teria falado?" Ele deslizou a boca da parte inferior do seio até o local onde a pele clara dava lugar ao contorno da aréola rosada.

"Não sei o que eu..."

Ele cobriu o mamilo com a boca e sugou com força.

"Michael."

O som do nome dele saindo dos lábios dela foi tão inesperado quanto excitante. Michael a puxou mais para perto para devorá-la. Homem nenhum manteria a sanidade com peitos assim tão perto da cara, muito menos na boca, na ponta da língua. Ele poderia continuar com aquilo durante dias. Depois de se fartar de um, passou ao outro.

Enquanto mexia os dedos às cegas em seus cabelos, Stella se contorceu e arqueou o corpo para trás, pedindo mais sem perceber. Ela estava adorando, deixando sua mente genial ser ofuscada pelas carícias.

Antes de se dar conta, Michael subiu os lábios pelo pescoço dela, passando pelo queixo até chegar à boca. Conseguiu se segurar no último instante e colar o rosto no dela enquanto se repreendia mentalmente. Merda. Stella já dissera que não queria e ele insistia em...

Seus lábios se tocaram. Michael ficou todo tenso com a eletricidade que percorreu seu corpo. Ela acariciou seu lábio inferior com a língua, e seus instintos tomaram conta. Michael tomou a boca dela como um homem faminto.

Aquele gosto, aquela maciez, aquelas unhas no seu couro cabeludo, os beijos atrás de beijos.

"Desculpa. Sei que falei que não queria beijos." Ela o beijou de novo. "Mas não consegui resistir. A semana inteira fiquei pensando em beijar você." Ele absorveu aquelas palavras. Então não tinha sido o único. Mais um beijo entorpecedor. "E agora não consigo parar." Um murmúrio escapou da garganta dela, e em seguida mais um beijo.

"Então não para."

Michael entrelaçou a língua com a dela, e o corpo de Stella amoleceu em seus braços. Ela remexeu o quadril contra o volume em sua virilha e esfregou os mamilos em seu peito. Ele soltou um grunhido. Não sentia um desejo tão intenso por uma mulher desde... Teria alguma vez em toda a sua vida desejado tanto uma mulher?

Quando ele se inclinou para trás, os lábios dela continuaram entreabertos, soltando suspiros de excitação. Seus olhos demoraram para recuperar o foco e se concentrarem nele, e Michael esperou que ela fosse se virar e marcar mais um quadradinho na lista. Em vez disso, Stella enlaçou seu pescoço e o puxou para mais perto. Então deu um beijo em sua têmpora.

Uma sensação surpreendente de estar recebendo um carinho se espalhou pelo corpo dele. Ela não estava agindo como se o que acontecia entre eles fosse uma prestação de serviço em troca de pagamento. Agia como se aquilo significasse alguma coisa, como se houvesse um sentimento envolvido, talvez até por Michael.

Mais um quarto de hotel, mais uma cama, mais uma cliente em seus braços. Era uma noite de sexta como muitas outras. Só que ele nunca havia se sentido tão exposto, tão vulnerável, e ainda não tinha nem tirado a calça.

Era para ser só sexo. Não deveria haver sentimentos envolvidos. Michael não conseguiria continuar fazendo aquilo caso mexesse com ele. Seus outros programas iam parecer traição. Aquilo ele não faria. Estava na hora de afastar os absurdos da cabeça e se limitar aos negócios.

Stella sentia o peso de Michael entre as pernas. Algo frio roçou sua barriga, transportando-a de volta à realidade. Metálico. A fivela do cinto dele.

As coisas tinham saído dos trilhos. O que os dois deveriam estar fazendo? Ela repassou mentalmente a lista. Masturbação. Era hora de aprender a masturbar um homem.

Ele começou a beijar o pescoço dela, deixando sua boca livre para falar, mas àquela altura Stella nem se lembrava mais do que ia dizer. Os dentes dele arranhavam sua pele, e arrepios percorriam seu corpo. Seus mamilos se enrijeceram tanto que até doíam, mas as mãos quentes dele aliviaram o incômodo. Michael passou a língua em um dos bicos antes de puxar Stella de novo para si, fazendo até seus dedos dos pés se curvarem.

Uma mão ansiosa desceu por sua barriga e se enfiou por baixo do elástico da calcinha. Dedos experientes a tocaram com carícias ousadas.

Ele estava mexendo *lá*. Exatamente onde ela precisava, apesar de não saber. Já havia sido tocada por outros homens antes, mas a sensação não fora a mesma. Só acontecia daquele jeito quando ela estava sozinha, mas nunca em tal intensidade.

"Você está toda molhada." A cada sílaba, os lábios dele tocavam seus mamilos enrijecidos. A excitação dominou sua carne faminta antes que ele fechasse os dentes e a mordesse com todo o cuidado.

Seu corpo se enrijeceu com força, e ainda mais quando ele enfiou um dedo bem fundo, preenchendo-a. Michael fez movimentos circulares lentos com o polegar, e Stella começou a tremer. Ele lambeu o mamilo mordido e o abrigou de novo no calor da boca. Não foi preciso mais nada. A excitação chegou ao auge, prestes a explodir com uma força tremenda.

Aquilo a deixou apavorada.

Stella cerrou os punhos. "Para, para, eu não estou pronta."

Enquanto ele se afastava, Stella apoiou os pés no colchão e se jogou para o outro lado da cama. Ela abraçou um travesseiro junto ao peito para esconder sua nudez. A frieza do objeto ajudou a aliviar a excitação, e ela respirou fundo. O orgasmo iminente se retraiu.

A expressão boquiaberta de Michael ao observá-la era de pura incompreensão. Stella sentiu suas bochechas vermelhas, e a vergonha comprimiu seu peito. Devia ser a pior cliente que ele já tivera. Quando Michael ergueu uma mão, o pânico se instalou de vez, e ela se afastou um pouco mais.

Ele a abaixou de imediato. "Calma, Stella, eu não vou... encostar em você. Só se quiser."

Ela agarrou o travesseiro com mais força. "Eu sei. Desculpa. É que..."

"O que foi que eu fiz de errado?"

"Nada."

As sobrancelhas dele se ergueram, deixando claro que não estava acreditando.

"Nunca tive um orgasmo com outra pessoa", ela confessou.

Ele afastou os lábios e sacudiu a cabeça. Quando ia começar a falar, voltou a fazer um gesto negativo com a cabeça. "Você nunca... nunca mesmo?"

Ela sentiu seu rosto tão quente que, se estivesse de óculos, as lentes ficariam embaçadas. "Já. Mas sozinha."

"Você não gosta?", ele questionou, perplexo.

"Não, eu gosto." Ela soltou o ar com força e tentou organizar seus pensamentos para formular uma explicação coerente. "Só acho mais seguro ter essa experiência sozinha. Já fiz sexo antes, e foi bem ruim. Passei o tempo todo vendo os caras grunhirem e suarem, jogando todo o peso em cima de mim. Para ser sincera, pareceu nojento. Queria que fizesse eu me sentir mais próxima de alguém, mas só serviu para me distanciar ainda mais. Não quero que isso aconteça com *você*."

"Mas eu estava curtindo *junto com você*. E adorando."

Ela soltou um som de irritação. "Você diz essas coisas porque estou pagando. Porque se sente obrigado. Não é isso que eu quero."

"Por acaso *parece* que eu não estava gostando?" Ele aproximou a mão da região da virilha, chamando atenção para o volume impressionante sob a braguilha da calça.

Stella contorceu os lábios, mas permaneceu em silêncio. Se abrisse a boca naquele momento, correria um sério risco de dizer a coisa errada. Ele era um acompanhante experiente. Seu corpo provavelmente obedecia a comandos como golfinhos treinados.

"Você está me chamando de mentiroso." Um brilho predatório surgiu nos olhos dele, que começou a se aproximar por cima das cobertas amarrotadas.

Ela recuou, por reflexo.

E acabou caindo da cama.

Enquanto ela esfregava a nuca, ele perguntou: "Está tudo bem?".

Sua garganta se fechou de vergonha, e Stella só conseguiu dizer um breve "sim".

Ele observou por um tempo seu corpo desajeitado caído. "Acho melhor encerrar a noite por aqui."

Ela se encostou na parede e abraçou os joelhos junto ao peito. Os quadradinhos em branco do plano de aula eram um peso em sua mente, mas precisava entender e organizar os sentimentos em conflito dentro de si antes de seguir em frente. "Tudo bem por você?"

Ele assentiu. Sem dizer nada, ficou de pé, vestiu a camisa e a abotoou. Ela suprimiu um protesto ao vê-lo cobrir a pele e os músculos que sua inquietação a impedia de apreciar.

Depois que Michael calçou os sapatos e vestiu o paletó, ela se lembrou de uma coisa. Ficou de pé em um pulo e pegou o tablet na bolsa. "Só um segundinho." Era difícil encontrar a página e se cobrir com o travesseiro ao mesmo tempo, mas no fim Stella conseguiu.

"O que é isso?"

"Preciso da sua autorização para liberar um número de celular pré-pago para você, se não se incomodar. Acho uma boa ideia para entrar em contato um com o outro durante a semana, se preciso. Por questões logísticas." Caso ele quisesse cancelar tudo. "Falei com o serviço de atendimento ao cliente da agência e sugeri que desenvolvessem um programa anônimo de troca de mensagens, mas enquanto isso..."

Um brilho de divertimento surgiu nos olhos dele enquanto pensava, olhando para a tela acesa. "Você me deu seu número oficial. Fico surpreso por não querer o meu."

"Assim é melhor para você, não?" Porque, para ela, com certeza era.

Quando as aulas terminassem, nenhum dos dois ia querer que ela ficasse ligando sem parar só para ter suas chamadas recusadas uma depois da outra. Stella não conseguia se imaginar agindo de forma tão desesperada. Mas nunca havia ficado obcecada por alguém antes.

Não que estivesse obcecada por ele. Ainda.

Era difícil decifrar a expressão facial dele quando falou: "É melhor mesmo para mim, obrigado".

Michael tirou o celular do bolso e habilitou o número pré-pago nele através do tablet. Alguns instantes depois, um som de vibração ressoou na bolsa dela.

"Pronto", ele disse com um sorriso.

"Perfeito. Obrigada." Ela abriu um sorriso forçado.

Ele deu um passo na direção da porta, então se deteve. "A gente deveria experimentar fazer alguma coisa diferente na sexta que vem. Que tal sair?"

O coração dela se comprimiu. "Sair?"

"Para dançar, ou beber... Talvez numa casa noturna? Ouvi falar que abriu um lugar novo em San Francisco..."

"Eu não danço." E não bebia. E nunca tinha ido a uma casa noturna.

"Posso ensinar você. A aula pode ser em seguida. Confia em mim."

Confiar.

Era a segunda vez que ele pedia uma demonstração de confiança. O que pensaria se Stella contasse como era difícil para ela fazer coisas como sair para dançar e beber? Deveria ser divertido. Para ela, era uma imposição — uma imposição *trabalhosa*. Era capaz de interagir com outras pessoas se quisesse, mas havia um custo. Às vezes maior, às vezes menor.

Naquele caso, a recompensa valeria o sacrifício?

"Como isso ajudaria com as aulas?", ela perguntou.

"Você pensa demais. Vai te ajudar a desligar um pouco a cabeça e relaxar. Além disso, eu danço bem. Vai ser divertido. Topa?"

Stella disse a si mesma que a ideia de "desligar um pouco a cabeça" — o que quer que significasse — e a possibilidade de avançar um pouco mais no plano de aula fizeram com que aceitasse. Mas era só uma parte da coisa, a menor.

A principal era o brilho nos olhos de Michael. Ele queria sair, e queria que ela o acompanhasse. Era uma espécie de encontro. Embora não fosse, claro. Stella sabia que não era.

"Não garanto que vou conseguir dançar."

"Então você topa?", ele perguntou, inclinando a cabeça.

Stella ergueu o queixo e assentiu.

Michael sorriu, exibindo os dentes branquíssimos. "Ótimo. Vou planejar tudo e aviso você. Vai ser legal." Ele se inclinou para a frente e deu um beijo rápido em seu rosto antes de sair do quarto.

Stella trancou a porta e se jogou na cama, atordoada. Era para ser apenas uma aula de sexo. Por que as coisas estavam se complicando tanto? Por que seu corpo a traía daquele jeito? E por que queria tanto agradar Michael, a ponto de aceitar ir a uma casa noturna com ele? Quem era aquela mulher? Ela nem se reconhecia mais.

{9}

"Não faz bem comer a sobremesa primeiro, sabia?", Stella comentou.

Ela sabia que estava sendo pedante e tediosa, mas não conseguia deixar de tagarelar quando estava nervosa. Sua ansiedade em relação à casa noturna crescera exponencialmente desde a semana anterior, e o evento principal seria dali a poucas horas.

Além disso, Michael estava segurando sua mão.

Sua palma suava tanto que ela não sabia como ele ainda conseguia tocá-la, muito menos agir como se fosse a coisa mais natural do mundo. Estranhamente, ela lidara melhor com as preliminares do que com aquilo — até acabar interrompendo tudo, era verdade —, e no momento pelo menos estava vestida. Era impossível culpar sua habitual aversão ao toque. Ela gostava de ser tocada por Michael.

Os dois caminhavam de mãos dadas por uma calçada movimentada de San Francisco, e parecia que todas as pessoas que passavam sorriam para eles. Um velhinho de boina até deu uma piscadela para ela.

Todos pensavam que eram um casal.

Stella teria dado risada da situação se não sentisse que de alguma forma era alvo de uma pegadinha maliciosa. Um grupinho de meninas de vestidos curtos passou, lançando olhares para Michael, dando risadinhas e cochichando. Encararam Stella com uma inveja palpável de que ela até gostou, apesar de saber que não merecia. De terno cinza e camisa social preta, Michael estava especialmente tentador naquela noite.

"É aqui." Ele soltou sua mão e abriu a porta para que entrassem em uma sorveteria à moda antiga, com piso xadrez preto e branco. Lustres cor-de-rosa iluminavam os congeladores cheios de sabores e coberturas. "Qual é seu sorvete favorito?"

Stella não conseguia nem pensar com a mão dele pousada na base de suas costas. Michael sabia o que estava fazendo? Ela já tinha visto caras fazendo aquilo com a namorada. Mas Stella não era namorada dele.

"Menta com gotas de chocolate", ela respondeu.

"Sério? É o meu também. Vou pedir outra coisa então, pra gente dividir." Ele acariciava distraidamente a cintura dela enquanto avaliava os sabores, fazendo seu corpo todo esquentar.

"Espera, como assim?"

Um sorriso malicioso surgiu nos lábios dele. "Não quer dividir?"

A garota com jeito de universitária atrás do balcão olhou para Stella como se ela tivesse acabado de dar um pontapé num filhote de cachorro.

"Não, não é isso." Não exatamente. Depois de tantos beijos, ela sabia que era bobagem se preocupar com a troca de germes. Ela fizera uma análise detalhada dos sabores de sorvete e escolhera o melhor. "É que já sei do que gosto."

"Isso a gente vai ver." Ele deu um tapinha no vidro do balcão. "Menta com chocolate para ela e chá verde para mim."

Stella queria pagar, mas ele tirou as notas da carteira antes que ela conseguisse sacar o cartão de crédito. Quando eles se sentaram a uma mesa preta de metal perto da janela, Michael enfiou a colher no sorvete, saboreou e abriu um sorriso lento e largo enquanto tirava a colher da boca e pegava mais um pouco.

"Que coisa ridícula", ela comentou. "Parece que você está fazendo um teste para um comercial da Häagen-Dazs. Ninguém sorri desse jeito depois de tomar sorvete."

Ele achou graça. "É bom mesmo." O sorriso voltou com toda força, acompanhado de uma *covinha*.

"Agora eu preciso experimentar." Ela levou a colher ao pote dele.

"Ahá!" Em vez de deixar que ela pegasse uma colherada, ele levou a própria colher à boca dela. Os olhos dela se arregalaram, e pensamentos conflitantes surgiram em sua cabeça.

Ela não deveria fazer aquilo. Era intimidade demais. Estaria cruzando um limite. Pareceria coisa de casal — o que eles não eram.

Era só sorvete. Só uma colher. Michael poderia encarar como uma rejeição caso ela não aceitasse, e ela não queria de jeito nenhum magoá-lo, nem mesmo de leve.

Então abriu a boca e deixou que ele lhe desse o sorvete. Seu coração batia acelerado e seu peito parecia uma máquina de pinball enquanto o sorvete de chá verde derretia na sua língua. Michael a observava com expectativa, ignorando o efeito que exercia sobre ela.

"Tá, é gostoso." Ela tentou parecer casual. Aquilo não significava nada. Não era um encontro romântico. Stella era só mais uma cliente. *Mantenha a cabeça fria.* Ela enfiou a colher em seu próprio sorvete.

"Eu falei."

"Ainda gosto mais do meu." Stella levou uma colherada de menta com chocolate à boca. A complexa combinação explodiu no céu de sua boca. Seus dentes trituraram os pedaços de chocolate. Perfeição pura.

"Me deixa experimentar."

Ela estendeu o pote para ele, mas Michael não usou sua colher para provar. Passou os dedos em seu queixo e empurrou sua cabeça para trás para beijá-la. A língua dele entrou em sua boca, e seu gosto salgado se misturou com o do sorvete. Ela não sabia se ficava perplexa, chocada, excitada ou as três coisas.

Com uma longa lambida no lábio inferior, Michael se afastou e sorriu, abrindo seus olhos escuros, intensos e misteriosos.

"Não acredito que você fez isso." Sem saber o que fazer, ela tentou pegar mais sorvete. A colher de plástico caiu sobre a mesa.

Stella a apanhou, mas a mão de Michael pousou sobre a sua. Então ele a beijou de novo — um beijo doce, de lábios fechados, mas que ainda assim pareceu escandaloso. E delicioso demais para resistir. A sorveteria desapareceu, assim como as outras pessoas. Naquele momento, havia apenas os dois, o gosto do sorvete e dos lábios deles, que pouco a pouco iam esquentando.

Quando Michael enfiou a língua entre os lábios afastados de Stella, a doçura sedosa e gelada do sorvete de menta com chocolate na boca dela o deixou maluco. Ele se esqueceu de que a estava seduzindo. Se esqueceu até do motivo. Só conseguia se concentrar no gosto e em sua respiração quente. Queria devorá-la.

Ela percebia que gemia baixinho quando retribuía seus beijos? Ou que seus dedos frios se infiltravam sob o punho da camisa dele e acariciavam sua pele?

Michael queria passar as mãos naquelas coxas descobertas e enfiá-las por baixo da bainha curta do vestido para poder tocá-la de novo. Mas, da última vez que o fizera, ela ficara morrendo de medo.

Porque não queria repetir com ele a experiência que tivera com os três babacas anteriores.

As clientes nunca se preocupavam tanto com ele. Por que ela sim? Seria melhor parar com aquilo. Estava virando sua cabeça de ponta-cabeça.

"Calma aí", uma voz risonha interrompeu. "Vocês estão num local público."

Stella se afastou, levando os dedos trêmulos aos lábios vermelhos. Ela o pegara de surpresa naquele dia trocando os óculos por lentes de contato e deixando os cabelos soltos em ondas compridas. Até estava maquiada, mas o beijo já arrancara todo o gloss. Tudo bem. Daquele jeito, ela parecia linda demais para ser real.

Quando o grupo de engraçadinhos na mesa ao lado começou a aplaudir e gargalhar, Michael pensou que ela fosse ficar toda sem graça. Não foi o que aconteceu. Stella baixou a cabeça daquele seu jeito tímido e riu junto. O sorriso suave e o brilho no olhar dela, porém, eram só para ele, e o faziam se sentir como se tivesse vencido um exército inteiro sozinho. Era só Michael que ela via, só para ele que sorria, e ninguém mais.

Seu plano de seduzi-la para aliviar sua ansiedade estava funcionando. Sem dúvida, quando a levasse para casa naquela noite, Stella estaria pronta para preencher os principais quadradinhos dos planos de aula. Era o que ele deveria ter feito desde o início. Todo mundo sabia que, para levar uma mulher para a cama, o lugar certo onde começar não era o quarto. Era ali que entravam a sedução, o romance, o carinho e a dança. E o sorvete.

O problema era que aquelas coisas estavam funcionando no sentido inverso também. Quanto mais tempo passava com Stella, mais a atração de Michael por ela crescia — e não só em termos físicos. Se não conseguisse preencher todos os quadradinhos nas duas aulas que restavam, precisaria prolongar o acordo, o que não era uma boa ideia. Ele correria o risco de cair na besteira de se apaixonar por ela.

Jamais passaria por sua cabeça que as circunstâncias em que estavam poderiam ser revertidas em um cenário de conto de fadas. Além de estarem em mundos diferentes em termos de formação acadêmica e cultura, Stella era rica. Se ficasse sabendo do pai dele e das merdas que fazia para ganhar dinheiro, jamais confiaria em Michael. Ditados como "tal pai, tal filho" existiam por um motivo. Ele se rebelava contra aquilo e detestava o pai pelo que tinha feito, mas carregava dentro de si os mesmos defeitos. Era uma bomba-relógio ambulante, não queria que Stella estivesse por perto quando seu tempo acabasse e ele explodisse, destruindo tudo e todos ao seu redor.

O sexo era sua saída daquela situação. Preencher os quadradinhos, finalizar as aulas e seguir em frente. Só que, agora que a conhecia melhor, queria ser mais que o professor que ia ensiná-la a ser boa de cama. Queria proporcionar as melhores noites da vida dela.

E aquela noite seria digna de fogos de artifício.

{10}

Depois do jantar, os dois caminharam pelas ruas ladeadas de lojas de departamento chiques e arranha-céus ostentando o nome de grandes instituições bancárias. O fluxo de pedestres — turistas, locais bem agasalhados e jovens em roupas de sair — entupia as calçadas e se espalhava pelas vias, por onde os veículos se arrastavam com vagar.

Ela nunca se dera ao trabalho de vivenciar a Bay Area à noite. Para sua surpresa, estava se divertindo. Em termos de acompanhante, Michael era o pacote completo. Ótimo na cama e fora dela. Suas demonstrações de carinho em público tinham tudo para deixá-la envergonhada, mas até então ela tinha adorado. Quem não gostaria de ser beijada por ele em locais públicos, para que as pessoas pudessem ver, admirar e morrer de inveja? Ele segurava sua mão sempre que podia, e a conversa fluía com facilidade. Em geral, ela não gostava de novidades, mas se sentia segura com Michael. Ao lado dele, Stella se sentia parte da agitada noite de San Francisco, não apenas uma espectadora. Era incrível estar em meio à multidão e não se sentir sozinha.

Eles se aproximaram das cordas de veludo onde mulheres com pouquíssima roupa e homens de terno aguardavam em uma longa fila. Um segurança esquadrinhou o corpo e o rosto de Stella, fazendo-a se inclinar contra Michael.

"É aqui o lugar?", ela perguntou, sentindo a ansiedade vir à tona.

Ele a abraçou e confirmou com a cabeça. Então falou para o segurança: "A gente deve estar na lista. O nome é...".

O segurança apontou com a cabeça raspada para a entrada. "Podem entrar."

Michael deu um beijo de leve na têmpora de Stella, segurou-a pelo cotovelo e entrou com ela pela porta da frente da 212 Fahrenheit. Outro segurança, que cuidava da porta, acenou para ele.

"Deixaram a gente entrar porque acham que sua presença vai ser boa pros negócios", Michael murmurou em seu ouvido.

Suas bochechas esquentaram, e ela tentou não deixar aquelas palavras subirem à sua cabeça. Stella havia se maquiado e arrumado o cabelo para aquela noite. Não era ela de verdade.

Um número razoável de pessoas circulava pelo lugar. Stella cerrou os punhos e tentou se preparar para o que viria. Já havia ido a jantares beneficentes e festas da empresa. Aquilo não seria problema. O ruído das conversas, misturado com a batida da música eletrônica, preencheu seus ouvidos. Por sorte, nada muito alto. Ela ainda conseguia pensar.

O espaço era amplo, decorado num estilo minimalista e moderno, com vigas metálicas expostas em ângulos agudos. Um bar enorme ocupava os fundos do recinto, e um DJ comandava a música de uma cabine no alto da parede adjacente. Havia poucos lugares onde sentar, só alguns sofazinhos dispostos ao redor de mesas baixas de metal. Havia quatro delas em toda a casa, duas já ocupadas.

"Quero uma dessas mesas." A voz dela saiu convicta e firme, o que a tranquilizou, aliviando o buraco no estômago. Estava se saindo bem.

"Não são de graça."

Ela pegou o cartão de crédito da parte de cima do vestido justo safira e entregou para Michael, dando risada quando ele abriu um sorriso surpreso. "Eu não tinha onde mais colocar."

Michael passou as mãos pelas suas costas e a puxou mais para perto. "O que mais tem aí?", perguntou, espiando seu decote modesto.

"Minha carteira de motorista."

"Eu tenho bolsos, sabe? Posso guardar suas coisas."

"Nem pensei nisso. Deixei meu celular em casa porque não tinha onde enfiar." Devia ser por motivos como aquele que as mulheres namoravam.

Só que ele não era seu namorado.

A ponta do dedo de Michael se insinuou para dentro do decote. Acabou esbarrando em um mamilo, fazendo o sangue dela disparar e o seio inchar antes que ele encontrasse e retirasse a carteira de motorista. Pelo brilho no olhar dele, Stella percebeu que não havia sido por acidente.

A expressão de Michael se amenizou enquanto passava o polegar por cima da fotografia no documento. Na imagem desatualizada, ela parecia mais jovem e extremamente tímida — uma descrição perfeita para a época em que foi tirada. Stella gostava de pensar na sofisticação que havia adquirido desde então. Era só ver onde ela estava agora.

"Isso foi logo depois de terminar o pós-doutorado."

"Quantos anos você tinha?"

"Vinte e cinco."

Os cantos da boca dele se curvaram num sorriso. "Parece dezoito. E agora você não parece ter mais de vinte e um."

"Me deixa mostrar o contrário comprando bebidas."

Sentindo-se inebriada e empoderada, ela caminhou até uma das mesas, sentou e buscou com os olhos alguém para servi-los. Michael enfiou a mão no bolso e foi se aproximando como se desfilasse numa passarela. Ele *inteiro* era digno de uma passarela, mas o terno dava um toque especial. Parecia caríssimo e muito bem ajustado, mais chique que qualquer coisa que ela já tivesse visto um homem usar.

Ele se acomodou ao seu lado, perto o bastante para suas coxas se tocarem, e apoiou o braço no assento atrás dela. Stella gostou daquilo. E muito. Parecia que ele estava tomando posse dela em público.

"De que marca é esse terno? Adorei." Com uma hesitação mínima, ela passou a mão pelas lapelas e pelos ombros impecáveis do paletó.

Procurando seus olhos, ele abriu um sorriso lento e bonito. "É feito sob medida."

"Meus cumprimentos ao alfaiate." Stella analisou o interior da peça e ficou ainda mais satisfeita ao não detectar nenhuma costura malfeita sob o forro fino de seda. Era um trabalho de primeira.

"Vou passar a ele."

"De repente posso ir lá também. Ele faz roupas femininas? É muito concorrido?" Enquanto falava, ela não conseguia parar de passar a mão no peito de Michael, apreciando a firmeza daquele corpo sob a camisa de algodão engomado.

"Ele é *bem* ocupado."

Stella soltou um suspiro de decepção. "Minha costureira é boa, mas me acha maluca. E vive me espetando. Não tenho certeza se é sem querer."

Os músculos de Michael se enrijeceram sob as mãos dela, e ele corrigiu a postura no assento. Com um tom de voz irritado, perguntou: "Como assim? Ela espeta você de propósito?".

Aquilo era... por causa do que a costureira fazia com ela? O pensamento fez o corpo de Stella fervilhar. O ressentimento que guardava em relação à mulher ficou para trás.

"Em defesa dela, eu sou bem exigente. Ela diz que sou uma diva", Stella comentou.

"Isso não justifica. Ela deveria controlar melhor os alfinetes. Não é tão difícil assim. Mesmo quando era pequeno eu..." Ele cerrou os lábios e passou a mão nos cabelos. "Você é exigente como?"

"Ah, bom, eu..." Ela recolheu as mãos e as entrelaçou para não começar a tamborilar os dedos. "Sou bem implicante com coisas que ficam em contato com a pele. Etiquetas, costuras malfeitas e sobras que ficam pinicando, fios soltos, partes da roupa em que o tecido fica apertado ou folgado demais... Não sou uma diva, só..."

"Uma diva", ele repetiu com um sorriso provocador.

Ela franziu o nariz para Michael. "Tudo bem, então."

Uma garçonete de saia preta curta e blusinha branca justa com o logo da casa apareceu ao lado da mesa.

Michael entregou a ela o cartão de crédito de Stella. "Vamos ficar com esta mesa pelo resto da noite. Uma água para mim. Stella?"

Ele não ia beber? Ela não sabia se queria ingerir álcool sozinha. "Alguma coisa doce, por favor."

A garçonete levantou uma sobrancelha, mas assentiu com uma expressão profissional. "Pode deixar."

Depois que ela se afastou, Michael se explicou. "Eu dirijo na volta."

Ela sorriu. "Gostei desse seu lado responsável."

"Michael é *muito* responsável mesmo, não acha?", disse um desconhecido que surgiu do nada. Stella observou, perplexa, quando ele se acomodou no sofá diante deles. Usava uma camiseta preta justa sobre os ombros atarracados e tinha os cabelos bem curtinhos. Ela não queria correr o risco de parecer mal-educada e ficar olhando para as tatuagens muito elaboradas que decoravam os braços e o pescoço musculosos dele, mas era difícil. Nunca havia visto tantas juntas e tão de perto.

Michael se inclinou para a frente. "Quan..."

O desconhecido o encarou. "Não, eu entendo. Você deve ter perdido o celular ou coisa do tipo." Voltando a atenção para Stella, ele se apresentou: "Sou Quan, primo favorito e melhor amigo do Michael".

Primo. Melhor amigo. Ela estava toda tensa quando estendeu a mão sobre a mesa. "Stella Lane. Prazer."

Ele ficou olhando para a mão dela com uma expressão de divertimento antes de apertá-la e se esparramar de novo no sofá. "Então Michael tem mesmo uma namorada. Me deixa adivinhar: você é médica."

Quando ela abriu a boca para corrigi-lo duplamente, Michael a abraçou e a puxou para mais perto. "Stella é econometrista."

Ela o encarou com uma expressão confusa, até que se deu conta de que Michael estava com medo de que Stella revelasse ao primo que ele trabalhava como acompanhante. Ela revirou os olhos mentalmente. Seu traquejo social não era dos melhores, mas não era *tão* ruim quanto Michael pensava.

Quan a surpreendeu, inclinando-se em sua direção com um olhar curioso. "Isso tem relação com economia, certo?"

"Sim."

"Ela já conheceu Janie?", ele perguntou para Michael.

Quem era Janie?

Michael, porém, pareceu não ouvir a pergunta. Sua atenção estava voltada para uma loira baixinha sentada no bar. Quando ela deu um tapinha no banco ao lado, olhando para Michael, ele soltou um palavrão abafado e ficou de pé. "Já volto."

O corpo de Stella ficou congelado enquanto o observava caminhar até o bar. Michael sentou no banquinho indicado, e a loira passou a mão em seu braço. Eles começaram a conversar, mas não dava para ouvir o que diziam, por causa da música e da quantidade cada vez maior de gente no lugar.

Quando foi que tinha chegado tanta gente? Havia o dobro de pessoas do que quando tinham entrado. Um fluxo contínuo de frequentadores chegando à casa noturna.

"A-aquela é Janie?", Stella perguntou.

"Não sei quem é, mas não é Janie." Depois de dar uma olhada na cara de Stella, Quan abriu um sorriso sutil. "Ele claramente não está a fim de conversar com ela. Não precisa se preocupar."

Mas não parecia que ela não tinha com que se preocupar. A loira deu risada de alguma coisa que Michael falou e chegou ainda mais perto. Os seios grandes, de fazer inveja, roçaram nele. O que aconteceu em seguida foi bloqueado de sua visão pelas pessoas em torno do bar.

"Aqui costuma ser tão cheio?", Stella perguntou.

"Não." Quan coçou a cabeça e olhou para um lado e depois para o outro. "Um DJ famosinho vai tocar hoje, deve ser por isso. A acústica é muito boa, se prepare pra ser sacudida."

Ela sentiu um nó na garganta, e um mau pressentimento se instalou em suas entranhas. Desde quando ser sacudida era uma coisa boa? Havia centenas de corpos no lugar. Bem mais do que ela previa.

Uma explosão eletrônica irrompeu dos alto-falantes embutidos no teto, e o coração de Stella disparou de tal forma que seu peito até doeu. O ambiente se tingiu de vermelho quando chamas começaram a dançar pelas paredes. A multidão gritou de empolgação, enquanto Stella lutava para conseguir respirar. Lasers e fumaça. O volume do murmurinho baixou, e sons orquestrais efêmeros se espalharam pela pista. Antes que ela pudesse pensar em relaxar, uma batida voltou a pulsar ao fundo, ganhando velocidade pouco a pouco.

"Não precisa ficar assustada", Quan gritou. "Não é fogo de verdade. São só luzes e projetores de LED."

A garçonete se materializou do nada e colocou uma bebida sobre a mesa, então disse alguma coisa que Stella não conseguiu ouvir. Em um piscar de olhos, desapareceu na massa de corpos em movimento. A música avançava para uma espécie de clímax, e as pessoas iam ficando mais agitadas.

Stella pegou o copo e deu um bom gole. Limão, xerez e amaretto. O ideal seria que tivesse vodca, ou melhor, etanol puro. Faria efeito mais depressa.

Quan lançou um olhar de divertimento para ela. "Está com sede?"

Stella confirmou com um aceno de cabeça.

Sirenes altíssimas ressoaram, e um silêncio total recaiu sobre o lugar por uns bons cinco segundos, então uma melodia saiu dos alto-falantes. Sem aviso, a batida do baixo voltou numa velocidade frenética. A plateia enlouqueceu.

O coração de Stella batia a mil por hora, e o medo ameaçava dominá-la. Barulho demais. Frenesi demais. Ela conteve suas emoções e as enterrou bem fundo, forçando-se a respirar mais devagar. Enquanto parecesse calma por fora, estaria ganhando o jogo. A música acelerava, mas o tempo se arrastava.

O movimento dos corpos permitiu uma visão direta do bar. A loira estava brincando com o colarinho da camisa de Michael, próxima demais.

Ela colou os lábios nos dele.

Stella se encolheu como se tivesse levado um tapa na cara. Esperou que ele se desvencilhasse da mulher pelo que lhe pareceram séculos, até que a multidão se redistribuiu e obstruiu sua visão.

Uma mistura de bile e amaretto subiu pela sua garganta.

Precisava vomitar. Ela abriu caminho na multidão, empurrando corpos em convulsão. A música continuava forte. As luzes piscavam em altíssima velocidade. O cheiro predominante era de suor azedo, perfume e álcool. A sensação era de estar em meio a músculos rígidos e articulações afiadas.

Michael ainda estaria beijando aquela mulher?

Seus olhos se encheram de lágrimas. Os corpos formavam uma jaula ao seu redor. Era impossível se mover. Era impossível gritar por socorro.

Uma mão se fechou em torno da sua.

Michael?

Não, era Quan.

Ele empurrou as pessoas mais próximas. Um cara devolveu o empurrão. Quan simplesmente afastou o sujeito com o cotovelo e continuou passando. O tempo todo o aperto dele em sua mão continuava seguro e firme. Ele a conduziu por entre a multidão, abriu uma porta, e um ar frio delicioso atingiu o rosto dela.

A porta se fechou com um clique, abafando a música. Alguém ofegava. As luzes piscantes desapareceram. Ela cobriu os olhos e sentou no cimento frio. Suas pernas trêmulas se recusavam a carregar seu peso.

"Obrigada", Stella conseguiu dizer.

"Tudo bem com você?"

"Estou passando mal." Ela cravou as unhas na calçada enquanto procurava um lugar apropriado para vomitar. O ar não entrava em seus pulmões em quantidade suficiente.

"Calma, calma. Respira devagar." Ele moveu a mão como se fosse tocá-la, fazendo com que se encolhesse toda. "Senta direito. Assim. Respira pelo nariz. Solta pela boca."

Quem estava ofegando daquele jeito? O som a estava deixando maluca.

"Aguenta firme. Vou buscar Michael."

"Não." Stella agarrou o pulso dele. "Eu estou bem." Ela se apoiou e virou para a parede da construção. A frieza da superfície era agradável em seu corpo febril, o que servia de distração para os pensamentos relacionados a Michael e aquela mulher. Michael *beijando* aquela mulher.

Com sua boca quase encostando na parede, o som da respiração ofegante ficou mais alto. Só então Stella percebeu que vinha *dela*.

Cerrou os dentes e os punhos, retesando cada músculo do corpo. A respiração ofegante cessou.

"Quer alguma coisa?", Quan ofereceu.

"Estou bem. Só um pouco superestimulada." Ela estava de fato se sentindo melhor, mas suas têmporas latejavam.

Quan inclinou a cabeça para o lado. "Meu irmão também fica superestimulado em situações assim. Ele é autista."

Ela sentiu seu peito se contrair ao ouvir aquelas palavras. Tinha sido um erro usar aquele termo. A maioria das pessoas não o utilizava. Por que utilizaria? Quan estreitou os olhos. Quase dava para ver as conexões sendo feitas, o questionamento se formando.

Stella prendeu a respiração e torceu para que ele não dissesse nada. Ela sabia ocultar a verdade, mas não era capaz de mentir.

"Você também é?"

Seus ombros desabaram e sua garganta ardeu. Envergonhada, ela se forçou a confirmar com um aceno de cabeça.

"Michael não sabe, né? Ou jamais teria trazido você aqui. É melhor contar para ele."

Ela só conseguiu sacudir negativamente a cabeça. Sempre que as pessoas descobriam a verdade, começavam a pisar em ovos em sua companhia. Aquilo só tornava as coisas tensas, e no fim elas davam um jeito de se afastar. Era o motivo pelo qual Stella evitava contar. Mas as pessoas podiam descobrir sozinhas.

"Você me empresta cem dólares, por favor? Quero ir para casa." O cartão de crédito dela estava lá dentro.

"Já vai embora? Michael deve estar procurando você."

Stella duvidava muito. Ele estava ocupado. Enquanto ficava de pé, se surpreendeu com a falta de conexão entre seu corpo e seu estado mental. Como seus membros ainda a obedeciam enquanto em sua cabeça se sentia tão cansada e exaurida? "Prometo que pago depois."

"É porque aquela garota deu um beijo nele? Não sei se você viu, mas Michael tentou se livrar dela. Ele não é muito bom nisso."

Uma faísca de esperança se acendeu, tola e brilhante. "Sério?"

A porta se abriu, e uma batida tecno acelerada escapou lá de dentro.

"Ah, vocês estão aqui." A porta se fechou atrás de Michael, silenciando a música. Seu olhar se alternou entre ela e Quan. "O que aconteceu? Está tudo bem?"

"Eu precisava tomar um ar."

Quan franziu a testa como se fosse dizer alguma coisa. Stella prendeu a respiração.

Não conta pra ele. Não conta pra ele. Não conta pra ele.

Michael mudaria. Tudo mudaria. E ela ainda não queria que aquilo acontecesse.

"Ela me pediu dinheiro para o táxi. Viu você beijando aquela loira e quer dar no pé", Quan contou.

O estômago de Stella parecia não saber se relaxava ou se comprimia com ainda mais força diante daquelas palavras. Quan a fizera parecer emotiva e possessiva. Ela gostaria que aquilo não fosse verdade.

"Você ia embora? Assim do nada?", Michael perguntou, com incredulidade na voz.

Ela olhou para o chão. "Pensei que você e ela... que vocês..."

"Não. Com você logo ali ao lado? Que tal confiar um pouquinho em mim? Minha nossa, Stella."

Ele a segurou pela cintura e a puxou para junto de si. Aquele cheiro, aqueles braços em torno dela, aquela presença sólida. *Um paraíso.* Stella fechou os olhos e se deixou cair sobre ele.

"Quer entrar?", ele perguntou.

"*Não*." A adrenalina disparou pelo corpo dela, enrijecendo cada músculo que o abraço relaxara. Em seguida, Stella acrescentou: "Por favor".

"Vamos para casa então."

{11}

Stella estava retraída durante a caminhada de volta até o Model S branco. Diversas vezes Michael a viu massagear as têmporas, mas quando perguntou se ela estava com dor de cabeça a resposta foi um resmungo ininteligível. Talvez ela não estivesse falando por causa do beijo, mas aquilo não parecia ser do seu feitio.

Bom, ela era do tipo que ia embora sem avisar. Ouvir Quan dizer que Stella queria pegar um táxi sozinha foi como um soco no estômago de Michael. Lembrava-o do abandono do próprio pai, que o deixara com um problema gigantesco para resolver. Já Stella ia deixá-lo com a chave do carro e o cartão de crédito dela. Quem faria uma coisa dessas?

Michael achava que não merecia aquilo. Em ambos os casos.

Tentara evitar que uma antiga cliente fizesse um escândalo na frente de Stella. Aliza era chegada em um drama. Enfim tinha se divorciado do marido milionário e queria Michael só para si. Estava disposta a pagar o que fosse preciso.

Ela se recusava a admitir que Michael preferia pisar em brasas a aceitar aquilo. Insistiu por vários minutos, citando cifras extravagantes uma após a outra, e então simplesmente o beijou.

Michael sempre associaria o gosto de chiclete de canela, cigarro e uísque a Aliza.

Já Stella tinha gosto de... sorvete de menta com gotas de chocolate.

Eles entraram no carro dela, que acionou o aquecedor de assentos, se afundou no encosto, apoiou a cabeça e ficou olhando pela janela, batucando nos joelhos distraída. Michael ligou o rádio para quebrar o silêncio, mas Stella o desligou de imediato e logo recomeçou a batucar. Era um movimento hipnótico, um pouco irritante.

Michael lhe lançou um olhar incomodado, mas ela nem percebeu.

Depois de saírem da cidade e entrarem no tráfego iluminado da 101S, ele cansou de se segurar e perguntou: "Quando você faz isso com os dedos... é uma música? Como se tocasse um piano?".

Ela interrompeu o movimento e sentou sobre as mãos. "É o *Arabesque*, de Debussy. Gosto muito da combinação de quiálteras e oitavas."

"Então você sabe tocar?" Quando fora encontrá-la na casa dela, no centro de Palo Alto, tinha sido impossível não notar o piano de cauda que dominava a sala quase vazia. Se ela tivesse talentos artísticos além de inteligência, sucesso profissional e beleza, seria oficialmente a encarnação da mulher de seus sonhos. E tão fora de seu alcance que chegava a ser risível.

O peso das merdas feitas por seu pai ainda não havia recaído sobre ele, mas Michael não tinha quase nada a oferecer a uma garota como Stella. Só seu rosto e seu corpo, mas aquilo qualquer uma com algum dinheiro podia ter. Talvez Stella tivesse se atraído por quem ele era antes, alguém que podia se dedicar a suas paixões. Aquele cara tinha potencial. Michael quase não se reconhecia mais.

"Sei", respondeu Stella. "Comecei a tocar antes de aprender a falar."

Ele ergueu as sobrancelhas. Além de ser a mulher dos seus sonhos, ela também era uma espécie de Mozart.

"Não é tão impressionante quanto parece", Stella comentou com um sorriso ácido. "Demorei para começar a falar."

"Não consigo imaginar uma coisa dessas. Você parece perfeita."

Ela baixou a cabeça e soltou o ar com força. Michael perguntou qual era o problema, mas uma minivan lenta à sua frente chamou a sua atenção. Ele mudou de faixa e pisou fundo, numa ultrapassagem silenciosa. Adorava carros potentes.

Mas pensar em carros o fazia pensar em sua BMW M3, e em como a havia conseguido.

"Ela é a cliente louca", ele contou. Michael sentiu o peso do olhar de Stella sobre si. "A mulher que você viu."

"Entendi."

Stella ergueu a mão até o nariz. Quando viu que não tinha como ajeitar os óculos, segurou o pescoço. "Você gostou de ter beijado ela?"

"Eu não a beijei, foi ela quem me beijou. E não, eu não gostei."

"Se eu te fizer uma pergunta, você responde com sinceridade?"

Aquilo seria interessante. "Sim."

"Você age de um jeito diferente quando está comigo?"

"Está perguntando se eu seria um babaca se cruzar com você quando não for mais minha cliente?" Se Stella não fosse mais sua cliente, provavelmente estaria com outro cara. Ele contorceu os lábios, sentindo um gosto ruim na boca. "Não."

"Está mentindo para eu me sentir melhor?"

"Nunca menti para você. Mas cabe a você decidir se acredita ou não."

Eles não abriram mais a boca pelo resto do trajeto. Michael freou diante da casa bonita e renovada em estilo chalé em que Stella morava e estacionou na garagem para dois carros. Quando desligou o motor, os olhos dela se abriram.

"Chegamos."

Stella passou as mãos nos cabelos amassados. "Estou quase cansada demais para sair do carro."

"Posso carregar você."

Ela tentou abrir um sorriso sonolento, claramente pensando que ele estava brincando.

"É sério." A ideia de carregá-la para a cama parecia muito atraente naquele momento. Ele gostava de abraçá-la e, por mais estranho que pudesse parecer, queria preencher os quadradinhos. Em três anos, era a primeira vez que demorava tanto para trepar num encontro, e vê-la naquele vestido fazia sua calça ficar apertada.

"Não seja bobo." Stella abriu a porta e ficou de pé com movimentos que pareceram desajeitados até mesmo para ela. Quando Michael trancou o carro e se juntou a ela na porta da casa, porém, o olhar dela era bem firme. "Não vou ter energia para uma aula hoje."

"Não precisa ser uma aula." Ele passou os dedos no braço dela, e viu quando sua pele inteira se arrepiou. As pálpebras pesadas tornavam seus olhos mais sensuais. Stella era linda. "Posso só fazer você se sentir melhor." Ele acariciou a mão dela, que abriu os dedos, em um convite ao toque. "Você já pagou pela noite toda mesmo."

Ela fechou a mão e se virou para a porta. "Queria conversar sobre isso com você. Entra, por favor."

* * *

Depois de guardar os sapatos, Stella passou por seu amado Steinway na sala de jantar, desfrutando da sensação do piso de madeira sob os pés doloridos. Michael a seguia em silêncio, e ela desconfiava de que ele reparava em como o interior da casa era espartano.

Não havia nenhum enfeite sobre a mesa de jantar. Nenhum objeto decorativo à vista. Não havia muita coisa além da mesa. Ela não sabia de que tipo de madeira era feita, mas era boa. Stella passou os dedos sobre a superfície acetinada enquanto caminhava para a cabeceira, onde costumava se sentar. As cadeiras ao redor eram as únicas na casa inteira.

"Você mudou faz pouco tempo?", Michael perguntou.

Ela puxou uma cadeira para ele e esfregou o cotovelo, sem jeito. "Não exatamente."

Em vez de se sentar, Michael foi até a cozinha. Com as mãos nos bolsos, observou o fogão, a geladeira e o freezer de aço inox, e tudo o mais que havia no espaço quase vazio. Fria, cinzenta e cavernosa, a cozinha era o lugar de que Stella menos gostava na casa. Ou pelo menos costumava ser.

Com Michael lá, assumia outro aspecto. Tornava-se um ambiente íntimo e convidativo, com lâmpadas de LED em luminárias baixas que mais pareciam estrelas. Não parecia mais um cômodo tão solitário.

"Como assim, 'não exatamente'? Um mês? Dois?" Ele abriu um sorrisinho provocador ao perguntar: "Um ano?".

"Cinco anos."

Michael ficou boquiaberto, e examinou a casa com novos olhos. "Então você gosta dessa coisa minimalista?"

Ela deu de ombros. "Passo a maior parte do tempo no escritório, então não faz muita diferença. Tenho uma cama, uma TV legal e uma conexão de internet excelente."

Ele sacudiu a cabeça e deu uma risadinha. "Só o essencial."

"Isso é esquisito?" Como demorar para aprender a falar ou se sentir superestimulada em uma casa noturna?

"Não, acho que até gostei", ele disse com um sorriso. "Mas alguns objetos decorativos e um ou dois sofás não fariam mal. De repente uma mesinha de centro. Ninguém precisa de muita coisa além disso."

Um nó se formou na garganta dela. Naquele exato momento, com Michael em sua cozinha, em sua casa, Stella sentia que não precisava de mais nada no mundo. Mas seu tempo juntos estava prestes a acabar.

Ela não estava pronta para aquilo.

"Você pode sentar pra gente conversar?", ela pediu.

Todo sério, ele assentiu e contornou a enorme ilha central da cozinha para ir se sentar na cadeira indicada. Assim próximo, ele exercia uma atração magnética sobre ela, que tratou de se sentar antes que o acabasse tocando e se distraindo. Precisava manter o foco. Se falasse com bastante eloquência, talvez Michael concordasse com seu novo plano.

Stella apoiou as mãos inseguras no tampo da mesa. Em questão de segundos, começou a batucar.

Uma mão quente deslizou sobre a sua e a apertou. "Não precisa ficar nervosa quando está comigo. Sabe disso, certo?"

Ele não tirou a mão, o que a levou a analisar como se sentia. Era um toque casual e não solicitado, do tipo que em geral a fazia se fechar em si mesma. Mas naquele momento só sentia o calor do corpo de Michael, a aspereza de sua pele e o peso de sua mão. Era difícil de entender, mas seu corpo o aceitava. Somente ele.

A conclusão renovou sua determinação, e ela tomou coragem para o que viria. "Quero fazer uma nova proposta."

Ele inclinou a cabeça de forma cautelosa. "Está dizendo que quer estender as aulas para além da sexta que vem?"

"Não quero mais aulas. A noite que tivemos juntos — tanto as partes boas como as... não tão boas — me fez perceber algumas coisas. Sou ruim de cama, mas ainda pior em relacionamentos. Acho que prefiro gastar meu tempo tentando me aperfeiçoar nisso. Nunca tinha dividido um sorvete com alguém, nem andado de mãos dadas na rua. Nunca tive um jantar que não fosse marcado por longos silêncios constrangedores, ou sem que eu acabasse ofendendo a outra pessoa sem querer e a afastando de mim."

Ele passou o polegar sobre as articulações de suas mãos enquanto pensava em suas palavras com uma expressão inabalável no rosto. "Não vi nenhum problema de relacionamento, a não ser quando você quis ir embora. E, se eu tivesse aceitado o beijo daquela mulher, teria merecido. Você se saiu bem hoje."

"Mas só porque estava com você."

Ele pareceu pensativo por um momento. "Vai ver é porque você se sente no controle quando está comigo. Como está me pagando, a pressão é menor, e pode relaxar."

"Não é isso, de jeito nenhum. Só consigo relaxar por causa da maneira como me trata. Porque é você", ela falou, convicta.

Michael franziu as sobrancelhas e ficou imóvel por vários segundos. "Stella, você não deveria me dizer essas coisas."

"Por que não? É verdade."

As reações dele se alternavam mais depressa do que ela era capaz de decifrar. Michael sacudiu a cabeça e engoliu em seco. Um sorrisinho curvou as beiradas de seus lábios antes que recolhesse a mão para coçar o queixo. Ele limpou a garganta em seguida, mas sua voz ainda saiu meio rouca. "Me conta sobre essa nova proposta."

Ela ficou olhando para o dorso das mãos, sentindo o calor do toque dele. "Quero que me ensine a manter um relacionamento. Não a parte sexual, mas a da companhia. Como hoje à noite. Conversar, compartilhar, andar de mãos dadas. Novidades são sempre assustadoras para mim, mas com você consigo lidar com isso e até gostar. Quero contratar você como meu namorado em tempo integral."

Ele abriu a boca, mas só foi falar depois de um bom tempo. "Como assim, 'não a parte sexual'?"

"Quero tirar o sexo do acordo. Não quero ser como aquela mulher na casa noturna, forçando intimidade. Minha esperança é de que, se aprender a ser uma boa companhia, ninguém vai se incomodar em me ajudar a evoluir na cama."

"Quem aqui disse alguma coisa sobre intimidade forçada?", ele questionou, estreitando os olhos. "Tudo o que fiz com você até agora foi por livre e espontânea vontade."

Ela se esforçou para não fazer uma careta e entrelaçou os dedos para não recomeçar a batucar na mesa. "Da próxima vez que um homem me beijar, tem que ser porque ele *quer*." Sem nenhum incentivo monetário. Depois de ver Michael com sua antiga cliente, tudo o que os dois tinham feito até então adquirira um gosto amargo na boca dela. A ideia de Stella ao contratar um acompanhante para aprender sobre sexo tinha sido simplista demais. "Sei que você a princípio não se interessa em repetir clientes e que a minha nova proposta envolve ainda mais tempo juntos. Por causa disso, estou disposta a pagar cinquenta mil dólares adiantados pelo primeiro mês. Podemos estender por uns três a seis meses pelo mesmo valor. Que tal? É o bastante para simular uma prática de relacionamento? Tudo pode ser negociado, claro. Não sei qual é o padrão do mercado para esse tipo de acordo."

"Cinquenta mil..." Ele sacudiu a cabeça como se não tivesse escutado direito. "Stella, não posso..."

"Antes de dizer não, pense a respeito", ela pediu, sentindo o coração disparar. "Por favor."

Ele se afastou da mesa e ficou de pé. "Preciso de um tempo."

"Claro." Ela levantou e prendeu a respiração. Estava apreensiva, sem saber o que fazer. "Quanto tempo quiser."

Ele segurou seu braço e deu um passo em sua direção, chegando a se inclinar um pouco para a frente antes de se deter. Com os olhos colados em sua boca, percorreu o contorno de seus lábios com a ponta dos dedos, provocando calafrios por todo o seu corpo. "Conversamos na sexta que vem. Pode ser?"

"Tudo bem."

Ele mordeu o lábio inferior como se estivesse pensando em beijá-la, e Stella sentiu sua boca formigar em resposta. "Boa noite, então."

"Boa noite, Michael."

Paralisada e ofegante, ela o observou ir embora.

{12}

Jab, jab, cruzado. Jab, jab, cruzado. Cruzado, cruzado, cruzado.

O suor escorria para os olhos de Michael, fazendo-os arder. Ele passou o antebraço no rosto antes de cerrar o punho e atingir de novo o saco de pancadas. Quando algum pensamento se infiltrava em sua mente, batia mais forte. Pensamentos demais, sentimentos demais.

Jab, esquiva, gancho. Jab, cruzado.

Seus braços queimavam. Era uma dor bem-vinda, que incinerava tudo dentro de sua cabeça. Não havia nada além da resistência pesada da areia dentro do saco e do grave impacto que provocava ondas de choque pelos braços e pernas.

Jab, jab, jab, cruzado, cruzado, cruzado. Mais forte. Será que conseguiria derrubar o saco de pancadas preso por correntes? Talvez. Cruzado, cruzado, cruzado, cruzado...

Batidas escandalosas na porta o interromperam no meio de um soco, e ele olhou feio naquela direção. Sua irritação logo se transformou em receio. Poderia ser o senhorio querendo falar sobre o aluguel?

Jogando uma toalha sobre o pescoço, Michael abriu a porta.

"E aí?" Quan passou por ele, colocou um pacote com seis long necks na mesinha de centro e atirou a jaqueta de motoqueiro sobre o sofá. Sem se dar ao trabalho de olhar para Michael, foi até a cozinha e abriu a geladeira. "Tem alguma coisa para comer?"

"Quem trabalha num restaurante é você", Michael respondeu, voltando aos socos.

O saco de pancadas ainda balançava por causa da sequência de golpes que tinha desferido. Michael o endireitou antes de cravar o punho outra vez no couro gasto. Enquanto atingia o equipamento, ouviu uma série de bipes de micro-ondas.

"Vou comer as sobras que encontrei aqui", Quan avisou.

Michael o ignorou e continuou batendo.

O micro-ondas apitou. Pouco depois, Quan apareceu com uma tigela fumegante, sentou no sofá e começou a devorar o jantar de Michael. Fazendo bastante barulho.

Quando cansou de aturar aquilo, Michael parou de bater e falou: "A maioria das pessoas come na mesa da cozinha".

Quan deu de ombros. "Prefiro o sofá." Ele enfiou uma garfada de macarrão na boca e chupou os fios pendurados. Em seguida lançou um olhar para o primo como quem pergunta "que foi?".

Michael cerrou os dentes e tentou retomar o ritmo.

"Você anda puxando ferro? Seus braços estão maiores. Parece até que você tem uns pãezinhos escondidos aí, cara."

Endireitando o saco de pancadas, Michael perguntou: "O que está fazendo aqui?".

"Você vai se desculpar comigo ou não? Porque está sendo um primo de merda. De verdade."

Ele fechou os olhos e soltou o ar com força. "Desculpa."

"Vou ter que pedir para você tentar de novo."

Ele se afastou do saco de pancadas e se jogou no sofá ao lado do primo. "Desculpa mesmo. As coisas estão complicadas para mim e..." Michael apoiou os cotovelos nos joelhos e cobriu o rosto com as mãos enfaixadas. "Desculpa."

"Não entendo por que mentiu sobre ter namorada. 'Ninguém especial' o cacete. Está com medo de que ela não goste da família ou coisa do tipo?", Quan perguntou com um risinho de deboche.

Michael teve que se segurar para não arrancar os cabelos. "Não quero falar sobre isso."

"Porra, Michael." Quan pôs a tigela na mesinha ao lado das cervejas e pegou a jaqueta. "Tô caindo fora então." Ele foi até a porta e virou a maçaneta.

"Tive um dia de merda, tá?" Michael começou a tirar as bandagens das mãos. "Tudo bem que só ando tendo dias de merda, mas hoje foi pior.

Pensei que a minha mãe tivesse morrido. Eu a encontrei jogada na poltrona, achei que não estava respirando. Fiquei desesperado."

Quan se virou, com a preocupação estampada no rosto. "Ela está bem? Por que não fiquei sabendo disso? Foi que nem das outras vezes em que você a encontrou no banheiro? Ela foi para o hospital?"

Terminando de remover as ataduras de uma mão, Michael passou para a outra, revivendo o medo, o alívio e a vergonha que sentiu. "Ela está bem. Só estava dormindo. Brigou comigo por causa de toda a comoção que causei."

A expressão de Quan passou de alívio a divertimento. "Você é um filhinho da mamãe mesmo, sabia?"

"Como se você não fosse."

"Diz isso pra minha mãe. Quem sabe ela começa a me tratar melhor?"

Michael revirou os olhos, ainda desenrolando as bandagens. "Depois, apareceu alguém procurando meu pai. Querendo entregar uma intimação a ele. Não sei se era a mesma pessoa da outra vez, a Receita Federal ou alguém novo. É sempre engraçado ver a expressão na cara desse pessoal quando digo que sou filho dele. Dá para perceber que me medem dos pés à cabeça e começam a tirar conclusões. Quando digo que não faço ideia de onde ele está, que nem sei se está vivo, preciso encarar a desconfiança ou pena. Minha mãe passou o resto do dia repetindo a ladainha, reafirmando o merda que ele é."

"Ela só fala sobre isso com você, sabia? Nem com a minha mãe entra no assunto, e as duas são *assim*." Quan cruzou os dedos para mostrar como eram próximas. "Precisa deixar sua mãe desabafar."

"Eu sei." Michael entendia que falar a respeito fazia bem para a mãe e, na maior parte das vezes, conseguia lidar bem com a situação. Mas estava ficando cada vez mais difícil. Porque *ele* também era um cuzão egoísta.

Tal pai, tal filho.

Estava tentado a aceitar a proposta de Stella, apesar de lá no fundo saber que devia recusar. Era melhor que ela passasse o tempo com figurões do mercado de tecnologia e ganhadores do prêmio Nobel — pessoas com quem de fato combinasse e que pudessem acompanhar financeiramente seu estilo de vida.

Não era o caso de Michael. Embora estivesse disposto a fazer o que fosse possível para tirar o dinheiro da equação, as contas não paravam de chegar, então ele não podia parar de trabalhar.

"Quer que eu vá embora?", Quan perguntou da porta.

Michael pegou duas cervejas, abriu a tampa de uma usando a outra e pôs a aberta sobre a mesa. "Fica aí."

Quan a apanhou e sentou ao lado do primo no sofá. Depois de um longo gole, trocou a cerveja pelo macarrão e recomeçou de onde havia parado, fazendo menos barulho.

Michael abriu sua cerveja na beirada da mesa, ligou a tv e bebeu enquanto trocava distraidamente de canal.

"Então, sobre a sua garota...", Quan começou. "Há quanto tempo vocês estão juntos?"

Michael deu outro longo gole na cerveja. Ia precisar de um incentivo alcoólico para levar aquela conversa adiante. "Stella não é bem 'minha garota'. E faz só algumas semanas."

"Que seja, cara, você tem as manhas. Se quiser que uma garota seja sua, ela vai ser."

Michael soltou um risinho de deboche e bebeu mais um pouco. "Não quero uma garota que goste de mim só porque sou bom de cama."

Ele queria uma garota que gostasse dele por quem era.

"Que puta papo furado." Quan trocou a tigela vazia pela cerveja e deu um gole. "Ela quase chorou quando aquela loira se jogou em cima de você. Está totalmente na sua."

O coração de Michael ameaçou dar saltos mortais dentro do peito quando ele ouviu aquelas palavras do primo. Teve que se repreender mentalmente enquanto se forçava a encarar a garrafa. Quan devia estar exagerando. Era melhor não tirar conclusões precipitadas. "Legal."

"Legal?" Quan arqueou uma sobrancelha. "Você não está mais no colégio, cara. Deveria ficar superfeliz, me agradecer por ter falado, já que não consegue sacar porra nenhuma. Precisa de conselhos na cama também? Conheço umas paradas boas."

Michael teve que gargalhar. "Não, estou tranquilo. Valeu. Mas se você precisar de umas dicas..."

Quan começou a cutucar o rótulo da cerveja, como se tivesse alguma coisa a dizer, mas não soubesse como. Com um olhar bem sério, por fim perguntou: "Você reparou que ela é meio parecida com o Khai?".

Michael abriu um leve sorriso. "Um pouco, acho." Stella não tinha muito traquejo social, mas era bem mais expressiva e sensível que Khai. "Por quê?"

Quan levantou as sobrancelhas e continuou bebendo a cerveja. "Por nada." Depois de um tempo, ele apontou a garrafa para Michael. "Então vocês dois já...? Você sabe."

Michael deu um longo gole na cerveja. "Não."

"Sério?" Quan fez uma careta. "Ela é virgem? Porra, é do tipo que quer se preservar para o casamento? Sai dessa logo."

Michael encolheu os ombros. "Ela precisa que eu vá mais devagar. Não ligo. Estou até gostando." A cada nova reação de Stella ele se sentia melhor, como se a estivesse conquistando. Talvez porque naquele aspecto as coisas sempre tivessem sido fáceis demais para ele.

"Mentiroso do caralho. Deve estar tocando punheta umas dez vezes por dia."

"Eu não disse que não estava."

Quan passou para a ponta do sofá num pulo. "Ah, caralho. Aqui no sofá?"

"Quer mesmo saber?", Michael perguntou com um sorrisinho.

"Você é doente, sabia?" Quan levantou e foi sentar na mesa de centro, se esfregando como se tivesse sido contaminado.

Michael caiu na risada, depois os dois passaram um bom tempo em silêncio, se ocupando só das cervejas.

Quando não conseguiu mais se segurar, Michael perguntou: "O que você achou da Stella? Gostou dela?". Ele se preparou psicologicamente para a resposta, percebendo que se importava de verdade com a opinião do primo.

Que idiotice era aquela? Mesmo se aceitasse a proposta, seria só o namorado de mentira dela. A simulação de relacionamento terminaria assim que Stella ganhasse confiança para se envolver de verdade com alguém melhor.

"Ah, sim, ela é bonita, e bem mais meiga que as garotas com quem você costuma se envolver. Sua mãe vai pirar nela."

Michael pôs a cerveja sobre a mesa. Era pouco provável. As duas teriam que se conhecer primeiro, o que não ia acontecer.

"Qual é o sobrenome dela?", Quan perguntou, sacando o celular.

"Por quê?"

"Quero ver se tem perfil no LinkedIn. Faço isso com todos os caras com que minha irmã sai. Você não fica curioso?"

Sim, ele estava curioso. "Lane. Stella Lane."

Um zumbido persistente despertou Stella de mais um sonho quente com Michael. Durante toda a semana, não conseguira parar de pensar nele.

No trabalho, tentava se concentrar nos dados, mas as palavras e os números se transformavam em partes corporais que se harmonizavam de formas fascinantes. Ela fantasiava com as mãos, a boca, o sorriso, os olhos, as palavras, a risada — enfim, com a *presença* dele.

Quando dormia, era atormentada pelos sonhos, tão intensos que o desejo a acordava no meio da madrugada.

A sexta-feira anterior a levara além dos limites. Quanto àquilo não havia dúvidas.

Stella estava oficialmente obcecada por Michael.

E eles poderiam nunca mais se ver. A sexta-feira havia chegado, e ele ainda não tinha entrado em contato nem por mensagem nem por telefone. Seria uma daquelas situações em que o *não* era irreversível? Seu coração estava apertado e seu corpo pesava de tristeza.

O zumbido infernal continuava, distraindo-a. Ela tateou no criado-mudo até encontrar o celular. Estreitou os olhos para ler o nome na tela e viu que era a faxineira.

Stella deu uma tossida antes de atender, como que para tirar o sonho erótico da garganta. "Alô?"

"Srta. Lane, não vou conseguir ir hoje. Minha filha ficou doente e tenho que ficar com ela."

"Ah, tudo bem. Obrigada por avisar. Espero que ela melhore logo."

"Posso compensar na semana que vem?"

"Claro, sem problemas." Stella olhou para o relógio, e seu coração quase saiu pela boca. Eram quase oito horas. Àquele horário ela costumava já estar a postos em sua mesa.

Estava quase desligando quando ouviu a faxineira dizer: "Talvez você deva levar as roupas na lavanderia, já que não vou hoje".

"É verdade. Obrigada por me lembrar."

"Imagina. Tchau."

Stella chegou a pensar em desistir da ida à lavanderia. Além de não saber onde havia uma, não gostava da ideia de incluir uma tarefa extra na rotina matinal. Era... irritante, e mais um motivo de ansiedade. Um lugar novo. Com pessoas novas. Depois do desastre da casa noturna, sua tolerância a novidades batera um recorde negativo.

No fim, foi o pensamento de que não teria o número certo de saias e camisas penduradas no armário que a levou a procurar na internet lavanderias próximas à sua casa. Ela escolheu o estabelecimento com a melhor avaliação, apesar de ficar meio fora de mão.

Sem tempo a perder, porque o chefe provavelmente chamaria a polícia se não a encontrasse no escritório assim que chegasse, Stella foi por El Camino Real, saindo de Palo Alto e entrando em Mountain View. Depois de mais ou menos quinze minutos, estava no estacionamento de uma pequena galeria comercial com uma fachada de madeira bem conservada e carvalhos alinhados junto à calçada. Letreiros à moda antiga assinalavam a presença de um café, uma academia de artes marciais, uma lanchonete e o local que procurava: a Lavanderia e Alfaiataria Paris.

Ela pôs a bolsa e a sacola com as roupas no ombro e atravessou o estacionamento asfaltado. Uma senhorinha corcunda e miúda, com bochechas de esquilo e lábios retraídos, estava parada diante da porta. Uma echarpe estampada cobria sua cabeça, amarrada sob o queixo. Devia ser o adulto mais fofo que Stella já tinha visto na vida.

Ela segurava uma tesoura de poda nas mãos enrugadas, que brandia em vão na direção do carvalho em frente à lavanderia.

Stella deteve o passo, surpresa e encantada com o que via. A velhinha sacudiu a tesoura com movimentos perigosos, quase abrindo um corte na própria perna. Então estendeu o cabo da ferramenta, apontou para Stella e depois para a árvore.

Stella olhou para trás, mas, como imaginava, a senhorinha estava mesmo se referindo a ela. "Acho melhor eu não..."

A velhinha apontou para um galho baixo na árvore. "Corta."

Stella percorreu o estacionamento com os olhos, mas não havia ninguém por perto. Então subiu na calçada e pegou a tesoura gigante e *pesa-*

díssima da mão da mulher. Aquilo era um acidente anunciado. "É melhor chamar uma empresa de jardinagem. Sem dúvida vão ter alguém para..."

A velhinha sacudiu a cabeça. Mais uma vez, apontou para Stella e para a árvore. "Corta."

"Está falando disso?" Ela apontou com a ponta da tesoura para o galho baixo.

"Hummm." A mulher fez que sim com a cabeça com todo o vigor. Seus olhos escuros reluziam no rosto enrugado.

Stella não tinha escolha. Tinha medo de que, se não fizesse aquilo, a velhinha tentaria de novo e talvez se ferisse seriamente no processo. Não sabia nem como ela conseguia segurar aquela tesoura sem deslocar todas as vértebras da coluna.

Com movimentos desajeitados sobre os saltos altos — já tendo a bolsa e a sacola no ombro, além da tesoura pesada —, Stella se posicionou sobre a grama na base da árvore para poder se aproximar do galho.

"*Não, não, não, não, não.*"

Ela ficou paralisada com uma perna no ar e o coração pulando no peito como um acrobata de circo.

A velhinha apontou para o gramado que, visto mais de perto, parecia... um canteiro de hortaliças.

Com todo o cuidado, Stella posicionou o pé na terra entre as plantas.

"Hummm", a velhinha murmurou antes de apontar de novo para o galho. "Corta."

Com uma força milagrosa e sobre-humana gerada pela adrenalina, Stella ergueu a tesoura sobre a cabeça, posicionou-a em torno do galho estreito e o cortou com um estalo. O galho despencou sobre a calçada como um passarinho caído do ninho. A velhinha levou a mão ao joelho, pronta para se agachar e recolhê-lo, mas Stella se afastou às pressas da árvore e fez isso por ela.

A mulher sorriu ao pegar o galho na mão, então deu um tapinha no ombro de Stella. Em seguida viu a sacola de roupas dela, deu uma espiada lá dentro e pôs a mão na alça, puxando-a para a lavanderia. Abriu a porta de vidro com uma força surpreendente. Depois que entraram, ela pegou a tesoura da mão de Stella, escondeu atrás das costas como se aquilo fosse impedir alguém de vê-la e desapareceu por uma porta atrás do balcão vazio.

Stella olhou ao redor, notando a presença de dois manequins sem cabeça na vitrine, vestindo um smoking preto bem cortado e um vestido de noiva de renda com caimento perfeito. As paredes eram de um tom de azul tranquilizador, e havia cortinas brancas esvoaçantes e bastante luz natural.

Uma prova de roupa acontecia numa sala adjacente. Uma matrona de aspecto respeitável vestia um macacão branco sem mangas sobre uma plataforma elevada entre três espelhos.

Stella ficou imóvel, totalmente perplexa.

Ajoelhado aos pés da mulher estava Michael.

Ele usava uma calça jeans larga e uma camiseta branca justa nos bíceps. Parecia lindo, totalmente à vontade. Havia uma fita métrica em seu pescoço, caindo sobre o peito, e uma almofada repleta de alfinetes afiados em seu pulso. Ele tinha até um lápis azul atrás da orelha direita.

"Que tipo de sapato você pretende usar com essa roupa?", ele perguntou à mulher.

"Estes mesmos, na verdade." A mulher puxou a barra da calça para revelar sapatos de salto alto convencionais.

"É melhor usar um aberto nos dedos, Margie. E uns três centímetros mais alto."

A mulher comprimiu os lábios, olhou para o pé e inclinou a cabeça para um lado e depois para o outro. Depois de um momento, assentiu. "É verdade. Tenho o sapato perfeito em casa."

"Vou subir um pouco a bainha então. Como está na cintura?"

"Confortável até demais."

"Imaginei que você fosse comer quando usasse a roupa."

"Você pensa em tudo, não é mesmo?" Ela se virou para ver no espelho a cintura ajustada com alfinetes de perfil.

Michael revirou os olhos, mas sorriu. "Não se esqueça do batom."

"Como poderia esquecer? Bem vermelho. Vai ficar pronto até sexta que vem?"

"Vai."

"Ótimo."

Ela se retirou para um provador ainda com o macacão, e Michael apanhou uma peça de estampa florida no encosto de uma cadeira. Ele ajustou os alfinetes e tirou o lápis da orelha para marcar o tecido, com os olhos focados e as mãos se movendo com competência.

Na cabeça de Stella, as peças dispersas finalmente se encaixaram. Aquele era Michael em seu estado natural. Aquilo era o que ele fazia quando não estava trabalhando como acompanhante. Ele era um alfaiate.

Michael sacudiu o tecido e o pendurou no braço antes de ir buscar mais uma peça marcada com alfinetes.

Quando notou a presença dela de canto de olho, falou: "Atendo você num segun...". Os olhos dos dois se encontraram, e ele ficou boquiaberto.

Michael congelou.

Stella congelou.

"Como foi que você...?" Ele olhou pela vitrine como se pudesse encontrar a resposta do lado de fora do estabelecimento.

Seu coração disparou. Aquilo não parecia nada bom, e sim um caso de obsessão absoluta. Mas não era justo. Stella só concluíra que estava obcecada por ele naquela manhã. Não tivera nem *tempo* de rastreá-lo e persegui-lo. Sua chance mínima de um acordo em tempo integral tinha sido jogada pela janela.

Ela deu um passo para trás. "Eu já vou indo."

Michael transpôs o recinto em passos acelerados e a pegou pela mão antes que saísse. "Stella..."

O braço dela foi percorrido por uma onda de eletricidade em reação ao toque. Stella sentiu vontade de chorar. "Trouxe minhas roupas para lavar. Nem sabia que você trabalhava aqui. N-não estou perseguindo você. Sei que não é o que parece."

A expressão dele se atenuou. "Na verdade, parece que você trouxe roupas para lavar." Ele pegou a sacola do ombro dela. "Já te atendo."

Michael colocou suas coisas sobre o balcão e começou a contar as camisas com a eficiência de um profissional. Suas bochechas, no entanto, tinham um rubor incomum.

"Isso é constrangedor para você?", Stella perguntou, detestando deixá-lo sem jeito.

"Um pouco. Acredite ou não, é a primeira vez que uma cliente vem aqui. Sete camisas. Devem ser sete saias também, então." Ele as contou e deu uma boa olhada em Stella. "Você trabalha *todos* os dias da semana?"

Ela assentiu com um movimento exagerado. "Prefiro o escritório nos fins de semana."

Ele inclinou um pouco o canto da boca. "Entendo." Não havia nenhum julgamento em seu tom de voz, nenhuma crítica, nada que insinuasse que se tratava de algo prejudicial à saúde ou à vida social dela. Michael não achava que havia algo de errado com Stella. Ela teve vontade de pular o balcão e se jogar nos braços dele.

Só então Michael percebeu que havia algo mais na sacola. Quando a virou, o vestido azul caiu.

Os olhos dele se ergueram e se acenderam ao encontrar os dela.

Stella se agarrou ao balcão quando as lembranças do sorvete compartilhado vieram à sua mente. Lábios gelados e sedosos, menta com chocolate, o gosto da boca dele. Beijos sem pressa num lugar lotado.

"Alguma instrução especial?", ele perguntou, meio rouco.

Piscando várias vezes para afastar as lembranças, Stella forçou sua mente a se concentrar no presente. "Não precisa engomar. Não gosto de sentir o tecido duro na..."

"Sua pele", ele completou, passando o polegar sobre o dorso da mão dela.

Stella confirmou com a cabeça e tentou pensar em algo para dizer. Seu olhar acabou pousando no vestido azul. "Comprei essa roupa porque gostei da cor e do tecido." A peça sedosa e bem estruturada tinha sido um belo complemento para o terno de Michael... "O terno", ela murmurou. "Foi você que fez?"

Ele baixou os olhos e abriu um sorriso de menino envergonhado. "Foi."

Ela ficou boquiaberta. *Se ele consegue fazer isso, por que trabalha como acompanhante?*

"Meu avô era alfaiate. Pelo jeito, está no meu sangue. Gosto de fazer roupas."

"Você faria uma para *mim*?"

"Você teria que ficar um tempão de pé. Não é nada legal. Tem certeza de que ia querer?" O tom de voz dele era cheio de convicção, mas não a expressão em seus olhos. Stella demorou um tempinho para perceber que aquilo o fazia se sentir vulnerável.

Seria possível que Michael duvidasse que alguém pudesse se interessar por ele não só por causa do corpo que tinha?

"Tenho roupas feitas sob medida, lembra? Sei como é. E acho que vale a pena. Você tem talento. Quero usar seus modelos."

"É verdade. Tinha esquecido." O sorriso de menino apareceu de novo, quase tímido. Ela sentiu vontade de abraçá-lo e não soltar nunca mais.

"Fiquei esperando notícias suas", ela murmurou.

O sorriso desapareceu do rosto de Michael, e sua expressão ficou séria. "Eu precisava pensar."

"Vai aceitar minha proposta?" *Por favor, diz que sim.*

"Ainda está de pé?"

"Claro." Ela não conseguia pensar em uma única razão para mudar de ideia.

"Nada de sexo?"

Ela respirou fundo e assentiu. "Isso mesmo."

Ele se inclinou para a frente e perguntou baixinho: "Porque você quer ter certeza de que o próximo homem que te beijar e tocar vai fazer isso só porque está a fim?".

"I-isso." Ela se inclinou na direção dele à espera da resposta, quase com medo de soltar o ar dos pulmões.

"Eu aceito."

Stella sorriu, atordoada e aliviada. "Obriga..."

Ele levantou o queixo dela e a beijou. Uma sensação de eletricidade pura pulsou dentro de Stella. Se não estivesse se apoiando no balcão, teria caído. Quando ela murmurou, ele intensificou o beijo, dominando sua boca com a língua como ela queria que...

A porta atrás do balcão se abriu.

Eles se separaram às pressas, como dois adolescentes pegos em flagrante. Michael limpou a garganta e tratou de se ocupar das roupas no balcão. Stella comprimiu os lábios, sentindo o gosto dele em sua pele e limpando a umidade com o dorso da mão.

Pela expressão no olhar da mulher que entrara, havia visto tudo... e estava curiosa. Tinha óculos redondos no alto da cabeça, num ângulo que desafiava a gravidade, e os cabelos pretos presos num rabo de cavalo, com várias mechas soltas. Vestia um suéter estampado e calça xadrez verde. Como Michael, tinha uma fita métrica pendurada no pescoço.

Ela estendeu um traje desconstruído para Michael e apontou para uma parte da costura. Os dois começaram a conversar num idioma acelerado e tonal que parecia ser vietnamita.

Quando Michael se inclinou sobre a peça com uma expressão pensativa no rosto, a mulher abriu um sorriso distraído para Stella e deu um tapinha no braço dele. "Ensinei tudo para ele quando era pequeno, agora é ele quem me ensina."

Stella forçou um sorriso. A *mãe* de Michael havia pegado os dois se beijando? Tentou encontrar semelhanças entre os dois, mas nada se destacou a princípio. O impressionante rosto de Michael equilibrava feições orientais com ângulos ocidentais. Seus ombros largos e sua estrutura forte e vigorosa estavam muito distantes daquela mulher miúda.

Stella ajeitou os óculos no rosto e passou as mãos na saia, desejando estar usando um jaleco e um estetoscópio.

Do outro lado da porta aberta, cabides com roupas em diferentes estágios de confecção e máquinas de costura profissionais preenchiam o amplo espaço de trabalho. Uma arara circular mecanizada que transportava roupas protegidas por plástico ocupava o lado esquerdo do recinto, e incontáveis carretéis cobriam as paredes. A velhinha de antes estava sentada em um sofá gasto no canto direito, vendo televisão sem som. A tesoura de poda não estava em lugar nenhum à vista.

"Com que você trabalha? É médica?", a mulher perguntou com uma esperança mal disfarçada.

"Não, sou econometrista." Stella contraiu os dedos e olhou para os próprios sapatos, esperando uma reação decepcionada.

"É o mesmo que economista?"

Os olhos de Stella se ergueram rapidamente, surpresos. "Parecido, só que envolve mais matemática."

"Sua namorada já conheceu Janie?", a mãe perguntou a Michael.

Ele ergueu os olhos da peça com uma expressão preocupada. "Não, ela não conheceu Janie, e não é a minha..." Então se deteve, olhando para a mãe e depois para Stella.

O dilema estava bem claro. Como deveriam se apresentar em público?

"Ela não é o quê?", a mãe perguntou, confusa.

Ele pigarreou e se concentrou na peça de roupa que estava em suas mãos. "Ela não conheceu Janie."

Uma onda de calor inesperada se espalhou pelo corpo de Stella. Ele não corrigiu a mãe. Aquilo significava que iam agir como namorados em público?

Um desejo desesperado tomou conta de Stella, numa intensidade que a surpreendeu.

"Quem é Janie?", ela encontrou forças para perguntar. Já tinha ouvido aquele nome antes.

"A irmã dele." A mãe pareceu pensativa por um tempo. Em seguida seus olhos brilharam e ela falou: "Você deveria ir jantar lá em casa hoje à noite. Pode conversar com Janie sobre economia. Ela está estudando em Stanford, e anda tentando arrumar em emprego. Minhas outras filhas também vão querer conhecer você. Ninguém sabia que Michael estava namorando".

As palavras da mãe soterraram qualquer outra emoção que Stella pudesse sentir. De novo, ela dissera que era namorada de Michael. Casa. Jantar. Irmãs. As palavras dançavam em sua cabeça, se recusando a fazer sentido.

"É só aparecer. Mesmo se tiverem planejado alguma coisa, vão precisar comer antes. Michael pode fazer *bún*. É muito gostoso... Me esqueci de perguntar: qual é seu nome?"

Atordoada, ela respondeu: "Stella. Stella Lane".

"Pode me chamar de Mẹ."

"Mẹ?", repetiu Stella.

Ela sorriu em sinal de aprovação. "Não coma nada antes de ir. Sempre tem um monte de comida em casa." Ela juntou as mãos como se estivesse tudo combinado, preencheu o recibo da lavagem das roupas de Stella e o entregou. "Ficam prontas na terça de manhã."

Em estado de pânico, Stella enfiou o recibo na bolsa, murmurou um agradecimento e saiu em direção ao carro, passando pela horta da avó dele — ou pelo menos era o que achava que a velhinha era. Quando se acomodou no assento do motorista, as palavras de Mẹ ecoaram em sua cabeça.

Casa. Jantar. Irmãs.

A porta da lavanderia se abriu, e ele correu até ela. Stella baixou o vidro, e Michael apoiou as mãos na lateral do carro. "Não precisa ir se não quiser." Ele franziu a testa, hesitante. "Mas talvez..."

"Talvez o quê?", ela se pegou dizendo.

"Talvez seja útil pra você."

"Vamos usar sua família para treinar?" O fato de Michael confiar nela o bastante para deixar que se envolvesse com as pessoas mais importantes da vida dele a deixou comovida de uma forma até difícil de entender. Aquele desejo de antes voltou.

"Você vai tratar todo mundo bem?", ele perguntou com uma expressão bem séria.

"Sim, claro." Ela sempre se esforçava para aquilo.

"E vai manter a questão do nosso acordo entre nós? Ninguém lá sabe sobre... o que eu faço."

Stella assentiu. Ele nem precisava ter dito aquilo.

"Então por mim tudo bem. Se você quiser."

"Eu quero." Mas não porque precisava praticar.

"Então vamos em frente." Os olhos dele se voltaram para seus lábios. "Chega mais perto."

Stella se inclinou na direção dele, mas olhando para a frente da loja. "Ela pode estar olhan..."

Michael a beijou de leve na boca. Só um beijo. E logo se afastou. "A gente se vê hoje à noite."

{13}

Quando Michael voltou, deu de cara com a mãe o observando de braços cruzados. Da vitrine, era possível ter uma clara visão do Tesla branco de Stella saindo de ré do estacionamento. Ele sabia que a mãe veria o beijo, motivo pelo qual fora tão apressado, apesar de sua vontade de fazer Stella virar os olhos.

Ela mexia com Michael de tantas formas que era impossível para ele até enxergar direito, quanto mais pensar. Havia sido pego de surpresa ali na loja. Talvez fosse por aquele motivo que tinha aceitado a proposta, quando tinha se decidido a fazer a coisa certa e recusar. Ela não o provocara ou fora irônica. Na verdade, ficara impressionada com seu trabalho e com ele — com quem Michael era *de verdade*. Ninguém mais queria quem ele era de verdade. Só Stella. Num momento de fraqueza, ele deixara de lado suas precauções e fora imprudente. Dissera sim só porque queria passar mais tempo com ela.

Só que as coisas estavam saindo do controle. Os limites estavam ficando difusos, de modo que parecia impossível separar sua vida profissional da pessoal. Talvez até por vontade própria. A mãe presumira que Stella era sua namorada, e ele gostara daquilo até mais do que deveria. Aceitar a proposta tinha sido um erro gigantesco. Já estava arrependido, sentindo que era uma coisa muito errada, apesar de não entender bem por quê. Mas era tarde demais. Talvez se fosse só um mês... Ele era um profissional. Conseguiria levar as coisas por um mês.

"Stel-la", sua mãe falou, como se estivesse treinando a pronúncia.

Michael pegou as roupas dela e se dirigiu à oficina.

A mãe foi atrás. "Gostei mais dela que daquela stripper que você namorou."

"Ela era dançarina." Certo, ela também era stripper. Mas ele era jovem, e ela tinha um corpo incrível e sabia mexê-lo muito bem.

"Lembro que encontrei uma calcinha suja dela lá em casa."

Michael coçou a nuca. "Eu terminei com ela."

Era só sexo. Seu pai era um traidor nato, o que ensinou a Michael que, em vez de assumir compromissos e acabar magoando as pessoas, ele devia manter as relações impessoais. Tinha sido divertido, mas ele acabara pirando um pouco, basicamente transando com quem demonstrasse interesse. Suas lembranças daquele tempo eram um arco-íris de lingeries.

Quando tudo acontecera e ele precisara de dinheiro rápido, tinha pensado: "Por que não faturar uma grana com isso?". Como alfaiate, Michael lidava com mulheres mais velhas e endinheiradas que faziam propostas do tipo de tempos em tempos. Só precisaria aceitar. Também seria o tapa na cara perfeito para o pai — culpado por tudo o que tinha acontecido.

"Esse carro da Stella é bem caro", a mãe notou.

Michael deu de ombros, pôs as roupas de Stella junto com as demais peças a ser lavadas a seco e se sentou à máquina de costura.

Mẹ falou em vietnamita: "Ela gosta de você de verdade. Dá para notar".

"Quem é que gosta dele?", Ngoại perguntou de seu lugar de sempre diante da tv. Estava vendo *O retorno dos heróis condor* pela milionésima vez, a versão antiga com Andy Lau, em que o condor lutador de kung fu era um homem vestido de ave.

"Uma cliente", sua mãe respondeu.

"Aquela da saia cinza?"

"Você viu a moça?"

"Hummm, fiquei de olho nela assim que apareceu. É boa menina. Michael devia casar com ela."

"Eu estou *bem aqui*", ele falou. "E não vou casar com ninguém." Não era uma opção para quem trabalhava como acompanhante. E ele ainda se lembrava de quando o pai sumia durante a infância. A mãe chorava até a hora de dormir, totalmente arrasada, mas tentando segurar firme por causa dos filhos, sem perder um dia de trabalho sequer. Michael jamais magoaria uma mulher daquele jeito. Jamais.

Não que Stella fosse querer casar com ele. Nem sabia por que estava pensando naquilo. Ele havia tido só três encontros com ela. Não, encontros, não. Programas. Compromissos profissionais. Estavam fazendo uma *simulação* de relacionamento. Nada daquilo era de verdade.

"Por acaso criei você para beijar as filhas dos outros daquele jeito e não casar com elas?", a mãe perguntou.

Ele olhou para o teto, irritado. "Não."

"Ela parece boa o bastante para você, Michael."

Era um absurdo. Como se ele fosse um troféu raro.

Ngoại fez um "hummm" em concordância. "E bonita também."

Michael sorriu. Stella era bonita *mesmo*, e nem sequer sabia. Além de inteligente, meiga, atenciosa, corajosa e...

Mẹ deu risada e apontou para ele. "Olha só sua cara. Nem venha dizer que não gosta assim dela. Está bem claro. Não vá deixar escapar essa."

Ngoại fez mais um "hummm".

O sorriso de Michael ficou congelado no rosto. As duas estavam certas. Ele gostava de Stella, mas preferiria não gostar. Ele sabia que não tinha como continuar com ela.

Stella estacionou diante do endereço que Michael havia passado por mensagem, imaginando se flores e chocolate eram a coisa certa a dar. Uma pesquisa no Google sobre etiqueta vietnamita informou que precisava levar *alguma coisa*, mas não havia uma recomendação clara e unânime do quê, e as sugestões iam de frutas a chás e bebidas alcoólicas. Aparentemente, comida era um consenso — o que explicava os chocolates Godiva que estavam no assento do passageiro.

Mas e se não gostassem de chocolate?

Ela queria perguntar a Michael, mas ele não precisava saber quão neurótica e estressada ficava quando conhecia gente nova. E não se tratava de quaisquer pessoas. Era a família de Michael, pessoas importantes, e Stella precisava causar uma boa impressão.

Para tanto, gastara o dia repassando tópicos de conversas em sua mente, de modo a minimizar a necessidade de improvisar — o que, em seu caso, quase sempre terminava mal. Tinhas as respostas para eventuais perguntas na ponta da língua, como sobre seu trabalho. Se fosse questionada sobre hobbies e interesses pessoais, também estava preparada. Caso quisessem saber como conheceu Michael, deixaria que *ele* explicasse, porque ela mesma era péssima com mentiras.

Por um longo momento, ela repassou a lista que sempre usava antes de socializar, com o estômago revirado: pensar antes de falar (toda e qualquer coisa pode ser ofensiva a alguém; na dúvida, era melhor ficar calada), ser agradável, sentar em cima das mãos para evitar batucar os dedos, ficar confortável, fazer contato visual, sorrir (sem mostrar os dentes, para não parecer assustadora), não se distrair pensando no trabalho, não se permitir falar sobre trabalho (ninguém queria ficar ouvindo aquele tipo de coisa), dizer "por favor" e "obrigada", se desculpar de forma sincera.

Apanhando o buquê de margaridas coloridas e as trufas de chocolate amargo, ela desceu do carro e ficou olhando para o sobrado de dois andares. Quando ela se mudara para a cidade, cinco anos antes, aquele bairro era considerado periferia. Com a expansão e o sucesso cada vez maior do Vale do Silício, o valor dos terrenos disparou. Todas as residências do quarteirão agora eram imóveis na casa dos milhões de dólares — até aquela casinha cinza modesta com calçada rachada e gramado malcuidado, que, examinado mais de perto, se revelava um canteiro com plantas que cresciam até a altura dos joelhos.

Enquanto caminhava até a porta da frente, onde as mariposas e moscas zumbiam ao redor da luz da varanda, Stella passou a palma da mão sobre as pontas ásperas das plantas, apreciando o cheiro e o frescor. A avó de Michael devia cuidar da jardinagem.

Stella apertou a campainha e esperou. Ninguém apareceu. Seu estômago se revirou ainda mais.

Ela bateu na porta.

Nada.

Bateu mais forte.

Ainda nada.

Stella conferiu o endereço no celular. Era o lugar certo. O carro de Michael estava parado na frente. Antes que enlouquecesse tentando decidir o que fazer, a porta foi aberta.

Michael sorriu para ela. "Chegou na hora certa."

Stella segurou com mais força as flores e o chocolate, quase sofrendo um colapso nervoso de tanta insegurança. "Não sei se trouxe as coisas certas."

Ele pegou o chocolate e as flores com uma expressão estranha no rosto. "Não precisava ter trazido nada."

Ela sentiu o pânico vir à tona. "Ah, eu posso levar de volta. Me dá aqui que eu ponho no..."

Michael deixou as coisas numa mesinha lateral e passou o polegar em seu rosto. "Minha mãe vai adorar. Obrigado."

Stella soltou o ar com força. "E agora, o que acontece?"

Os cantos da boca dele se ergueram. "Acho que o cumprimento habitual é um abraço."

"Ah." Ela estendeu as mãos de uma forma meio atabalhoada e se aproximou, com a certeza de que estava fazendo tudo errado.

Pelo menos até os braços de Michael a envolverem e ele puxá-la para perto. Aquele cheiro, aquele calor, aquela solidez ao seu redor. Parecia cem por cento certo.

Michael se inclinou para trás com uma expressão suave nos olhos. "Pronta?"

Stella assentiu, e ele a conduziu pelo hall de entrada com piso de mármore e por uma sala de jantar formal até uma cozinha integrada à sala de estar, onde o enorme aparelho de tv chamou a sua atenção. Na tela, um homem e uma mulher em trajes tradicionais de ópera vietnamita se revezavam cantando uma série de notas bem similares. Depois de uma interação mais passional bem impressionante, a avó de Michael aplaudiu. Sentada perto dela à mesa da cozinha, Mẹ parou de descascar mangas para fazer um comentário elogioso.

Quando notou a presença de Stella, ela acenou com o descascador na mão. "Olá. Vamos comer daqui a pouco."

A garota forçou um sorriso e um aceno. Preparada para uma noite de provação social estressante, se aproximou das duas e falou: "Precisam de ajuda?".

Mẹ abriu um sorriso largo e pôs de lado o descascador e o prato com a casca das mangas diante da cadeira vazia à sua esquerda. Stella desabotoou os punhos da camisa. Michael abriu um sorriso e foi para o fogão.

Enquanto lavava as mãos na pia da cozinha, Stella o viu aquecer um wok e despejar óleo e alguns ingredientes da forma descuidada de alguém que sabia de fato cozinhar. Quando ela se sentou ao lado de Mẹ, o ar já estava carregado dos aromas de carne grelhada, alho, capim-limão e molho de peixe. Michael enrolou as mangas até os cotovelos, de modo que era impossível não admirar os antebraços bem torneados enquanto mexia a comida.

Stella precisou se esforçar para voltar sua atenção para as frutas. Ela havia acabado de começar a descascar uma enorme que Mẹ lhe entregara quando o som do piano em outro cômodo chamou sua atenção. As notas iniciais de "Für Elise" entravam em choque com os tons cantados em vibrato na TV, e Stella piscou algumas vezes, sentindo os sons atraírem sua mente em múltiplas direções, o que dificultava seu raciocínio.

"É Janie tocando", Mẹ informou. "Ela é boa, não?"

Stella assentiu, distraída. "É, sim. Mas o piano está desafinado. Principalmente o lá mais grave." Toda vez que a nota soava, ela se contorcia por dentro. "É melhor mandar afinar. Pode estragar o instrumento."

Mẹ ergueu as sobrancelhas, demonstrando interesse. "Você sabe afinar?"

"Não." Stella deu risada. A ideia de tentar afinar seu Steinway sozinha era absurda. Provavelmente destruiria o instrumento com sua falta de jeito. "Um pianista nunca deve tentar afinar seu próprio piano."

"Era o pai do Michael quem afinava o nosso", Mẹ falou, franzindo a testa enquanto arrancava o caroço da manga descascada. "Ele fazia um bom trabalho. Dizia que era um desperdício de dinheiro chamar alguém, já que sabia fazer o serviço."

"Onde ele está? Não pode resolver isso?"

Mẹ levantou da mesa com um sorriso tenso. "Quero que você experimente uma coisa. Vou esquentar e já volto."

Enquanto ela remexia na geladeira, a avó apontou para a tigela com as mangas já picadas. Stella pegou um pedacinho e comeu, saboreando o azedinho adocicado da fruta. A avó fez "hummm" e voltou a descascar as mangas.

Stella soltou um leve suspiro, sentindo um relaxamento. Ela gostava da companhia da avó. A barreira idiomática impossibilitava uma conversa, o que lhe parecia ótimo. "Für Elise" terminou, e a tensão em sua cabeça se aliviou quando as fontes de ruído foram reduzidas de duas para uma.

Uma garota mais nova, de calça jeans, camiseta e rabo de cavalo meio solto apareceu na cozinha, pegou um broto de feijão do escorredor na ilha da cozinha e enfiou na boca. Quando notou a presença de Stella, acenou. "Você é a Stella, né? Sou a Janie." Quando pegou mais um broto de feijão do escorredor, Mẹ deu um tapa na mão dela, o que a fez recolher o braço com um gritinho. A mãe enfiou um pote no micro-ondas e empurrou a filha para a mesa com uma sequência de frases aceleradas em vietnamita.

Janie se sentou diante de Stella com um sorriso torto simpático — assim como o de Michael. "Gosta de ópera vietnamita?"

Stella ergueu os ombros sem dizer que sim nem que não.

Janie deu risada e comeu um pedaço de manga. "Está boa, hein?"

Antes que Stella pudesse pensar numa resposta, Mẹ colocou um recipiente de plástico sobre a mesa e abriu a tampa. Um vapor subiu de um bolinho verde-claro esponjoso. "Come *bánh bò*. É muito bom."

Stella soltou o descascador e a fruta e estendeu a mão para o recipiente, então notou que era de plástico barato. "Melhor não colocar esse tipo de pote no micro-ondas. A comida deve estar com BPA agora."

Mẹ pegou o recipiente e cheirou. "Não, está bom. Nada de BPA."

"Potes de vidro e refratários são mais caros, mas também mais seguros", continuou Stella. Como ninguém nunca tinha dito aquilo para Mẹ antes? Eles *queriam* que ela ficasse doente?

"Uso o tempo todo, não tem problema." Piscando rapidamente, ela levou a tampa do pote para junto do peito.

"Não é uma coisa que se percebe de cara. O problema é a exposição continuada. Você deveria investir num..."

Janie pegou o pote de plástico da mão da mãe e enfiou um pedaço de bolinho verde envenenado na boca. "É minha comida favorita. Adoro." Ela lançou um olhar para Stella e pegou mais um.

Michael foi até a mesa e tirou o pote da irmã antes que ela comesse mais. "É verdade, esses potes fazem mal mesmo. Nunca pensei muito a respeito, mas é melhor não usar."

Ele o jogou no lixo, e a mãe começou a protestar em vietnamita. Seria possível que ficaria chateada porque Stella não queria ser envenenada?

Janie se afastou da mesa e saiu da cozinha no mesmo instante em que outras duas garotas entraram. Deviam ter ambas vinte e poucos anos, cabelos castanhos, pele levemente bronzeada, pernas compridas e silhuetas magras e esguias. Stella perguntaria se eram gêmeas caso já não tivesse aprendido na prática que esse tipo de pergunta irritava as pessoas.

"Por que não pediu antes de pegar e manchar de vinho, sua gorda? Enquanto se agarrava com meu namorado?", uma delas gritou.

Stella se encolheu toda. Seu coração, já afetado pela ansiedade, se comprimiu. Brigas eram a coisa que mais detestava no mundo. Sempre se sentia pessoalmente atingida, por mais que fosse uma simples testemunha.

"Você disse que tinha terminado com ele. Além disso, ficou larga. Se alguém aqui é gorda é você", a segunda garota gritou de volta.

A avó pegou o controle remoto e estreitou os olhos para examinar os botões. Linhas verdes verticais escalaram a tela e o volume subiu, de modo que a música passou de um fator de distração a um incômodo.

"Ah, é? Então vou pegar de volta todas as calças jeans que dei pra você", a primeira garota gritou ainda mais alto que o volume da tv.

"Pode pegar. Você não passa de uma egoísta mesmo."

A avó resmungou e aumentou ainda mais o volume.

Stella largou o descascador com as mãos trêmulas e tentou desacelerar a respiração. Aquilo estava sendo estressante demais.

Outras duas garotas entraram na cozinha. Uma, que parecia estar próxima da idade de Stella, era mais baixa e tinha a pele mais escura que as demais. A outra ainda parecia estar em idade escolar. Deviam ser todas irmãs de Michael. Uma, duas, três, quatro, *cinco*.

A mais baixa apontou na direção das que pareciam gêmeas. "Podem parar de brigar agora mesmo."

Elas bufaram e cruzaram os braços de forma quase idêntica.

"Você saiu de casa e deixou a mamãe nas nossas mãos. Não tem o direito de falar mais nada", a primeira irmã retrucou.

A mais baixa avançou como um tanque de guerra. "Agora que ela está estável, posso viver minha vida também. Tente pensar nos outros, pra variar."

"Como *a gente* é que é egoísta?", a segunda irmã perguntou. "Enquanto você curte as festinhas do trabalho, ficamos aqui segurando os cabelos dela enquanto vomita por causa da químio."

"Ela não está mais fazendo químio... Está?" A irmã mais baixa olhou para Michael em busca de uma confirmação.

A mãe pegou o controle remoto da mão da avó e elevou o volume ao máximo antes de ir fazer alguma coisa na pia. Stella pôs as mãos suadas sobre a superfície de vidro da mesa. Uma hora aquilo terminaria. Ela precisava resistir.

"A resposta não foi muito boa, então trocaram para uma medicação experimental", Michael explicou.

"Por que ninguém me contou?"

"Porque você está sempre ocupada com suas próprias coisas! A mamãe não quer deixar você ainda mais estressada do que já é", uma das gêmeas falou.

"Descobrir assim está sendo ainda mais estressante."

"Azar o seu, Angie", a outra gêmea retrucou.

Um bipe bem alto ressoou em meio às alfinetadas, e a mãe tirou um escorredor branco do micro-ondas. Usando pegadores, pôs o macarrão de arroz numa tigela grande com a carne e os legumes que Michael fritara.

Mẹ colocou a tigela diante de Stella com um sorriso educado. "O *bún* do Michael. Você vai gostar."

Stella assentiu com um gesto apreensivo. "Obriga..." Uma desconfiança surgiu em sua mente, e ela espichou o olho para o escorredor, afastando a tigela com a mão. "O escorredor é de plástico. Ninguém deveria comer esse macarrão."

Mẹ ficou paralisada. Uma onda vermelha percorreu o rosto dela enquanto olhava primeiro para Stella, depois para a tigela. "Deixe que eu faço outro."

Antes que a mãe pudesse tocar a tigela, Michael a apanhou. "Pode deixar comigo. Senta, Mẹ." Trazia no rosto uma expressão tensa enquanto retirava a comida, e Stella pressentiu ter dito a coisa errada, sem saber como poderia ter agido de outra forma.

Mẹ sentou à mesa e olhou para as filhas, que continuavam discutindo numa rodinha perto da geladeira. Com um suspiro, pegou o descascador e recomeçou de onde tinha parado.

Stella manteve os olhos baixos, voltados para sua própria manga. Ficava mais nervosa e apreensiva a cada segundo. Estava dolorosamente ciente do silêncio que pairava no ar, e seus instintos gritavam para que o interrompesse ainda que o ambiente não estivesse exatamente *silencioso*.

Mẹ não dizia nada, mas as filhas discutiam e a TV continuava no último volume. Quando o piano voltou a ser tocado, Stella ficou à beira de um ataque de nervos. O lá desafinado soou uma, duas, três, quatro vezes. Não poderia haver coisa mais irritante.

"Você precisa mesmo mandar afinar esse piano", ela falou. "Onde está seu marido?"

Mẹ continuou a descascar a manga sem responder, então Stella supôs que não tivesse ouvido e voltou a perguntar:

"Onde está seu marido?"

"Ele não está mais com a gente", a mãe respondeu em um tom categórico.

"Isso significa... que ele morreu?" Stella deveria oferecer suas condolências? Ela ficou sem saber o que falar.

Mẹ suspirou, sem tirar os olhos da fruta. "Não sei."

A resposta deixou Stella confusa. Ela franziu a testa e insistiu: "Vocês são divorciados?".

"Não tenho como me divorciar se não sei onde ele está."

Stella olhou para Mẹ com uma expressão de perplexidade total. "Como assim, não sabe onde ele está? Seu marido sofreu algum tipo de acidente ou..."

Uma mão pesada segurou seu ombro e apertou firme. Era Michael. "O macarrão está quase pronto. Você come amendoim?"

Stella piscou algumas vezes, aturdida com a interrupção. "Como." Michael assentiu e voltou para a ilha no centro da cozinha. Stella voltou a se concentrar na mãe dele. "Faz quanto tempo que seu marido sumiu? Vocês deram queixa na polícia para..."

"*Stella*." A voz de Michael reverberou no ar, num tom pesado de reprimenda.

As irmãs pararam de discutir, e todos os olhares se voltaram para Stella. Seu coração batia mais alto que a TV e o piano. O que ela havia feito de errado?

"Nunca conversamos sobre meu pai", ele explicou.

Aquilo não fazia o menor sentido. "Mas ele sumiu porque estava chateado ou..."

"Quem não tem coração não fica chateado", Mẹ interrompeu. "Ele abandonou a gente para ficar com outra mulher. Quero o divórcio, mas não sei para onde mandar a papelada. Ele trocou o número do celular." Mẹ arrastou a cadeira e ficou de pé. "Estou cansada. Tratem de comer, tá? Se a namorada do Michael não gostar do que temos aqui, podem sair para comprar alguma coisa."

A mãe se retirou, e a música do piano foi interrompida de forma abrupta. A avó desligou a ópera e saiu do cômodo em silêncio, deixando atrás de si os estalos da energia estática gerada pela tv. O silêncio súbito era um alívio, mas parecia um mau presságio. O sangue de Stella corria nas veias, sua cabeça pulsava e sua respiração estava ofegante, como se ela estivesse correndo.

Janie entrou correndo na cozinha. "O que aconteceu? Por que mamãe está chorando?"

Ninguém respondeu, mas sete pares de olhos acusadores se voltaram para Stella. Aquilo era pior que a barulheira. Muito, muito pior.

Ela fizera a mãe de Michael chorar.

O rosto de Stella queimava de vergonha e culpa. Ela ficou de pé num pulo. "Desculpa. Preciso ir."

De cabeça baixa, pegou a bolsa e saiu às pressas.

Michael ficou olhando para a porta por onde Stella saíra correndo com a sensação de quem via um acidente de trânsito em câmera lenta. Uma mistura de sensações nada agradáveis percorria suas veias. Raiva, terror, vergonha, descrença, choque. Que porra tinha acontecido ali? O que ele deveria fazer? Seus instintos gritavam para ir atrás dela.

"É melhor você ir ver como a mamãe está", Janie falou.

Era verdade. Sua namorada de mentira havia levado sua mãe às lágrimas. Que beleza de filho ele era. Sentindo os pés pesados e o peito apertado, ele subiu a escada, atravessou o corredor acarpetado e parou diante da porta do quarto dela, que estava entreaberta. Espiou lá dentro e viu a mãe sentada na cama. Não era preciso enxergar seu rosto para saber que estava chorando. A postura curvada e a cabeça baixa deixavam aquilo bem claro.

A visão deixou Michael arrasado. Não podia permitir que magoassem sua mãe. Fosse seu pai ou qualquer namorada. Nem mesmo Stella. "Mẹ?"

Ela não reparou em sua presença até que ele entrou no quarto e se acomodou ao seu lado na cama.

"Sinto muito pelas coisas que Stella falou." Michael tentou manter um tom de voz baixo, mas suas palavras saíram altas, de uma maneira pouco natural. "Sobre o piano, a comida, o papai..."

Não sabia como Stella tinha conseguido, mas em poucos minutos pusera o dedo em todas as feridas da família — sua situação financeira, a simplicidade da mãe, as sacanagens do pai. Mas sem querer. Aquilo estava bem claro.

Puta merda, como ela era desajeitada. Michael não fazia ideia da gravidade disso até aquela noite. Quando estavam a sós, as coisas eram diferentes.

A mãe segurou sua mão. "Acha que seu pai está bem?"

"Tenho certeza." Ele contorceu os lábios, imaginando o pai tomando sol num iate no Caribe com a nova esposa.

"Pode me fazer um favor e mandar um e-mail a ele?"

"Não." Michael jamais falaria com o pai de novo.

Me respirou fundo e cobriu o rosto. "Stella estava certa. Ele pode estar chateado. E é tão maldoso que ninguém vai querer ajudar, nem a nova mulher. Ela só vai ficar com ele enquanto o dinheiro durar."

Michael cerrou os punhos, sentindo uma raiva bem conhecida se acumular nos músculos. "O dinheiro dele deve durar um bom tempo."

"Do jeito que ele gasta... Pensa que é um figurão. Nada é bom o suficiente para ele, lembra?"

Aquilo de novo, não.

Michael cerrou os dentes enquanto sua mãe recontava a história que já tinha ouvido mil vezes. Tentava não dar ouvidos, se limitando a fazer os ruídos necessários entre uma pausa e outra.

Adjetivos como "aproveitador", "maldoso" e "mentiroso" se destacavam, e era inevitável pensar que se aplicavam também a ele próprio. Era só ver as farsas que Michael sustentava. E a maneira que arrumara de pagar as contas. E o dinheiro que estava arrancando de Stella para fazer o que qualquer outro faria sem...

Uma sensação gelada de horror o percorreu. Aquele era o motivo pelo qual se sentira tão mal ao aceitar a proposta de Stella. Era *errado*.

Michael estava se aproveitando dela. Que tipo de homem arrancaria dinheiro de uma moça ingênua para ensinar coisas que poderia aprender com qualquer outro, e de graça?

Ele finalmente havia dado os últimos passos para se tornar seu pai. Não podia ser. Aquele não era ele. Michael era uma pessoa melhor. O acordo com Stella tinha que ser encerrado de imediato.

Onde estaria ela? Seria possível que estivesse esperando por ele lá fora?

Michael ficou de pé num pulo antes que sua mãe chegasse à metade da história. "Preciso ir. Desculpa... Por hoje e por tudo."

"Não precisa se desculpar. Se você ama essa moça, também vamos aprender a amar."

Só de ouvir aquela palavra ele começou a suar. "Não é nada disso." O que só piorava as coisas.

A mãe fez um gesto de protesto com a mão. "Pode voltar com ela outro dia. Não vou mais colocar plástico no micro-ondas quando ela vier."

"Talvez seja melhor não fazer isso nunca mais."

"Está bem, está bem." Me disse aquilo de uma forma que deixou claro que continuaria a fazer as coisas como bem entendesse, independentemente de seus conselhos. Michael prometeu a si mesmo que jogaria os potes de plástico no lixo e substituiria por alguns de material mais seguro. Logo depois que falasse com Stella.

"Boa noite."

"Dirija com cuidado."

Ele saiu da casa em tempo recorde, detendo o passo assim que se viu do lado de fora.

Ela não estava lá.

Agarrado a um dos pilares de madeira da varanda, respirou fundo até seu coração desacelerar e seus pensamentos clarearem. O ar fresco, o zumbido dos insetos e o ruído distante do motor de um carro ajudaram.

Talvez fosse melhor que Stella tivesse ido. Ele precisava de tempo para elaborar um bom discurso de despedida. Nada muito longo, mas simpático. O problema era ele, não ela, e...

Não importava o que dissesse, ela ia chorar. A ideia fez o estômago dele se retorcer. Stella acharia que a culpa era dela. Por ser desajeitada na cama e fora dela. Por causa do mal-entendido daquela noite.

Ele entrou no carro. Ligou o motor e ficou sentado com as mãos no volante. Não sabia para onde ir, se para sua própria casa ou a dela. Os dois precisavam conversar, mas Michael não estava pronto para mais lágrimas.

A caixa de camisinhas novas em folha no assento do passageiro chamou sua atenção. Ele tinha comprado inúmeros pacotes do tipo nos últimos três anos. Não ficara ansioso para abrir nenhum tanto quanto aquele — porque Stella era diferente. Mas teria que voltar a usar as camisinhas com uma mulher diferente a cada sexta-feira, oferecendo um simples serviço em troca de dinheiro. Aquilo não era tirar proveito de ninguém. Era bem diferente do que seu pai fazia. Michael poderia seguir com sua atividade e continuar sendo quem era. Pena que nenhuma daquelas mulheres seria Stella.

Ele empurrou a caixa para o assoalho de modo que ninguém a visse e tomou o rumo de seu próprio apartamento. No dia seguinte faria a coisa certa.

{14}

Stella concluiu sua rotina noturna numa espécie de entorpecimento enevoado. Só quando deitou a cabeça no travesseiro começou a chorar.

Estava tudo acabado. Michael pedira para Stella ser legal com a família dele, e ela fizera sua mãe chorar. Era impossível desfazer uma situação como aquela.

Seus instintos imploravam para que abrisse o jogo e contasse a verdade. Apesar de não saber a verdadeira extensão do problema, Michael já conhecia algumas de suas dificuldades: hipersensibilidade a cheiros, ruídos e toques; obsessão pelo trabalho; necessidade de estabelecer rotinas; a falta de traquejo social. O que não sabia era que havia rótulos para aquilo, diagnósticos médicos.

A compaixão era mesmo melhor que a raiva? No momento, ele a considerava grosseira e insensível, mas ainda a via como uma pessoa normal, ainda que levemente excêntrica. Com os devidos rótulos, poderia ser mais compreensivo, porém deixaria de vê-la como a econometrista desajeitada que adorava seus beijos. Aos olhos de Michael, seria apenas uma garota que sofria de autismo. Seria... menos.

Não lhe importava o que as outras pessoas pensavam.

Já da aceitação de Michael, no entanto, sentia uma necessidade desesperadora. Ela tinha uma síndrome, mas a síndrome não era aquilo que a definia. Ela era Stella. Um indivíduo único.

Não havia como remediar a situação. Não havia como continuar com ele.

Stella ainda precisava se desculpar com Mẹ. Nunca tinha feito ninguém chorar antes, e aquilo a fizera sentir muita raiva de si mesma. As respostas evasivas faziam sentido agora que a verdade sobre o pai viera à tona. Stella queria ter entendido a situação antes de estragar tudo chateando Mẹ, mas só tinha como mudar o que faria dali para a frente, não o passado.

À medida que a noite se arrastava, ela foi criando e recriando um pedido de desculpas, recitando-o várias vezes em sua cabeça. Quando o sol se ergueu, Stella saiu a custo da cama e se preparou para encarar o dia.

Ela dirigiu até a mesma galeria comercial aonde fora no dia anterior e parou diante da Lavanderia e Alfaiataria Paris. Assim que o estabelecimento abrisse, pediria desculpas e iria embora.

A noite de insônia deixara sua cabeça enevoada. Seu coração doía por causa da pressão incessante provocada pela ansiedade. Seus dedos agarravam o volante com tanta força que suas juntas pareciam travadas. Ela se sentia exausta. Queria resolver logo aquilo para poder ir ao escritório e mergulhar no trabalho.

Cinco minutos antes do horário, a placa de FECHADO foi virada para ABERTO. Respirando fundo, Stella pegou uma segunda caixa de chocolates e um buquê de rosas cor de pêssego e saiu do carro. Era Janie quem estava atrás do balcão naquele dia.

Ela ergueu os olhos do livro apoiado no colo e piscou algumas vezes, surpresa por vê-la. Pela tensão nos lábios dela, não de um jeito bom. "Oi, Stella... Michael não trabalha aos sábados..."

"Não foi com ele que vim falar." De que adiantaria? Estava tudo acabado entre os dois. Stella mostrou as rosas e os chocolates. "Trouxe para sua mãe. Ela está?"

A expressão de Janie se amenizou. "Está, sim."

"Posso falar com ela, por favor?"

"Mamãe está trabalhando lá nos fundos. Levo você lá."

Stella seguiu Janie, parando diante de uma máquina de costura industrial verde onde Mẹ, com os óculos pendurados na ponta do nariz, passava um tecido sob a agulha com eficiência e rapidez.

Os músculos de Stella se enrijeceram. Seu coração retumbava com força. Estava na hora. Ela só esperava não estragar tudo. Precisava dizer a coisa certa.

Janie murmurou alguma coisa em vietnamita, e a mãe ergueu os olhos. Seu olhar passou da filha para Stella.

Stella engoliu em seco e deu um passo à frente. "Vim me desculpar por ontem à noite. Sei que fui grosseira. Eu não... tenho muito jeito com as pessoas. Queria agradecer por ter sido convidada para jantar na sua casa." Ela estendeu as flores e os chocolates. "Trouxe para você. Espero que goste de chocolate."

Janie apanhou as trufas antes que a mãe pudesse encostar na caixa. "Eu gosto."

Mẹ aceitou as flores e soltou um suspiro. "Sobrou bastante comida de ontem à noite. Você deveria aparecer esta noite."

Stella olhou para o chão. Michael ficaria horrorizado se a visse na casa da mãe de novo. "Preciso ir. Sinto muito por ontem à noite, de verdade. Mais uma vez, obrigada."

Ela se virou para ir embora, mas deu de cara com a avó miudinha de Michael sentada no sofá. A senhora fez um aceno de cabeça para ela, e Stella se embananou toda em uma mistura de mesura e cumprimento ao sair.

Michael entrou na academia e jogou a mochila no piso azul acolchoado, perto das outras.

Os praticantes no meio do recinto deram cinco passos para trás, passaram a espada para a mão esquerda e se curvaram.

"Olha só quem resolveu aparecer", comentou o que estava mais à direita. A máscara escondia o rosto de seu primo, mas Michael sabia que era Quan pela voz e pelo nome bordado em branco no equipamento de treino preto. Além disso, Quan era uns cinco centímetros mais baixo que o irmão mais novo.

Khai fez um aceno com a mão enluvada e voltou a praticar os movimentos de ataque diante do espelho. Dez ataques rápidos na cabeça, dez no punho, dez nas costelas. E de novo. Mais dez ataques na cabeça... Quando Khai treinava, era *pra valer*. Não havia meio-termo. Seu foco e sua determinação eram impressionantes. E fazia Michael se lembrar de Stella. Ele soltou um suspiro pesado.

"Nunca vejo você aqui de sábado. O que está pegando?", Quan perguntou.

"Queria treinar um pouco", Michael falou, coçando a orelha. Em geral ele passava os sábados correndo e levantando pesos — coisas que podia fazer sozinho, porque não queria olhar para a cara de ninguém depois do que acontecia nas noites de sexta. Naquele dia, porém, não aguentaria ficar sozinho. Sabia que passaria o tempo todo pensando em Stella. Depois de uma noite e parte de um dia refletindo, ainda não sabia como terminar tudo sem magoá-la. Mas precisava fazer aquilo. E depressa. Era melhor ligar para ela assim que acabasse o treino para marcar um encontro. Tinha que fazer aquilo cara a cara.

"Veste o equipamento, então", Quan falou. "A aula começa em uma hora. O professor está de folga, então quem perder vai ter que dar a aula das crianças."

Era o incentivo ideal. Criancinhas brandindo espadas de bambu era uma visão horripilante. Seria de pensar que os menores seriam menos perigosos, mas eram os piores. Corriam descontrolados pela academia, como furacões, acertavam golpes por baixo da armadura por acidente. Não tinham a menor noção. Eram como Stella em eventos sociais.

E Khai.

Enquanto punha o equipamento, os olhos de Michael acompanhavam os movimentos do primo, que praticava seus ataques de forma metódica, dez de cada vez. Sempre o mesmo número de repetições, sempre na mesma ordem. Se Stella aprendesse kendô, na certa faria a mesma coisa. Depois da noite anterior, Michael percebera que havia muito mais semelhanças entre ela e Khai do que a princípio imaginara. O primo nunca percebia quando tocava em questões delicadas. Era terrivelmente sincero, criativo de um jeito todo próprio e...

Michael se voltou para Quan, tomado por uma desconfiança súbita. "Você me perguntou se eu achava Stella parecida com Khai."

Quan desamarrou os cordões atrás da cabeça para tirar a máscara. Os olhos escuros dele encararam Michael fixamente. "Perguntei."

"Ela te contou alguma coisa que eu deveria saber?" Michael se lembrou da outra noite, em que sentiu que estava interrompendo alguma coisa quando encontrou os dois sozinhos do lado de fora da casa noturna.

"Depois que parou de hiperventilar por causa da superestimulação? Sim, ela contou", disse Quan.

"Ela estava hiperventilando?", Michael se ouviu perguntar. Seu estômago se revirou e um calafrio percorreu seu corpo. Que tipo de babaca era para não ter percebido e ajudado? Quan tinha precisado assumir seu papel.

"Tinha gente demais, Michael. Muito barulho, luzes piscando. Você não deveria ter ido lá com Stella."

Foi quando todas as peças se encaixaram. "Ela é autista."

"Ficou decepcionado?", Quan perguntou, inclinando a cabeça.

"Não." A resposta saiu bem áspera. Ele limpou a garganta antes de continuar. "Mas seria melhor se ela tivesse me contado." Por que não tinha feito aquilo? Por que permitiu que ele levasse adiante o plano de ir à casa noturna? Stella devia saber o efeito que teria sobre ela.

E a noite anterior... Porra, devia ter sido um pesadelo. A TV no último volume, o piano, as irmãs gritando, toda a novidade...

"Stella só quer que você goste dela."

As palavras atingiram Michael como um soco no estômago. Ele *gostava* dela, e o que descobrira não mudava nada. Stella ainda era a mesma pessoa. Só que agora ele a entendia melhor.

Em seu subconsciente, era como se soubesse desde o início. Tendo sido criado com Khai, Michael sabia como interagir com pessoas como ela. Não precisava nem pensar. Devia ser o motivo pelo qual ela conseguia relaxar na sua companhia, e não com outras pessoas...

Uma estranha onda de eletricidade o percorreu, enrijecendo seus músculos e fazendo seus pelos se arrepiarem. Talvez não fosse necessário encerrar o acordo.

Talvez aceitar a proposta não significasse se aproveitar dela. Como Stella era autista, podia se beneficiar de uma simulação de relacionamento antes de se envolver em um. Talvez ele fosse o cara certo para aquilo. Talvez pudesse de fato ajudá-la.

E não precisaria cobrar cinquenta mil dólares. Pensando melhor, não precisava cobrar nada. Ele tinha seus cartões de crédito. Poderia recuperar o prejuízo no mês seguinte. Ajudando Stella sem nenhuma motivação financeira, finalmente conseguiria provar a si mesmo que não era como seu pai.

Ele arrancou o equipamento e jogou tudo no chão sem o menor cuidado. "Pode guardar para mim? Preciso ir."

* * *

O telefone de Stella apitou, arrancando-a do mundo dos dados. Seu escritório se materializou, com sua mesa, os monitores com o prompt de comando e todas as linhas de programação que criara, as janelas e a escuridão do lado de fora.

O alerta em seu telefone informava que era hora do jantar.

Ela abriu uma gaveta e pegou uma barrinha de cereal. Sua mãe ficaria furiosa se a visse jantando aquilo, mas Stella pouco se importava. Só queria trabalhar.

Mastigando distraidamente a mistura de chocolate com textura de papelão, fez pequenos ajustes em seu algoritmo. Estava bom. Talvez fosse um de seus melhores trabalhos.

O celular vibrou e a tela acendeu, revelando uma mensagem de Michael.

É sua sala que está com a luz acesa no terceiro andar às seis da tarde de um sábado?

Stella largou a barrinha e foi olhar a janela. Uma silhueta familiar estava encostada num poste do estacionamento. Ela se escondeu de imediato, morrendo de vergonha.

O telefone vibrou mais uma vez com a chegada de outra mensagem. Desce aqui. Precisamos conversar.

Ela afundou na cadeira. Tinha chegado a hora. Michael tinha ido até lá para terminar tudo entre os dois. Seus polegares tremiam enquanto Stella se recompunha o suficiente para mandar uma reposta rápida. Pode me dizer por mensagem.

Quero conversar com você pessoalmente.

Stella jogou o telefone sobre a mesa e cruzou os braços. Estava cansada e envergonhada. Não queria estar cara a cara com ele quando o acordo fosse desfeito. Ou Michael teria outra coisa para falar? Sobre mais bobagens que ela havia cometido?

Havia sido um erro ir se desculpar com a mãe dele? Uma coisa constrangedora e invasiva? Por que ela não conseguia fazer *nada* direito?

Stella passou as mãos pelos cabelos e tentou controlar a respiração. Precisaria se desculpar por ter se desculpado?

O celular vibrou de novo, e ela o virou com a ponta do dedo trêmulo para poder ler.

Vou ficar aqui até você resolver descer.

Ela esfregou as têmporas. Sua cabeça latejava, e o suor fazia as roupas colarem no corpo. Precisava ir para casa tomar um banho.

Era melhor encerrar aquilo logo.

Ela jogou a barrinha no lixo depois de uma única mordida, salvou o trabalho e desligou o computador. Jogou a bolsa sobre o ombro, apagou a luz e saiu da sala.

Os corredores vazios e os cubículos às escuras em geral eram uma visão reconfortante. Naquela noite, remetiam a solidão e tristeza. Enquanto caminhava para o elevador, perguntou a si mesma quanto tempo demoraria para aquela sensação ir embora. Uma semana? Um mês? Stella desejava que tudo voltasse ao normal, a como era antes de conhecer Michael. Aqueles altos e baixos emocionais eram exaustivos.

O barulho de seus saltos batendo no piso de mármore ecoou pela recepção. Ela se obrigou a sair pela porta.

Michael se afastou do poste de luz e enfiou as mãos nos bolsos, parecendo lindo como sempre sob o brilho fraco das luzes externas. "Oi, Stella."

"Oi, Michael." Seu peito se comprimiu e começou a doer. Ela começou a batucar nas coxas, então notou que ele estava olhando e cerrou os punhos.

"Minha mãe falou que você passou lá na loja."

Era aquilo mesmo. Ela havia cometido um erro. Seu coração disparou. Parecia que ela poderia desmaiar a qualquer momento. Stella se esforçou para se manter de pé. "Desculpa se fiz algo errado. Me senti muito mal por ter deixado sua mãe chateada. Nunca tenho a intenção de ofender ninguém, mas faço isso o tempo todo. Estou tentando resolver, mas é complicado, e eu... eu... eu..."

Ele deu um passo à frente. Os dois estavam a um braço de distância. "Do que está falando?"

Stella olhou para o chão. Estava *esgotada*. Quando aquilo terminaria para ela poder ir para casa dormir? "Você está bravo porque fui falar com sua mãe. Porque foi invasivo."

"Na verdade, não."

Ela ergueu os olhos e viu que ele a encarava com uma expressão triste. "Então... não estou entendendo nada."

"Não acha normal que seu namorado falso venha te buscar no trabalho? Já está ficando tarde."

Ela respirou fundo, surpresa. "Mesmo depois de tudo o que falei na casa da sua mãe... você quer continuar com isso?"

"Quero. Minha família é complicada, e eu deveria ter avisado. Desculpa por não ter pensado nisso."

Michael enlaçou sua cintura e a puxou para mais perto. Stella estava atordoada demais para conseguir falar. *Ele* estava se desculpando com *ela*?

"Está tudo bem? Parece até que você vai desmaiar."

Ela ficou tensa com a proximidade, sem saber como reagir. "Tudo. Não precisa se preocupar."

"Quando foi a última vez que você comeu?"

"Não lem... ah, estava comendo pouco antes de receber a sua mensagem."

"Comendo o quê?"

Stella não podia contar. Michael provavelmente reagiria como sua mãe e daria uma bronca nela. Era a última coisa de que precisava no momento.

Ele passou os dedos pelo queixo dela antes de segurar seu rosto e puxar sua cabeça para trás, dando um beijo suave em seus lábios. "Chocolate. Você jantou doce?"

"Não. Uma barra de cereal. Tem vitaminas e tal."

"Você vem comigo. Nada de discutir. Precisa se alimentar direito." Eles foram até o carro dela, que estava parado ali perto. Stella estava cansada demais para dirigir ou protestar.

As portas se destravaram quando ela encontrou a chave na bolsa. Stella se acomodou no assento do passageiro e teve dificuldade em afivelar o cinto. Michael se encarregou disso com movimentos seguros. Em seguida se posicionou atrás do volante e os dois saíram do estacionamento.

O movimento provocou uma sonolência em Stella, que só percebeu que os dois estavam indo para a periferia da cidade quando já estavam na via expressa. "Aonde vamos?"

"Para a casa da minha mãe."

Um pico de adrenalina afastou a sonolência, e ela se ajeitou no assento, acordadíssima. "Como é? Por quê?"

"Tem um monte de comida lá. Minha mãe cozinhou para um batalhão ontem à noite."

Stella ajeitou os óculos, com o coração ameaçando pular para fora do peito. "Quero ir para casa. É sério."

"Tem comida na sua casa?"

"Tem iogurte. Vou me alimentar direito. Prometo."

Ele sacudiu a cabeça e soltou o ar com força. "Vamos comer rapidinho, depois você vai para casa."

Antes que ela pudesse pensar numa resposta, Michael parou diante do sobrado cinza. Quando ele abriu a porta do carro, ela ouviu a mesma música ao longe, carregada pelo vento. Stella se agarrou ao cinto de segurança como a uma boia salva-vidas.

"Não vou aguentar a tv naquela altura hoje", confessou em um sussurro dolorido. Depois da noite anterior, sua tolerância tinha ido para o espaço. Ela ia se descontrolar de novo e deixar todo mundo sem reação. Michael mudaria de ideia em relação ao acordo — Stella ainda não conseguia acreditar que ele não havia cancelado tudo. Ou então começaria a pisar em ovos com ela, o que era ainda pior.

"Espera um pouco." Ele tirou o celular do bolso e digitou alguma coisa na tela.

Em questão de instantes, a música parou.

"Você pediu para desligarem? Sua mãe e sua avó não vão ficar incomodadas por não verem seus programas favoritos?" Seu corpo inteiro queimava de vergonha. Ela detestava quando as pessoas tinham que mudar a rotina por sua causa.

Michael lançou um olhar divertido na sua direção. "É só a televisão."

"Não gosto que as pessoas tenham que se comportar diferente por minha causa."

"A gente não liga." Ele contornou o carro, abriu a porta e estendeu a mão. "Vamos entrar?"

Quando a mão pequena de Stella pousou sobre a sua, a tensão no estômago de Michael se dissipou, mas uma terrível mistura de culpa e tristeza continuava a devorá-lo por dentro.

Ela parecia péssima. O coque estava torto e mechas soltas caíam sobre seu rosto. Os olhos normalmente fulgurantes e expressivos pareciam apagados e inchados. O coração de Michael disparou quando ele concluiu que ela devia ter chorado um bocado para ficar daquele jeito. E por culpa *dele*.

Aquela não era sua Stella.

Bom, a mão suada era a mesma de sempre. Ele a apertou de leve e a conduziu até a varanda.

Quando abriu a porta para entrar, ela ficou tensa e deteve o passo. "Não tenho nada. Vi no Google que as visitas precisam trazer alguma coisa. Vou comprar..."

"Não tem problema, Stella." Ele a envolveu pela cintura e a empurrou para dentro.

Ela fechou os olhos e respirou fundo. Michael podia ver que estava absorvendo o silêncio, e o corpo dela ficou mais relaxado sob seu braço.

"Você pode dizer se estiver se sentindo incomodada com alguma coisa, sabia? Como com a tv ontem à noite... ou a casa noturna na outra semana."

Os olhos dela se abriram, mas Stella os desviou rapidamente. A tensão voltou. "Quan disse alguma coisa a você?"

Michael hesitou. Por algum motivo sentia que era importantíssimo para ela que ele não soubesse, então fez o que aprendera com o pai, apesar de tanto detestar: mentiu. "Ele disse que você não gostou do barulho e da aglomeração. Por que não me falou? Teria sido melhor."

"Eu disse que não gosto que as pessoas tenham que agir diferente por minha causa."

"A gente poderia ter feito outra coisa naquela noite", ele falou, preocupado. A última coisa que queria era deixá-la chateada ou desconfortável.

"Por que tem laranjas ali?", Stella perguntou, apontando para um prato ao lado da urna e do buda de bronze na mesinha no hall de entrada.

"Não mude de assunto."

Ela suspirou. "Tenho vergonha. Morro de vergonha."

Tanto autoflagelo... só porque ela tinha vergonha de admitir que era diferente? Michael sentiu suas entranhas se derreterem e apertou a mão dela com força.

"Pode me falar sobre as laranjas agora?"

Ele sorriu diante da insistência. "É uma oferenda para os mortos. Ao que parece, eles ficam com fome depois de desencarnar." Ele encolheu os ombros, sem jeito. Ela devia achar aquilo uma bobagem. Até Michael achava, mas era tradição.

Um sorrisinho surgiu nos lábios dela. "Eles ganham outros tipos de comida também? Não tem graça comer frutas o tempo todo. Nem um docinho?"

Michael deu risada. "Você já comeu doces demais por hoje."

"O que vocês fazem com as frutas depois? Não é como se os mortos as levassem embora..."

"A gente come. Não sei quanto tempo fica aí, mas imagino que coisa de um dia ou dois."

"Humm." Stella examinou o buda, inclinando a cabeça para olhar a parte de trás. A julgar pela expressão no rosto dela, aquilo a fascinava. Michael lembrou que ela gostava de filmes de artes marciais e dramas coreanos. Não parecia encarar aquilo com condescendência, tédio ou pura obrigação. Não era como seu pai.

"Está se sentindo em meio a um drama asiático?", ele perguntou.

"É ainda melhor. Porque é a vida real." Ela apontou para a caixa de incensos escondida atrás da imagem. "Posso acender um? Você me ensina? Sempre quis fazer isso."

Michael esfregou a nuca. "Na verdade, não sei. Quer dizer, não me lembro da ordem, das mesuras, essas coisas. Quando eu era pequeno, me recusava a fazer isso, e Ngoại parou de pedir."

"Demora muito?", ela perguntou, franzindo a testa.

Michael abriu um sorriso tímido. "Não, acho que não. Mas vamos cumprimentar minha mãe e minha avó e comer alguma coisa. Pode ser?"

"Pode."

Ela o seguiu até a sala de jantar e depois à cozinha, onde Sophie e Evie misturavam macarrão de arroz, fatias de carne e hortelã e alface picadinhas em uma tigela enorme. Pareciam ter feito as pazes. Aquilo era comum: passavam de amigas um dia a inimigas no outro. Ngoại e Mẹ estavam picando mangas sentadas à mesa mais informal onde costumavam comer — a da sala de jantar era mais decorativa. A avó estava usando seu cardigã preto favorito, e sua mãe vestia uma blusa de lã com motivos natalinos, apesar de não ser época de festas.

"Olá", Michael cumprimentou.

A mãe acenou com a cabeça e se virou para Stella. "Bem-vinda de volta. O jantar fica pronto daqui a pouco. Sente aí."

Stella sorriu, mas apertou a mão de Michael com ainda mais força. "Claro, obrigada. Parece estar tudo muito bom."

"Estas são Sophie e Evie. Elas não são gêmeas", Michael apresentou, levando Stella até a ilha central da cozinha, que estava repleta de comida em potes de vidro novinhos. "Sophie" — a com a mecha vermelha no cabelo, que eu ainda nem tinha visto — "é decoradora, e a Evie, fisioterapeuta."

"Oi, Stella", elas disseram ao mesmo tempo. Mẹ devia ter contado sobre o pedido de desculpas, porque as duas pareciam dispostas a dar uma chance a Stella.

Ela fez um breve aceno. "Oi."

"Angie está?", Michael perguntou.

"Não. Tinha coisa do trabalho para resolver", Evie falou.

"Num sábado", Sophie acrescentou com um risinho sarcástico.

"Porque as pessoas trabalham..."

"Aos *sábados*..."

"Como se fosse normal."

As irmãs se viraram uma para a outra e trocaram olhares.

Michael sussurrou no ouvido de Stella: "Elas completam as frases uma da outra desde que eram pequenas. Acho que são alienígenas".

Os lábios de Stella estremeceram em um leve sorriso. Era extremamente tímida, de modo que a família de Michael devia ser um pesadelo para ela. E ainda nem estava toda reunida ali. Ele segurou a mão dela com mais força e se lembrou de não a beijar. Por algum motivo, quando ela se voltava para ele em busca de segurança, um desejo possessivo troglodita de que Michael nem tinha conhecimento o dominava.

Ele pigarreou e perguntou: "Onde estão Janie e Maddie?".

"Lá em cima estudando. Elas vão descer quando estiverem com fome. As duas têm prova."

"Elas são as mais novas", Michael explicou para Stella. "Maddie é a caçula. Está no segundo ano da San Jose State."

"Vou acabar esquecendo todos esses nomes." Ela parecia preocupadíssima, e Michael se derreteu mais um pouco. Por que estava tão interessada? Aquelas pessoas não eram especiais para ela. Era só a família dele.

"Tudo bem. Quem me dera esquecer também..."

"Muito engraçadinho, Michael", Evie falou, revirando os olhos. "Você só precisa se lembrar de mim. Sou físio, então se sofrer de síndrome do túnel do carpo ou coisa do tipo já sabe quem procurar. Postura é tudo."

"Por que você não se formou em medicina, hein?", sua mãe perguntou enquanto descascava a décima manga. "Sempre quis um médico na família..."

"A Stella é doutora", Michael disse com um sorriso.

Ela revirou e arregalou os olhos. "Não nesse sentido..."

"Ela é ph.D. pela Universidade de Chicago, que é a melhor do país na área dela, e talvez do mundo. E se formou *magna cum laude*."

Mẹ ficou toda interessada, como ele sabia que aconteceria. "Que maravilha."

Stella ficou vermelha, o que era bom, porque seu rosto estava precisando de um pouco de cor. "Como foi que você..."

"Procurando no Google."

Os olhos dela encontraram os dele, e um sorriso surpreso se insinuou no canto dos lábios de Stella. "Estava me stalkeando?"

Ele deu de ombros. Foi a vez dele de ficar todo sem graça.

"O jantar está pronto, pombinhos. Vamos comer", disse Sophie. Ela pôs a tigela cheia de fios de macarrão cortados com a tesoura e fatias finíssimas de carne diante de Ngoại antes de beijar a testa dela, como faria com um bebê.

Quando se acomodaram à mesa, Michael notou que Stella imitava cuidadosamente todo o ritual preparatório de Sophie, acrescentando molho de pimenta, rabanete e cenoura em conserva, broto de feijão e molho de peixe à tigela com macarrão, verduras e carne.

"Já comeu isso antes?", ele perguntou.

Ela fez que não com a cabeça, distraída, enquanto misturava tudo. Seus olhos se arregalaram ao provar. Stella sorriu e cobriu a boca. "Você cozinha muito bem."

"Michael é muito bom com as mãos", a mãe dele falou com um aceno orgulhoso.

Sophie revirou os olhos, abriu um sorrisinho malicioso e perguntou para Stella: "Você concorda? Ele é bom com as mãos?".

Mẹ olhou feio para Sophie, mas Stella se limitou a sorrir e assentir. "Na minha opinião, sim."

Sophie arqueou as sobrancelhas e lançou um olhar para Michael como quem diz "ela está falando sério?".

À medida que o jantar progredia, Michael passou a ver Stella à luz de sua recente descoberta. Não havia como notar quando eram só os dois, mas ela tinha dificuldade em manter contato visual. Quase nunca falava, a não ser quando perguntavam alguma coisa, e dava respostas curtas e diretas. Como ouvinte, porém, seu nível de concentração devia ser muito útil quando lidava com questões econômicas complexas. Ela franzia a testa a cada frase, como se fosse a coisa mais importante do mundo.

Aquelas pessoas interessavam a Stella porque eram parte da vida dele.

"De onde você é?", Mẹ perguntou a Stella depois de passarem do *bún* para as mangas.

"Atherton. Meus pais ainda moram lá."

As sobrancelhas de Mẹ foram lá no alto diante da menção à região mais endinheirada da Califórnia. "Você gosta de bebês?"

Michael quase derrubou sua fruta. "Mẹ", ele advertiu, com um tom de voz áspero e horrorizado.

Ela encolheu os ombros, sem entender.

"Não precisa responder", ele disse então para Stella.

Ela o encarou como se não estivesse na frente de um monte de gente. Os músculos de seu rosto relaxaram, mas a intensidade no olhar, não. Sua mente brilhante se concentrou em Michael. Ele era obrigado a admitir que adorava aquilo.

Stella levantou um ombro. "Não sei. Nunca convivi com um. Mas meus pais querem netos. Principalmente minha mãe."

"Deve ser por isso que ela vive marcando encontros às cegas para você", Michael comentou.

Stella assentiu. "Acho que sim."

"Essas mães intrometidas..."

Ao ouvir o comentário, os lábios de Stella se curvaram num sorriso e seus olhos brilharam. Ele até se esqueceu do que estavam falando. Se não a beijasse em breve, acabaria enlouquecendo.

"Quando você chegar à minha idade", Mẹ falou, cruzando os braços, "vai querer ter um monte de bebês à sua volta. É natural."

Sophie ficou de pé num pulo. "Você me ajuda com a louça, Stella?"

"Claro", ela respondeu. "Quer que eu lave de algum jeito específico?"

"Desde que fique limpa..."

Evie retirou as coisas da mesa enquanto Sophie e Stella juntavam tudo na pia. Mẹ e Ngoại encaravam Michael com expressão séria. Ele se preparou para o pior.

"Ela me conquistou hoje lá na loja. É importante admitir quando se comete um deslize. Você não deveria abrir mão dessa", Mẹ falou em vietnamita.

Ele sacudiu a cabeça negativamente e contorceu os lábios. "Não é assim tão fácil."

"Por quê?"

"Somos diferentes demais. Ela é inteligentíssima e ganha rios de dinheiro."

"Você é inteligente também", disse sua mãe.

Ele revirou os olhos.

"Você pode não ser o que seu pai queria, mas isso não significa que não seja inteligente. E não ganha muito porque me ajuda na loja. Já disse que não preciso mais. Você perdeu muitas oportunidades por minha causa. Não era isso que eu queria, Michael, e não quero que perca essa garota. Ela é ótima. Não vai achar outra igual."

"Não é assim tão simples."

"É, sim. Ela gosta de você. Você gosta dela."

Caso tivesse menos autocontrole, ele teria mencionado o relacionamento dos pais, mas seria golpe baixo. Seu pai dizia que amava sua mãe, mas sempre a traía. Michael nunca entendera por que Mẹ o aceitava de volta.

"Me promete que vai tentar. Gosto dela", a mãe falou.

Michael sentiu vontade de soltar uma gargalhada. De todas as garotas que poderia ter levado para casa, sua mãe gostava da única que não podia ser sua. Uma cliente. Rica, educadíssima e linda, que estava pagando para ele ensiná-la a conseguir manter um relacionamento.

"Você só está dizendo isso porque ela está lavando a louça."

Ele sabia qual era o segredo para conquistar o coração da sua mãe, e não era cozinhando. Era limpando. Por algum motivo, nenhuma das mulheres da casa cozinhava. Ele tivera que aprender por uma questão de sobrevivência.

"Ela não tem medo de trabalho", Mẹ comentou. "Isso é importante."

"Hummmmm", Ngoại concordou.

Por um instante, os três observaram enquanto Stella lavava as tigelas e passava para Sophie secar. Ela enrolara as mangas da camisa e trabalhava com toda a atenção, escutando e sorrindo quando a irmã de Michael puxava algum assunto.

"Leve a moça para casa", Ngoại falou. "Ela parece cansada."

Mẹ assentiu. "Parece mesmo."

Ele se afastou da mesa e abraçou Stella pela cintura. Como não era capaz de resistir, passou os lábios no pescoço dela para deixá-la arrepiada. A esponja ensaboada interrompeu seu movimento, e a expressão dela ao olhá-lo por cima do ombro foi de confusão. Michael passou uma das mãos pelo antebraço delicado de Stella e tomou a esponja da mão dela. Terminou de esfregar a frigideira e o resto da louça com ela à sua frente, roubando um ou outro beijo na orelha, no pescoço, no queixo...

Sophie lançou um olhar como quem diz "arranjem um quarto" quando ele entregou o último escorredor — um dos vários que Mẹ prometera nunca mais levar ao micro-ondas. Ele conseguia ver que ela devia estar louca para fazer um comentário ácido e sarcástico, mas que se segurava para não constranger a convidada.

As pálpebras de Stella estavam pesadas, e suas unhas se cravavam na superfície de cerâmica da bancada enquanto evitava responder aos seus toques.

"Pronta para ir para casa?", ele murmurou.

Ela assentiu.

Os dois se despediram e foram para o carro de Stella. Ele pressionou o botão de partida do Tesla.

Antes que ela afivelasse o cinto, ele perguntou: "O que você tem em mente em termos de moradia e frequência de visitas?".

"O que a maior parte das pessoas faz quando está comprometida?"

"Moram juntas e se veem todos os dias. É isso que você quer?" Era estranho ouvi-lo fazer aquela pergunta em voz alta. Era algo que passara toda a vida adulta evitando, mas com Stella talvez estivesse pronto para aquele passo. Desde que ela quisesse.

Ela esfregou o rosto. "Então é isso que eu quero. Tenho um quarto de hóspedes em que você pode ficar. Se não estiver à vontade com a ideia, eu entendo. Nem todos os casais moram juntos."

"E se eu quiser dormir na sua cama?", ele perguntou num tom grave.

Apesar de querer muito ajudá-la e provar que não era como seu pai, não saberia como agir se o sexo estivesse fora de questão. Seu desejo por ela era forte demais. Além disso, o maior dos problemas de Stella provinha da falta de confiança. A cama era um ótimo lugar onde resolver aquilo.

"Você não é obrigado a fazer nada disso", ela respondeu.

"Eu sei. Mas você não respondeu minha pergunta."

Olhando pela janela do banco do passageiro, ela respondeu: "Minha cama está à disposição, mas você sabe que me falta habilidade. Nada mudou desde a última vez que ficamos juntos".

Ele abriu um sorriso. Ela parecia estar preocupada em agradá-lo. Suas clientes em geral não ligavam para aquilo.

"Vamos selar o trato."

"Tudo bem." Ela tirou a mão de cima da coxa e a estendeu para ele.

"Estamos simulando um relacionamento. Acho que isso exige um beijo."

Ela o encarou, com os lábios entreabertos de surpresa. Não era necessário fazer mais nada. Debruçando-se sobre o console central, ele a beijou. Queria ser sedutor, inflamando o beijo aos poucos, mas o suspiro que Stella soltou o fez perder a cabeça. Michael tomou a boca dela com movimentos ávidos de língua. Ela enfiou os dedos nos cabelos dele, desceu-os pelo peito e pelo abdome antes de entrar na calça jeans. Finalmente eles poderiam recomeçar a marcar os quadradinhos...

Golpes de mão fechada reverberaram contra a janela do motorista. Uma voz abafada dizia frases incoerentes.

Ele voltou para o assento do motorista e baixou a janela.

Sophie cruzou os braços e bateu o pé descalço no cimento da entrada da garagem antes de se curvar para a frente, estreitar os olhos e pronunciar "tarado" sem emitir nenhum som. "Mamãe pediu para avisar que os faróis estão voltados para o quarto da Ngoại. Ela não consegue dormir assim."

"Desculpa, esqueci. Já estamos indo."

Olhando para dentro do carro, ela falou: "Boa noite, Stella. Até a próxima".

Stella ajeitou os cabelos caídos sobre o rosto e limpou a garganta com uma leve tossida. "Boa noite, Sophie."

A irmã de Michael lançou um último olhar de reprovação e voltou para dentro de casa. Segundos depois, o telefone dele vibrou, e a tela se acendeu com uma série de mensagens dela.

Pega leve, Michael.

A gente gostou da garota, e assim ela vai se assustar.

Sinceramente, na frente de casa? Quantos anos você tem, treze?

Ele segurou o riso e entregou o celular para que Stella lesse as mensagens.

Ela mordeu a ponta da unha e sorriu. "Não estou assustada."

Michael passou a mão pelos cabelos, respirou fundo e ajustou o pau dolorosamente duro na calça. "Vamos levar você para casa."

Ele dirigiu com um desprezo total e gratuito pelas leis de trânsito das ruas do bairro residencial, imaginando a si mesmo despindo aquelas roupas de bibliotecária dela e prensando-a contra o chão ou contra a parede — ambos funcionavam.

Ele faria tudo direitinho com Stella, de uma forma espetacular. Olhando para ela, tentou decidir o que fazer primeiro, o que só aumentou a expectativa. Ia carregá-la no colo para dentro de casa e para a cama.

Poucos minutos depois de saírem, ela pegara no sono. Sua cabeça estava caída para o lado, e os óculos se equilibravam precariamente na ponta do nariz. Ela mal esboçou um movimento quando a porta da garagem se abriu e os pneus guincharam contra o piso emborrachado.

Ele tentou sacudi-la para acordá-la, mas Stella não reagiu. Sua respiração continuou estável e profunda, e o corpo em relaxamento total. Com um suspiro, ele a tirou do carro e tomou o caminho do quarto dela — que naquela noite seria *deles*.

{15}

Stella acordou lenta e gradualmente. Percebeu a luz do sol sobre o rosto, o latido distante do cachorro do vizinho e o cheiro delicioso de Michael, que a cercava por completo, quente e concentrado. Ela se enfiou sob os lençóis com um sorriso de alegria.

Um peso considerável ao seu lado a impediu de se enrolar no lençol, e Stella franziu a testa. O que era aquilo? Levantou as cobertas e ficou olhando, em choque, a perna musculosa que envolvia sua cintura. Sua cintura *nua*. Ela havia dormido de calcinha e sutiã.

E não seguira sua rotina. Estava toda suja. E sua *boca*... Um ecossistema inteiro devia estar se formando nela para bactérias resistentes a antibióticos. Stella levantou da cama num pulo, totalmente concentrada em correr para o banheiro. Fio dental, escovação, chuveiro, pijama. Fio dental, escovação, chuveiro, pijama.

Michael a puxou de volta e beijou sua nuca. "Ainda não."

"Estou nojenta. Preciso me limpar. Eu..."

Ele chupou seu pescoço e puxou seus quadris, se projetando para a frente e deixando-a ciente do membro rígido que se insinuava na parte posterior de suas coxas, por baixo da cueca.

O corpo dela quase entrou em colapso. Seus braços e pernas enfraqueceram. Stella sentiu um calor e uma alfinetada de vontade no meio das pernas. A intensidade do desejo a deixou assustada e envergonhada. Ela precisava segurar sua mente e seu corpo. Mas seu autocontrole tinha ido para o espaço.

"Bom dia." A voz dele, rouca e áspera, provocou um arrepio em sua espinha.

"B-bom di..." Uma mão se enfiou por dentro de seu sutiã e agarrou um seio. Ele brincou com a pontinha até arder e latejar, despertando uma sensação potente em seu ventre. Quando começou a descer, os músculos da barriga dela se contraíram.

"Quero passar a mão em você aqui." Ele pôs a mão espalmada sobre seu sexo num movimento ousado, e o calor do toque por cima da calcinha a deixou em chamas.

Stella agarrou o pulso dele com a intenção de afastá-lo, mas sua mão se recusava a colaborar. O antebraço de Michael era firme, com uma musculatura bem definida e pele macia, o que a distraía.

"Isso é uma permissão?", ele murmurou.

Ela já havia dado sua permissão antes. Stella queria, mas não sabia como lidar com aquele seu lado. Seu corpo a mandava dizer "sim". Sua mente a empurrava para o "não".

O corpo venceu a batalha, e seus quadris se arquearam na direção da mão dele. Michael puxou de lado sua calcinha, beijando sua nuca enquanto traçava com o dedo a entrada úmida de seu corpo. Uma respiração profunda abalou seus pulmões. O pânico e o prazer entraram em colisão.

"Você já está molhadinha, Stella. Parece uma Lamborghini. Vai de zero a cem em menos de cinco segundos."

"Você gosta de Lamborghinis?" Ela tentava desesperadamente se agarrar a um pensamento coerente. Precisava raciocinar o tempo todo, medir seus atos e suas palavras. Quando se soltava, *sempre* cometia erros; se atrapalhava, chateava os outros e morria de vergonha.

Ele continuou tocando-a de leve, circulando seu sexo com movimentos enlouquecedores. Os dentes dele roçaram sua pele antes de dar uma lambida e um beijo em sua nuca. Um arrepio se espalhou por sua pele.

"Gosto. Mas não vai me comprar uma", ele falou.

"Por que não?" Ela esfregou os pés nas canelas de Michael, cravando as unhas nos braços dele. *Sai de perto. Chega mais. Recupera o controle. Deixa rolar.*

"Não combina com meu estilo de vida, e minha mãe ficaria muito, muito curiosa para saber como consegui um carro desses." Ele enfatizou a palavra "muito" com movimentos bem próximos de seu clitóris. Ela estremeceu, à beira do orgasmo.

Michael mordeu sua orelha. "Você está quase gozando. Não precisei fazer nada."

"É porque estou fantasiando com você desde sexta passada." Ela nem acreditava no que havia dito.

Michael parou de tocá-la e sentou. Com uma expressão suave, afastou as mechas de cabelo do rosto rela. "E o que o Michael da sua fantasia faz?"

"Tudo."

Ele deu risada e a encarou com mais intensidade. "Ele faz você gozar com a boca? Porque o Michael da vida real está a fim disso."

Ela se contorceu toda, como se a necessidade de satisfazê-lo estivesse em guerra declarada com suas inibições. Aquilo era uma coisa que o Michael de suas fantasias não tinha feito. "Estou mais interessada em fazer sexo oral do que em receber."

"De repente podemos trabalhar nisso", ele falou, num tom estranhamente reprimido. "Mas também adoro chupar mulheres."

Ela cravou os dentes no lábio inferior e agarrou com força os lençóis. Mulheres. No plural. Normalmente aquilo deveria significar algo entre dez e vinte. Com Michael... centenas. Talvez até milhares. Uma espécie de ansiedade se abateu sobre ela. Como poderia competir com todas as clientes que tinham vindo antes?

"Não quero que seja um incômodo para você."

"E não é."

"E como a experiência pode ser boa para você também? Algumas mulheres são melhores em receber sexo oral do que outras? O que elas fazem?" Não que Stella quisesse ser apenas boa naquilo. Queria fazer com que todas as outras fossem esquecidas para sempre — mas eram *tantas*.

"O que está se passando dentro dessa cabecinha genial?", ele perguntou, perplexo.

"Eu só... Quero... Preciso... Acho que..."

"Já chega de pensar", ele falou, levando um dos polegares aos lábios dela.

Michael deslizou as mãos quentes por seus ombros até seus pulsos, entrelaçando os dedos dos dois e juntando as palmas. Seus músculos ficaram tensos, e ela ficou com medo de não reagir do jeito certo. O que deveria fazer? Sabendo que ele queria lhe proporcionar prazer, queria permitir aquilo, deixá-lo contente.

"Stella, você está travando." Os olhos dele procuraram os dela, preocupados.

"Desculpa." Stella sentiu o suor entre as mãos e os dedos dos dois e fez uma careta. Seu coração disparou. Estava estragando tudo.

Ele a pegou nos braços e a abraçou, acariciando seus cabelos com movimentos lentos. "É porque falei de chupar você? Não precisamos fazer nada."

Stella apoiou a testa no pescoço dele e respirou fundo para sentir seu cheiro. "Sou competitiva demais."

Ele deu um beijo de leve em sua testa. "Certo. E?"

"Isso significa que quero agradar você mais do que qualquer outra cliente."

"Stella, sou *eu* quem está sendo pago para proporcionar prazer aqui."

"Não estou mais pagando você pelo sexo, esqueceu?"

Ele soltou um grunhido de frustração e a abraçou com mais força. "O que eu faço com você? Está pelada nos meus braços, cheia de tesão e ainda não está pronta."

Ela suspirou e se aninhou no peito dele, passando os dedos distraidamente em seus bíceps. "Podemos passar fio dental, escovar os dentes, tomar banho e pôr uma roupa."

Ele afastou as cobertas. "Vamos lá, então."

"Você não tem nenhuma roupa casual?"

Michael afastou os cabelos úmidos e beijou o pescoço dela enquanto Stella examinava o guarda-roupa, tentando escolher o que vestiria.

"Nunca precisei desde que comecei a trabalhar, então doei tudo", ela falou.

"Então você tinha algumas? Ou eram saias até os joelhos e camisas sociais?" Enquanto falava, ele passou os braços por cima do roupão de Stella e a puxou para junto do peito nu. O corpo dela não conseguia decidir se ficava tenso ou relaxado.

Stella desconfiou que ele estivesse tentando seduzi-la. Estava quase funcionando. Sua mente ficara enevoada, mas de um jeito bom. Distraía sua atenção da dor de cabeça que sentia, e do fato de que estava completamente fora da rotina, o que em geral a deixaria irritada e frustrada até que as coisas voltassem ao normal.

"Eram, sim, saias e camisas. Como é que você me conhece tão bem?"

Stella sentiu um hálito quente na orelha quando ele deu risada. "Você é meu quebra-cabeça favorito. Queria te ver usando um vestidinho de verão."

"Não tenho nenhum."

"É domingo. Podemos ir fazer compras."

Ela se virou, sentindo um pico de ansiedade ao contemplar a ideia de sair em público para algum lugar novo para experimentar roupas incômodas e provavelmente cobertas de pó misturado com fezes de rato tiradas de um depósito qualquer. "Você sabe fazer vestidos de verão? Eu estava falando sério quando disse que queria usar modelos seus. Mesmo se comprasse alguma coisa hoje, eu precisaria fazer uma série de modificações antes de usar."

Ele tirou uma saia cor-de-rosa do cabide e examinou as costuras internas. "Costuras francesas. Tecido..." Ele esfregou o material nos dedos. "Cem por cento algodão."

"Adoro algodão. Seda também. Até tolero materiais sintéticos, como acrílico e lycra, desde que sejam macios, mas não suporto coisas duras, como brim, lã, caxemira ou angorá."

Um sorriso de satisfação surgiu na boca dele enquanto avaliava a confecção da saia. "Minha namorada de mentira deve saber mais sobre tecidos do que eu. Impressionante."

O elogio fez um calor se espalhar pelo seu corpo, mas sua mente se incomodou com o título de "namorada de mentira". Stella não gostava daquilo, mas sabia que precisava ser realista quanto ao que podia ou não conseguir. Era melhor se concentrar na ironia do fato de sua resistência táctil ter levado a um interesse em comum. Ela se segurou para não começar a listar materiais e características como uma enciclopédia humana.

Michael pendurou a saia com cuidado e parou na frente dela, com as mãos apoiadas nos quadris. "Queria muito ver você de vestido. Adoro as saias justas. Elas realçam uma das minhas partes favoritas do seu corpo. Mas estão sendo uma tortura para mim."

"Como assim? Por quê?"

"Porque as saias não me deixam fazer *isso*." Observando-a com os olhos bem acesos, ele levantou a bainha do roupão dela, fazendo o ar frio alcançar suas coxas. A palma da mão dele passou pela parte externa de sua perna, parou no quadril e se dirigiu para a parte posterior do corpo para agarrar sua bunda, provocando um choque de desejo em todo o seu corpo.

Os pelos castanhos entre suas pernas estavam aparecendo, e ela notou que ele olhava naquela direção com avidez. Sem hesitar e sem lhe dar tempo para pensar, Michael passou a mão por seu quadril e desceu para a pelve. Dedos abusados se enroscaram entre os pelos e massagearam bem ali.

A pele inteira dela se incendiou quando ele a tocou, e seus joelhos enfraqueceram. Stella se segurou nos ombros dele.

"Essa é minha garota", ele murmurou ao se abaixar para beijá-la.

O gosto daquela boca linda era divino, e Stella deixou escapar um som agudo de sua garganta assim que começou a retribuir o beijo. Ela tentou fazer da maneira como ele havia ensinado, mas não conseguia se concentrar. Os dedos dele estavam fazendo coisas diabólicas com seu corpo. O máximo que Stella conseguia fazer, e mal, era se manter de pé. Cada movimento dos dedos a derretia um pouco mais. Já estava começando a tremer.

Sem interromper o beijo, ele a pegou no colo e a carregou para a cama. A sensação de suas costas afundando nas cobertas a transportou de volta à realidade. Enfim ia acontecer. Sexo. De forma desestruturada, sem um plano. Stella se sairia muito mal, e ele teria que mostrar como poderia melhorar. Ela tentaria com todas as forças receber bem as críticas, apesar da humilhação...

Michael abriu seu roupão, e a boca dele se fechou sobre um dos mamilos dela, sugando com força. Stella se arqueou para trás arfando e em seguida gemendo, quando a mão dele se insinuou por entre suas coxas e a acariciou. Seu sexo se comprimiu tanto que até doía.

"Shhhh", ele murmurou junto ao seu seio.

Um dedo comprido escorregou para dentro dela, e suspiros e murmúrios de gratidão escaparam dos lábios de Stella. Era exatamente daquilo que precisava. Michael encaixou um segundo dedo, e a sensação de ser alargada fez sua cabeça despencar. Era *daquilo* que ela precisava. Seus calcanhares se plantaram na cama para que ela pudesse empurrar o corpo na direção da penetração. Os dedos entravam e saíam, se curvando dentro dela e provocando um efeito arrebatador.

Quando ele interrompeu o toque, foi impossível não protestar. "Michael, não para, eu..."

Ele ergueu os dedos melados e enfiou na boca. A intensidade daquele olhar, combinada a um sorriso diabólico, fez com que Stella se agarrasse com toda a força às cobertas, sentindo seu ventre se contrair inteiro.

A carícia foi retomada de forma lenta e profunda. Era gostoso, gostoso demais, mas ele não a estava tocando onde mais precisava. Seus quadris se remexiam, e Stella tentava aliviar a pressão cada vez maior. Quando ele se afastou de novo, ela baixou as mãos pela barriga com uma frustração intensa, mas seu próprio toque não contribuiu em nada para sua excitação.

Ele agarrou os joelhos dela e separou-os para expor seu sexo. O peito dele se expandiu numa respiração profunda, e a tatuagem de dragão ondulou toda. Michael engoliu em seco, produzindo um ruído alto. "Eu deveria ter desconfiado como era linda a sua..."

"Michael, não fala isso", ela se apressou em dizer.

Ele fez uma pausa, observando-a com um brilho sacana nos olhos. "O quê? Boceta?"

Seu rosto ficou em chamas, e Stella quis sumir.

Ele curvou um dos cantos da boca. "Não é à toa que minha mãe gosta tanto de você. É uma coisa bem vietnamita todo esse pudor em relação ao sexo. Só aprendi a palavra certa para as coisas em vietnamita com uns vinte anos de idade. A maioria das pessoas usa termos de aves. Minha tia diz 'batata-doce'. Não são as palavras certas. Você tem uma boceta, Stella."

O rosto dela ficou ainda mais vermelho, e o calor se espalhou pelo peito e tudo mais no caminho. "Eu... essa palavra... é tão... agressiva... não consigo..."

"É uma boceta, Stella. Está molhadinha para mim. E quero chupar." Lançando um olhar direto para o meio das pernas dela, ele começou a circular a parte que mais ansiava por ele. "E isto, isto é o seu clitóris. Está querendo tanto minha boca que ficou todo vermelho. Acaba logo com esse sofrimento e me deixa sentir seu gosto. Se não gostar, eu paro."

Foi então que ela se deu conta de que Michael também queria aquilo. Estava gostando do que via. O desejo dele por suas partes mais íntimas era real. Era lascivo. E... excitante. Uma Stella desconhecida despertou, atraída por Michael e suas palavras.

"Você vai ficar decepcionado se eu não reagir como as outras mulheres?" Ela queria gostar, queria ter um orgasmo na boca dele como tantas antes. Mas sua excitação começava a cair à medida que a ansiedade crescia.

"Se não gostar, partimos para outra coisa." Ele passou a mão pelas coxas dela e a arreganhou ainda mais. A ponta de sua língua estava prensada contra o lábio superior.

Michael se inclinou para perto dela, fazendo seu nervosismo disparar para o nível da taquicardia, então respirou fundo. "Estou começando a entender essa sua fixação pelo meu cheiro. Que bom que o seu não é assim no corpo todo. Eu ficaria sempre de pau duro. Já é difícil o bastante sem isso."

Ele plantou um beijo suave de boca fechada em seu clitóris, e o corpo inteiro dela se enrijeceu. Não era o que Stella esperava.

"Não gostou?", Michael perguntou.

"E-eu..."

Mais um beijo, seguido por uma saboreada bem lenta. Ele gemeu em aprovação e a cobriu toda com a boca, sugando com uma leve pressão ao mesmo tempo que a abria com a língua macia, quente e deliciosa. O corpo de Stella amoleceu, e um calor diferente surgiu dentro dela.

"Dá para sentir que não está gostando", ele comentou. "Só me deixa..." A língua dele a atacou, recolhendo a umidade que fluía de dentro dela. "Sentir o gostinho uma última vez." Ele voltou ao clitóris, roçando os dentes nos nervos sensíveis antes de beijá-la, saboreá-la, lambê-la.

Stella enfiou a cara nas cobertas, e o prazer foi se concentrando cada vez mais. A língua dele era formidável, mas o orgasmo parecia uma possibilidade distante. Havia novidade demais ali. Seu corpo estava em estado de choque, bombardeado por uma série de sensações. Quando Michael parou, ela sentiu vontade de gritar.

Dois dedos trabalhavam dentro dela, e seus olhos se reviraram nas órbitas. Ele começou com um ritmo constante, passando a língua de leve para acompanhar. Era impossível para ela não seguir os movimentos dele com os quadris. De repente, Stella estava cavalgando a mão dele, esfregando o sexo em sua cara. Aquilo não deveria estar certo. Ela quis se forçar a parar, mas não conseguiu.

De alguma forma, encontrou os cabelos curtos dele com suas mãos. Seu corpo se encolhia e ficava tenso, apertando os dedos dele. Estava tão molhada que conseguia ouvir os sons escorregadios a cada movimento.

"Eu vou parar, Stella. Você..." A língua de Michael deu uma lambida forte e veloz, e ela sentiu seu corpo apertando desesperadamente os dedos dele. "Você está detestando."

"*Michael*." Aquela voz sussurrada e desesperada era sua. Ela nem ligava. Continuou esfregando seu sexo sedento na língua dele, quase indo às lágrimas quando a tomou por completo.

Ele chupava com a pressão ideal, e ela se desfez em contorções violentas. Michael a acompanhou na onda do orgasmo, intensificando o prazer com carícias de língua. Quando os tremores foram ficando mais esparsos, ele deu um beijo de despedida bem ali e se ergueu para cobri-la com o corpo. Stella enterrou a cabeça no peito dele, sentindo-se exposta e vulnerável como nunca na vida.

Ela havia permitido que Michael fizesse aquilo. Tinha emitido todos aqueles sons, perdido o controle.

"Você gozou para mim como uma atriz pornô, Stella. Quase gozei também."

"Eu demorei muito? Dei muito... trabalho?" Era desconfortável para ela ter sido a única parte a sentir prazer naquele ato. Stella preferia ser aquela que cedia.

Ele deu uma risadinha. "Prolonguei as coisas de propósito. Você estava gostosa demais." Afastando-se dela, Michael se sentou sobre os calcanhares e tirou uma embalagem plástica laminada do bolso. "Você quer?"

Ela levantou o corpo, e o roupão escorregou de seus ombros. Por reflexo, tentou esconder sua nudez, sem conseguir encará-lo. Sua pulsação estava descontrolada. "Eu quero." Ela tomou a embalagem da mão dele e abriu com os dedos trêmulos.

Michael deitou na cama, abriu o botão da calça e baixou o zíper. Os músculos de seu corpo se contraíram enquanto ele se desvencilhava das calças de um jeito muito masculino. Ali estava ele, em toda a sua gloriosa nudez. Michael era a perfeição. Até *ali*.

E *principalmente* ali. A ereção, o membro grosso e vascularizado, em proporção impecável com o restante daquele corpo lindo, prendia a atenção de Stella. Ela havia acabado de ter o orgasmo mais intenso de sua vida, mas queria mais. Queria aquilo. Ficou com água na boca, mas nunca tinha feito sexo oral num homem.

Não se lembrou nem de respirar ao se ajoelhar na cama e o envolver com uma das mãos. Ele estava tão quente, era tão macio, tão rígido sob a pele. *Desejo, desejo, desejo*. De todas as formas que fossem possíveis para ela. Do jeito que ele quisesse.

"Esse olhar no seu rosto..." A voz de Michael saiu áspera, quase um grunhido. Ele guiou sua mão para cima e para baixo. "Este é meu pau. Quando quiser, quando precisar, é essa palavra que vai usar", disse.

Incapaz de falar, ela assentiu. Secretamente, adorou a ideia de pedir por seu... pau... e ter sua vontade atendida, apesar de achar que jamais conseguiria pronunciar a palavra. A não ser que estivessem falando de gravetos ou árvores. Talvez nem assim.

"Quer colocar em mim?", ele perguntou, apontando para a camisinha esquecida na outra mão dela.

Stella lambeu os lábios e limpou a garganta. "Quero."

Suas mãos não estavam firmes, então os dois acabaram fazendo a tarefa juntos. Quando terminaram, ele a puxou para perto, e ela estremeceu ao sentir a pele de ambos em contato. Seus mamilos roçaram o peito dele, e a ereção sólida a incendiou na altura do ventre. Michael acariciou suas costas e segurou sua cabeça, tentando encará-la.

"Por que não olha para mim?"

Ela conseguiu levantar os olhos para a base do pescoço dele, então seus ombros despencaram. "Tenho muita vergonha."

"Nós dois estamos sem roupa."

Ela não sabia como explicar que estava se sentindo nua *por dentro*. Se o olhasse nos olhos, Michael *veria* aquilo, a pessoa que Stella mantinha escondida. Ninguém ia querer vê-la. Era para ser uma experiência divertida e educativa, não algo que a envolvia até a alma.

Michael ergueu seu queixo, e ela viu olhos carinhosos por um instante antes de fechar os seus com força.

"Me beija, por favor", ela pediu.

Lábios quentes tocaram os seus, e ela sentiu o gosto de seu sexo misturado ao dele. Mãos começaram a acariciá-la com mais urgência. Michael apertou a coxa dela e puxou sua perna em torno do quadril, abrindo-a toda. Com um movimento de cintura, se esfregou em sua boceta. A fricção fez o sangue dela ferver.

"Agora, Stella."

Ela envolveu o peito dele com os braços e colou os lábios no seu pescoço. "Estou pronta."

Michael a deitou na cama e a cobriu com o próprio corpo. Em seguida passou o nariz em seu queixo e em sua orelha, beijando de leve seu rosto, o canto da sua boca, seus lábios. "Você precisa falar comigo, tá? Se doer, se não estiver gostando, se quiser outra coisa, se estiver perfeito. Me fala tudo."

Com os olhos ainda fechados, ela respondeu: "Vou tentar".

De forma inesperada, ele a virou e a colocou de quatro. "Acho que você vai sentir menos vergonha assim."

Stella abriu os olhos e viu somente os travesseiros bagunçados e a cabeceira da cama. Ele tinha razão. Era melhor daquele jeito. Ele não teria como vê-la. Stella relaxou imediatamente. "Vai ser bom para você?" Os outros homens com quem estivera tinham preferido ficar por cima.

"Vai ser ótimo." Mãos firmes acariciaram suas costas, massageando-a com movimentos cheios de volúpia. O peito firme dele roçou nela quando Michael apoiou um dos braços na cama. Ele estendeu uma das mãos para a parte inferior das coxas dela, procurando por sua abertura e enfiando os dedos bem fundo, masturbando-a até que seus quadris começassem a se mexer e uma nova onda de umidade a lubrificasse. Então provocou seu clitóris com toques suaves.

"Michael..."

"Stella", ele respondeu, respirando pesado em seu ouvido.

Alguma coisa dura cutucou seu sexo e foi se enfiando lentamente. Stella prendeu a respiração. Aquilo tinha sido doloroso no passado, mas já não havia nada além de uma sensação de alargamento que continuou até que Michael se acomodasse por inteiro dentro dela. Stella tentou engolir, falar alguma coisa. Não conseguiu. Eles se encaixavam perfeitamente.

Durante longos instantes, Michael permaneceu imóvel. Sentindo a tensão no corpo dele, ela o olhou por cima do ombro.

"Michael?"

O rosto dele estava todo crispado, como se estivesse sentindo dor. "Eu queria isso há muito tempo. É bom demais. Você é..." Ele soltou o ar com força. "Se eu me mexer, não vou conseguir me controlar."

Então não conseguiu segurar um sorriso. Então não era só ela. "Mexe." Ela arqueou as costas e se projetou na direção dele. O movimento o levou ainda mais para dentro dela, preenchendo-a por inteiro.

Um grunhido áspero escapou da garganta dele. "Stella, é sério. Me dá um minutinho para eu me acalmar. É nossa primeira vez. Quero fazer você ver estrelas."

Nossa primeira vez. Aquilo dava a entender que haveria outras. A ideia a deixou tão feliz que seu coração parecia prestes a arrebentar. Stella não queria estrelas. Só queria Michael.

Beijos molhados pousaram em seu pescoço, em alternância com mordidinhas leves e lambidas gulosas. Ele a acariciou em torno de sua ereção antes de erguer um pouco mais os dedos. Quando a massageou ali, Stella se contraiu por dentro e gemeu.

Só então Michael começou a se mover. Recuou, voltou para dentro dela, retirou, deu uma nova estocada e foi encontrando um ritmo. A ação simultânea dos dedos e da penetração deixava sua pele em chamas. O fogo parecia se espalhar de dentro para fora, em círculos concêntricos cada vez mais largos.

"Stella", ele grunhiu. "Você é gostosa demais. Delícia... Você é minha."

As palavras dele a acalmavam e excitavam. Ela tentou falar, como ele pedira, mas só conseguia arfar e suspirar de prazer. Então resolveu comunicar como se sentia com o corpo. Ela afastou ainda mais as coxas e começou a se contorcer para acompanhar cada estocada. Michael gostaria daquilo? Ou ela estava sendo safada demais? A mão dele apoiada no colchão segurou a sua, entrelaçando seus dedos.

"Assim", ele murmurou. "Está perfeito."

O sexo dela se comprimiu. Por um momento que pareceu eterno, Stella flutuou no limiar do êxtase, sem fôlego, se sentindo possuída, amada. O orgasmo foi como uma onda que se quebrava em seu corpo.

Ela estremeceu inteira enquanto ele continuava com as estocadas num ritmo incessante. Stella tentou acompanhá-lo, mas as convulsões poderosas que percorriam seu corpo dificultavam sua coordenação.

Os lábios dele passearam por seu pescoço e seu queixo. Quando ela se virou às cegas, Michael capturou sua boca, enfiando a língua bem fundo. As carícias no meio de suas pernas não paravam. Antes que o orgasmo terminasse, ela sentiu mais um a caminho. Seus músculos relaxaram em torno do membro dele, e em seguida se contraíram e explodiram outra vez. Com um grunhido gutural, Michael deu a última estocada.

Ele esfregou o queixo em seu rosto e pescoço e baixou o corpo trêmulo para a cama, abraçando-a como se fosse sua. Com mãos desajeitadas, Stella acariciou os braços fortes que a agarravam e retribuiu o gesto.

Então se lembrou de que o sexo não significava nada de mais para ele, e aliviou um pouco a força do abraço. Michael gostava daquele tipo de intimidade física. Era só.

Os sentimentos provocaram um nó em sua garganta mesmo assim. Se aquilo era uma simulação, ela nem precisava da realidade. Até quando conseguiria viver uma fantasia?

{16}

Enquanto abraçava uma Stella entregue aos seus braços, toda derretida e satisfeita, Michael sentiu seu coração palpitar como se estivesse inebriado.

Aquilo não tinha sido uma simulação de foda num relacionamento simulado, ou sexo *pro bono* para provar que ele era uma pessoa melhor que seu pai.

Ele já tinha transado com centenas de mulheres, mas nunca sentira uma sintonia como aquela. Nunca se sentira tão desesperado para agradar, ou tão extasiado quando ela gritara seu nome e gozara para ele de novo e de novo.

Não sabia o que tinha sido aquilo, mas com certeza não era só sexo.

Ela o abraçou com mais força, deu alguns beijos desajeitados no seu ombro e no seu pescoço e sorriu para ele, fazendo movimentos circulares em seu peito. Aparentemente não era sempre um mau sinal quando os dedos dela se agitavam, mas aquilo fazia cócegas.

Michael pôs a mão espalmada dela sobre seu coração para impedir que começasse a batucar e tentou assumir um estado de espírito mais profissional. "Olha só você. Vou querer uma avaliação cinco estrelas."

"Seis estrelas." O sorriso dela se abriu ainda mais. Aqueles olhos cor de chocolate brilharam e se esqueceram de fugir logo em seguida, permitindo que ele a encarasse de verdade pela primeira vez naquela manhã. Aquilo o fez sentir que ele próprio tinha um valor inestimável, deixando-o sem fôlego.

"Assim você faz mal pro meu ego, que já é grande o bastante", ele se obrigou a dizer em tom de brincadeira.

"Você não é nada egocêntrico. É confiante, mas bem modesto. É uma das muitas coisas que amo em você."

Ama?

Ele sentiu uma pontada no peito.

Ela jamais poderia amá-lo. Sentia aquilo com cada fibra de seu ser. O amor exigia confiança, e só uma idiota confiaria nele. Michael era como seu pai.

Mas poderia provar que nem tanto, caso fizesse aquilo direito. Era só o que queria. Ele olhou para o relógio e ficou surpreso ao constatar que não eram nem dez horas. Os acontecimentos daquela manhã pareciam capazes de mudar uma vida, mas os dois estavam acordados fazia só duas horas.

"Estou morrendo de fome e precisando de um café", ele falou. "E preciso pegar meu carro. Tenho roupas limpas lá."

Acima de tudo, Michael precisava de espaço. Os dois estavam se aproximando demais, e ele tinha que estabelecer algum distanciamento. Levantou da cama e vestiu a calça, sabendo muito bem que Stella o estava admirando. Apesar de se sentir meio ridículo, desacelerou os movimentos de propósito, e flexionou o abdome ao fechar o zíper e abotoar a calça jeans. Na verdade, se vestir exigia muito menos da musculatura do corpo do que ele gostaria.

"Pode ir se arrumando."

Ela franziu a testa. "Por quê?"

"A gente vai sair para fazer compras. É o que os casais fazem de domingo."

Stella contorceu a boca ao observar seu reflexo no espelho. Michael estava apresentando uma nova categoria de vestuário para ela.

Roupas de ginástica.

Principalmente, *calças* de ginástica.

Ela se sentia no paraíso. Não pinicavam nem um pouco e eram sempre justas. Stella adorava se sentir envolvida pela roupa. E ainda faziam o contorno de suas pernas e sua bunda ficar incrível. Ela parecia uma dançarina. Ou uma iogue. Ou um híbrido de ambas.

"Saia para eu poder ver", Michael falou do lado de fora do provador.

Mordendo o lábio para esconder um sorriso, ela abriu a porta e saiu.

O sorriso torto dele surgiu com toda a força, mostrando sua covinha por inteiro. "Sabia."

"Gostou?" Ela passou a mão sobre a barriga e deu uma voltinha bem lenta.

Michael levantou da cadeira e se aproximou, percorrendo suas curvas com olhos desejosos. Ele passou a mão por seu pescoço e seus ombros e por toda a blusa justa de mangas longas para entrelaçar seus dedos. "Adorei."

"Estou me sentindo bem sexy."

Michael a enlaçou pela cintura e a puxou para mais perto. "Muito sexy." Michael roçou os lábios nos dela e depois na orelha e no pescoço, fazendo-a se contorcer toda e segurar uma risadinha que não era nada sexy.

Com o canto do olho, ela viu a vendedora observando a cena. A garota formou com os lábios a palavra "sortuda" sem emitir som. Stella sorriu, apesar de não saber ao certo como se sentia. Nada daquilo era real. Ela estava pagando a ele. Não que se incomodasse com a despesa. Michael valia cada centavo.

"Então vai levar?"

"Uma de cada cor."

"Vou ter que ser chato aqui. A laranja fluorescente com estampa amarela, não. Faz meus olhos doerem", ele falou com uma careta.

"Certo, a laranja fluorescente com amarelo, não. Ah, tem uns vestidos ali." Seus olhos contemplaram as possibilidades.

Quando eles pararam para almoçar numa pequena padaria em estilo francês no Stanford Mall, estavam com três sacolas enormes de roupas. Michael garantiu que vendiam ali os melhores sanduíches da Califórnia, tirando os asiáticos, o que Stella achou interessante, porque nem sabia o que eram sanduíches asiáticos.

Esperava que os sanduíches da padaria francesa fossem bem altos e recheados de embutidos, mas quando chegaram constatou que eram simples baguetes com peito de peru, queijo suíço e manteiga. Pelo menos ela havia pedido um croissant de amêndoas também. À primeira mordida, sentados a uma mesa do lado de fora, ela descobriu que a baguete era deliciosa.

"O segredo é o pão de qualidade e a manteiga. Se o principal for bom, o resto é acessório", Michael disse com uma piscadinha. Ela ficou com a sensação de que ele não estava falando só de comida.

Como o movimento não era muito grande e o sol brilhava forte nas ruas, Stella considerou que poderia fazer aquilo de novo. Sua programação normal de domingo tinha sido arruinada, mas ela estava aberta à criação de uma nova para os fins de semana. Era uma pessoa adaptável quando se tratava de Michael.

Ele estava com uma calça cáqui informal e uma camisa branca com as mangas dobradas até os cotovelos, e parecia um modelo de revista — como sempre. Stella se deu conta de que os dois tinham passado a manhã toda comprando coisas para ela. Era muito egoísmo da sua parte.

"Quer ver roupas masculinas?" Ela olhou as lojas ao redor, tentando encontrar alguma que ele pudesse achar interessante.

Michael sacudiu a cabeça com um sorriso divertido. "Não, obrigado."

"Tem certeza? Não quer que eu compre alguma coisa para você?" Ele abriu uma expressão desconfortável, e o coração dela disparou. Stella tentou amenizar o clima acrescentando: "Já que não me deixou comprar uma Lamborghini".

Ele a encarou com interesse. "Você me compraria mesmo uma Lamborghini se eu quisesse?"

Stella baixou os olhos para os farelos no papel do sanduíche e confirmou com a cabeça. "Tenho como pagar, se é isso que está perguntando. Não sei qual é a importância de falar em dinheiro, mas ganho bastante e não tenho muito com que gastar. Adoraria comprar um carro para você. Ainda mais se..." Ela se deteve antes que acabasse dizendo alguma coisa que o irritasse.

"Se o quê?"

"Prefiro não dizer. Com certeza não seria apropriado."

Ele inclinou a cabeça para o lado, com uma expressão mais cautelosa. "Eu gostaria de saber."

"Eu ia dizer..." Ela respirou fundo, sem jeito. "Ainda mais se foi outra mulher que comprou o que você tem hoje."

Michael começou a dobrar o papel do sanduíche em um quadrado. "Você está me perguntando se meu carro foi um presente."

Ela estava certa de que tinha sido, o que a deixava enfurecida. "Estou."

"Na verdade, foi."

"Daquela loira da casa noturna."

Ele enrugou a testa. "Como você sabe?"

"Ela não te deixa em paz." A lembrança da mulher dando um beijo em Michael voltou à sua mente, e Stella sentiu sua irritação crescer. Ele tinha transado com ela — provavelmente várias vezes. Stella apoiou os dedos na superfície de vidro da mesa, respirando cada vez mais depressa.

Ele pôs a mão sobre a dela, e o coração de Stella acelerou. "Eu não gosto de ganhar esse tipo de presente. Por favor, não faz isso."

"Tá bom." Mas para Stella era impossível não pensar que ele havia aceitado o presente daquela mulher porque gostava dela. Não era o que todo mundo fazia? Guardava as coisas que as pessoas que importavam lhe davam?

Stella queria que ele tivesse alguma coisa sua. O fato de Michael não querer a deixava quase desesperada.

"Vai ser difícil se você começar a ter ciúme das minhas antigas clientes, Stella", ele falou, com os olhos fixos e um tom de voz sombrio, como se o fato de ser um acompanhante fosse uma triste realidade que precisava ser aceita.

Várias e várias perguntas ficaram presas na garganta dela. Se ele não gostava daquilo, por que fazia? Tinha um talento enorme para roupas. Por que não trabalhava mais como alfaiate, em vez de se limitar aos serviços da lavanderia e pequenos ajustes? Em que empregava o dinheiro que ganhava como acompanhante? Teria algum vício secreto? Estaria em apuros?

Por que não podia ser todo dela?

Mas naquele momento ele era. Não queria nada com aquela loira. Não fora com ela que passara a manhã.

Enquanto terminavam o almoço, a última pergunta persistia no fundo de sua mente.

Por que *não* poderia ser dela de verdade?

Só havia uma resposta plausível: Michael não queria.

Mas aquelas coisas não eram definitivas. No início de tudo, Stella tinha em mente aprender habilidades que a ajudassem a seduzir um homem — provavelmente Philip James. Mas por que se contentar com ele se podia ter Michael? Ela poderia usar o que estava aprendendo com... ele mesmo? Era possível seduzir um acompanhante profissional?

{17}

Ela deveria estar trabalhando. O projeto de lingerie on-line era interessante. Normalmente, já teria terminado. Mas não conseguia olhar para roupas íntimas ou mesmo *ler* a respeito sem pensar em Michael.

A gaveta onde guardava o celular parecia chamá-la. Queria escrever para ele. Aquilo era permitido? Afora a noite no escritório, eles só trocavam mensagens com fins logísticos.

Ela batucou com os dedos na superfície da mesa, então cerrou o punho. Como conseguiria seduzi-lo se não tinha coragem nem de mandar uma simples mensagem? Pegou o telefone.

Oi.

Mas apagou a mensagem antes de mandar.

Estou com saudade.

Só de ver aquelas palavras na tela suas mãos ficaram suadas. Eram diretas demais. Precisava apagar.

Queria confirmar os planos para hoje.

Ela apertou o botão de enviar, colocou o celular sobre a mesa e ficou olhando para os monitores do computador sem conseguir se concentrar em nada. A tela do celular apagou depois de um tempo. Michael devia estar ocupado.

O telefone vibrou, mas não do jeito breve que indicava mensagem de texto. Ele continuou zumbindo e tremendo. Era alguém ligando.

Quando olhou para a tela, viu o nome de Michael e seu coração disparou. Ela agarrou o celular junto ao peito antes de atender. "Alô?"

"Oi." Ao fundo, Stella ouviu a mãe dele tagarelando em vietnamita sobre o ruído da máquina de costura. "Preciso usar as duas mãos no momento, então resolvi ligar em vez de escrever. Hoje à noite ainda está de pé. Naquele restaurante tailandês em Mountain View."

"Encontro você lá."

"Perfeito."

A máquina de costura parou, e o silêncio se estabeleceu no espaço virtual entre eles. Stella queria que Michael falasse. Queria ouvir sua voz de novo.

"Não esquece as roupas para ficar na minha casa. A não ser que não queira. Não é obrigatório", ela falou, apressada.

"Não, por mim tudo bem. Mas já esqueci." Michael deu uma risadinha, e Stella apertou o celular com força. Estava com saudade dele de verdade, apesar de só fazer um dia que tinham se visto.

Mẹ falou alguma coisa, e Michael soltou um suspiro. "Preciso desligar. Tomara que a noite chegue logo. Estou com saudade. Tchau."

Ela ficou sem fôlego antes de conseguir murmurar: "Eu também". Mas o telefonema já tinha sido encerrado, e suas palavras foram ditas apenas para si mesma.

Como as outras pessoas conseguiam cumprir suas obrigações diárias com uma saudade daquele tamanho? Ela *precisava* vê-lo.

Stella abriu a galeria de fotos do celular, que estava vazia. Agindo por impulso, mandou outra mensagem para Michael.

Quero uma foto sua no meu telefone.

Por favor.

Quando tinha perdido a esperança de receber uma resposta e já ia guardar o celular na bolsa, o aparelho vibrou.

Era uma selfie tirada na hora, um close do rosto dele com as sobrancelhas levantadas. Uma foto meio desajeitada, mas ainda assim fofa. Stella suspirou e esfregou o polegar no rosto dele.

O celular vibrou de novo.

Cadê a minha?

De cabelo solto.

Ela soltou uma risadinha de incredulidade. É sério?

Cabelo solto. Selfie. Agora.

E com os dois primeiros botões da camisa abertos.

Stella puxou o elástico para soltar os cabelos, se sentindo ridícula.

Ficou enroscado e estourou, quando ela puxou com mais força, indo parar no chão. Ela ajeitou as mechas com os dedos e abriu os dois primeiros botões da camisa. Seu rosto surgiu na tela do celular. Parecia... diferente. Não era a Stella de sempre. Era a Stella secreta, que ia encontrar o amante naquela noite.

Seu dedo bateu acidentalmente no disparador da câmera, capturando seu rosto. Era aquilo que eles eram. Amantes. Stella gostava de como soava, e muito.

Ela mandou a foto para Michael.

Quase instantaneamente, o telefone vibrou.

Porra, Stella.

Sexy demais.

Uma risada escapou de seus lábios, e ela se sentiu um pouco tentada a mandar algo sexy de verdade. Só não tinha ideia de como fazer aquilo. Provavelmente existia um truque de ângulo de câmera ou posicionamento corporal, e seu escritório era de vidro. Seus colegas veriam tudo, a menos que ela desse um jeito de colocar o telefone dentro das roupas justas.

Derrotada, ela guardou o celular e se obrigou a se concentrar no trabalho, que ainda adorava. Mergulhada nos dados, fez uma descoberta interessante: a imensa maioria dos homens casados não comprava roupas de baixo nem para si mesmos. Quem o fazia eram as esposas. Filtrando os números e analisando os vários anos de registros, ela percebeu que eles paravam de comprar cuecas antes mesmo de se casar no papel.

Que tipo de fenômeno antropológico seria aquele?

A empolgação com o novo enigma começou a pulsar em suas veias, arrebatando-a. Stella bateu as diversas variáveis, analisou as curvas de tendência e os gráficos aparentemente aleatórios e avaliou as estatísticas. Não dava para entender. E *adorava* quando não conseguia entender.

Seu telefone vibrou, e um aviso surgiu na tela: Jantar com Michael.

Stella lançou um olhar de lamento para os monitores, mas não permitiu que suas mãos voltassem ao teclado. Para ela, não existia aquela coisa de mais cinco minutinhos. Se retomasse o trabalho, só sairia do novo mergulho nos dados mais de meia-noite. Aquele era o motivo pelo qual programava tantos alarmes.

Fora que Michael era tão interessante quanto os dados e ainda a fazia rir. Tinha um cheiro bom, um gosto bom, um toque bom e... Ela abraçou a si mesma, sentindo seus pés dançarem sobre o carpete. Empolgação com o trabalho durante o dia e excitação com Michael durante a noite. Stella queria continuar com aquilo pelo resto da vida.

Ela salvou o que tinha feito, desligou o computador e pegou suas coisas para sair. Atravessar o corredor ainda cheio era algo raro para Stella, mas seus colegas não costumavam dar bola. Naquela noite, porém, a atenção que recebeu ao passar a deixou confusa. Os econometristas seniores pararam de escrever fórmulas nos quadros-brancos dentro dos escritórios. Os analistas mais novos lançavam olhares curiosos de seus cubículos.

Quando passou pela sala de Philip, ele ergueu o rosto dos papéis na mesa e deu uma boa olhada nela. Stella acenou e se dirigiu para os elevadores. Quando a porta estava se fechando, ele entrou também.

"Está saindo mais cedo hoje", Philip comentou.

Enquanto ajustava os óculos, ela percebeu que seus cabelos estavam soltos. O que explicava a reação dos colegas. Stella revirou os olhos. Eram só cabelos. "Tenho compromisso para o jantar."

Os olhos de Philip a percorreram de cima a baixo. "Vai encontrar alguém?"

Ela colocou os cabelos atrás da orelha. "Sim."

"Seguiu meu conselho, é?", ele falou, com seu sorrisinho de sempre.

"Na verdade, sim. Obrigada."

Philip piscou algumas vezes, então suas sobrancelhas se ergueram. "Você é surpreendente, Stella. E fica bonita com o cabelo solto."

A admiração no olhar dele a deixou bem sem jeito. Ela abotoou os dois botões de cima da camisa. "Obrigada."

"Quem é ele? Eu conheço? A coisa é *séria*?"

Stella começou a batucar os dedos na coxa. "Acho que não. E espero que seja sério. Pra mim é."

"Não vai falar em casamento cedo demais, hein? Isso deixa os caras se cagando de medo."

Ela olhou feio para ele.

Philip limpou a garganta. "Desculpa, não foi isso que eu quis dizer. Só acho que devia ir com calma."

Quando a porta do elevador se abriu, ele pôs a mão na frente do sensor para segurá-la. "Primeiro as damas."

Stella saiu com o passo acelerado na intenção de deixá-lo para trás, mas ele a acompanhou.

"Aonde vocês vão?"

"Num restaurante tailandês." Ela viu seu carro no estacionamento e desejou ser capaz de se teletransportar direto para lá. Nunca mais soltaria os cabelos no meio do expediente.

"Você gosta de comida apimentada?"

"Gosto. Se o lugar for bom, aviso. Você pode levar Heidi lá."

"Não estou mais saindo com ela. Heidi é nova demais para mim. Não temos nada em comum. Ela falou que preciso aprender a me comunicar melhor. Que pareço meio arrogante. Ridículo! Não tenho culpa de saber das coisas." Ele tossiu. "Esquece essa última parte."

Aquilo a fez deter o passo. Stella sabia como era ter problemas para se comunicar. Aquilo significava que fora Heidi quem terminara com ele? Por trás das aparências, Philip estava triste? Ele era capaz de sentir aquilo? "Entendi."

"Você e eu temos muito em comum." O olhar dele mostrava que estava falando sério. E que estava interessado nela para valer.

Stella parou ao lado do carro. "Temos mesmo."

A mãe dela considerava os dois perfeitos um para o outro. Se ele não a tivesse estimulado a pensar a partir de outra perspectiva com seu conselho babaca, Stella poderia até retribuir o interesse. No mínimo, poderia lhe dar uma chance de ser sua quarta transa desastrosa.

Mas agora não. Ela só queria Michael.

"Preciso ir, ou vou me atrasar."

Philip deu um passo atrás. "Divirta-se. Mas não demais. A gente se vê amanhã."

Depois de entrar no carro e colocar o cinto, ela viu Philip entrar no próprio carro. Uma Lamborghini vermelha novinha. Não era o estilo dela. Detestava aqueles carros, mas sabia que Michael gostava deles.

Com um suspiro, foi para seu encontro. O trajeto era rápido, e em pouco tempo estava no interior do restaurante. Michael a esperava em uma mesa perto da janela, parecendo delicioso com calça preta, camisa listrada e colete de seda com ajuste perfeito na cintura.

Com os olhos brilhando, ele bateu nos lábios com o indicador enquanto ela caminhava até a mesa. Quando Stella chegou lá, levantou e lhe deu um abraço apertado, colando os lábios em seu pescoço e passando os dedos nas mechas soltas de seus cabelos. "Esse cabelo... Minha Stella está maravilhosa hoje."

Ela respirou fundo e se aninhou junto a ele. Naquele momento, tudo pareceu no lugar, e sua determinação se fortaleceu. Stella ia seduzi-lo. Só não sabia como. "Meu elástico estourou quando tirei à tarde. Agora todo mundo no trabalho me olha como se eu fosse uma stripper."

Os ombros dele se sacudiram enquanto ria.

O garçom se aproximou e, com relutância, eles desfizeram o abraço para se sentar.

"Você poderia ser, se quisesse. Tem o corpo para isso", ele falou, com um sorriso provocador.

"Com minha coordenação motora, ia cair e sofrer uma concussão."

Sabiamente, ele não fez nenhum comentário a respeito.

"Essa é outra criação sua?", Stella perguntou, apontando para o colete, que tinha adorado.

"Claro. Pela sua cara, estou vendo que quer pôr a mão. O trabalho valeu a pena."

Então ela se deu conta de que estendia a mão por cima da mesa na direção dele. Recolheu as mãos e sentou sobre elas, ajustando os óculos com uma franzida no nariz.

"Você pode ver de perto mais tarde." Michael apoiou a mão espalmada sobre a mesa e inclinou a cabeça para o lado, à espera. Stella percebeu que era de sua mão.

Como ela conseguiria seduzi-lo quando era ele que a seduzia tão bem?

Stella tirou uma mão de baixo das pernas e colocou sobre a dele. Michael fechou os dedos sobre os dela e acariciou o dorso de sua mão com o polegar.

"C-como foi seu dia?" Quando as palavras saíram de sua boca, ela percebeu que era a primeira vez que perguntava aquilo. Mas não a primeira em que tinha pensado a respeito. Seria pessoal demais? Ela deveria fazer aquele tipo de pergunta?

Os lábios dele se contorceram para formar algo entre um sorriso e uma careta. "É época de formatura. Está bem longe de ser a minha favorita."

"Muitos ajustes?"

"E adolescentes histéricas."

"Devem ficar todas gamadas em você." O que de fato podia ser bem cansativo.

"Minha mãe faz a maioria das provas, então não é tão ruim. Mas estou ficando até vesgo com a quantidade de vestidos para arrumar. Sua foto foi o ponto alto do meu dia."

A foto nem tinha ficado tão boa. "Você gostaria de trabalhar mais com roupas masculinas?"

A constatação de que ele não fazia aquilo de que mais gostava provocou uma pontada de dor em seu peito. Ela precisaria de terapia se passasse os dias fazendo um trabalho que detestava.

Ele deu de ombros, mas com uma expressão pensativa. "Prefiro a parte mais criativa do trabalho, pensar em modelos novos. Não me importo em fazer a montagem e os ajustes, mas não é muito desafiador."

"Já pensou em criar sua própria linha de roupas?" Ela cobriu a boca enquanto pensava a respeito. "Você poderia entrar em um daqueles concursos de estilistas na tv. Com certeza ia ganhar."

Ele sorriu, olhando para suas mãos dadas, mas não de alegria. "Três anos atrás, fui selecionado para participar de um desses programas. Acho que gostaram mais do meu rosto do que do portfólio, mas enfim. Uma oportunidade é uma oportunidade. Só que minha mãe ficou doente e um monte de outras coisas aconteceu. Tive que desistir."

O rosto de Stella ficou pálido. Ela sentiu um aperto enorme no peito. Claro que ele faria aquilo pela mãe.

Michael levantou os olhos, assumindo uma expressão mais carinhosa. "Não precisa ficar tão triste. Ela já está bem melhor."

"É... câncer?" Stella se lembrava vagamente de ter ouvido as irmãs dele falando sobre quimioterapia no meio da briga, mas estava tão alterada naquele dia que não conseguira absorver a informação. Como havia deixado passar uma coisa daquelas? Que tipo de pessoa ela era?

"Câncer de pulmão, estágio quatro. Incurável e inoperável. Não, ela nunca fumou. Só deu azar. Mas os novos tratamentos estão funcionando. Agora parece tudo bem", ele falou com um sorriso otimista.

Stella apertou a mão dele e o observou bem. Será que ele tinha consciência de como era maravilhoso?

O garçom chegou. Michael perguntou a Stella: "Quer que eu faça o pedido?". Ela fez que sim com a cabeça, e ele falou os pratos sem nem olhar para o cardápio.

"Como foi o *seu* dia?", ele quis saber depois.

"Bom."

Michael sorriu e beliscou o queixo dela. "Quero detalhes."

"Ah. Descobri algo interessante no trabalho. Um fenômeno fascinante que não sei como expli... Por que está me olhando assim?"

Ele estava com a cabeça inclinada para o lado, sorrindo de um modo particularmente afetuoso. "Você fica muito sexy quando fala do trabalho."

"É difícil acreditar."

Ele deu risada. "Mas é verdade. Pode continuar. Um enigma, um fenômeno fascinante."

"Eu conto quando conseguir decifrar. E vou conseguir. Vejamos... O que mais aconteceu? Ah, meu chefe está me pressionando para contratar um estagiário. E tirei minha primeira selfie hoje." Ela deixou de fora todas as informações relacionadas a Philip. Não havia por que mencionar aquela conversa constrangedora.

"Seu chefe acha que você está trabalhando demais?"

Ela encolheu os ombros. "Quem é que não acha isso?"

"Se você gosta, nunca é demais. E é o seu caso."

"Exatamente. Fale isso pra minha mãe."

"Se eu cruzar com ela...", ele disse. Pelo tom que usou, devia considerar a probabilidade baixíssima.

"Pode ser daqui a um mês, num evento beneficente que ela está organizando. Se quiser ir comigo... Mas não precisa se sentir obrigado", Stella acrescentou rapidamente.

Os músculos da mandíbula dele se flexionaram enquanto pensava. "Você quer que eu vá?"

Ela assentiu. "Minha mãe ameaçou me escolher um par se eu não tiver quem levar." Ela só queria ir com Michael, mais ninguém.

"Bem chato mesmo. Quando é?"

"Num sábado à noite. Traje formal. Não que seja um problema para você."

Ele curvou o canto da boca num sorriso, mas a tensão em torno dos olhos continuava. "Certo. Vou marcar na agenda. Vai ser um prazer."

"Sério?"

"Sim."

Ela mordeu o lábio, hesitante, mas resolveu dizer mesmo assim. "Você faz meu vestido?"

Michael a encarou por um longo instante. "Tudo bem."

"Vou pagar, claro..."

"Espera até ver o que vou fazer", ele disse, levando a mão dela à boca para beijá-la.

"Tenho certeza de que vou adorar."

Michael deu uma gargalhada. "Acho que vai mesmo."

O jantar chegou, e a conversa — uma conversa de verdade — continuou enquanto comiam pratos temperados com capim-limão, folhas de combava, manjericão e pimentas vermelhas que queimavam os lábios. Ela perguntou a Michael quais eram seus estilistas favoritos — Jean Paul Gaultier, Issey Miyake e Yves Saint Laurent —, e ficou sabendo que tinha estudado moda em San Francisco. Ele perguntou quando foi que Stella descobrira seu amor pela economia — no ensino médio — e quando arrumou o primeiro namorado — nunca. Michael tinha uma namoradinha no quarto ano, com quem passava a maior parte do tempo no ônibus escolar. Stella comeu mais do que o de hábito. Queria prolongar a refeição.

Quando chegou a conta, ela quis pagar, mas Michael entregou o cartão de crédito ao garçom com a maior tranquilidade. Stella estreitou os olhos.

Não era a primeira vez que ele fazia questão de pagar quando estavam juntos, o que a deixava bem incomodada. Stella ganhava mais dinheiro do que gastava, e ele claramente tinha problemas financeiros. Por que não deixar que se encarregasse das contas? Como podia contornar aquela situação? Ela não sabia como tocar no assunto sem ofendê-lo.

Na saída do restaurante, Michael falou: "Preciso passar lá em casa para pegar minhas roupas".

"Isso significa que vou ver sua casa?" Ou ela estava tirando conclusões precipitadas ao supor que passariam a noite juntos?

"Se você quiser. Não é nada de mais." Michael coçou a nuca, todo charmoso.

"Não pode ser pior que a minha casa."

"Como assim?"

"Minha casa é vazia e... estéril." Tinha ouvido algumas pessoas dizerem aquilo quando achavam que ela não estava escutando.

Ele passou os dedos em seu rosto e seus cabelos. "Só precisa de mais mobília. Vamos lá, então. É bem perto daqui."

Michael poderia ter dito que "bem perto" significava "ao lado". Ela nem precisaria ter pegado o carro.

Segurando sua mão, ele a conduziu pela escada até o terceiro andar. "Não arrumei nada antes de sair, então pode esperar pelo pior. Só não vá ter um ataque do coração. Promete?"

Ela se preparou mentalmente. "Prometo."

{18}

Michael prendeu a respiração quando Stella entrou em seu apartamento de um dormitório. Não era sujo — na verdade ele era uma pessoa bem organizada —, mas tampouco era legal.

Ele tentou ver o lugar pelos olhos dela. Um sofazinho marrom encostado em uma das paredes diante de uma TV de tela plana de tamanho modesto. No fundo ficavam o banco de levantamento de peso e os halteres, bem-arrumados. O saco de pancadas estava pendurado perto do corredor, em uma violação flagrante do contrato de aluguel.

A cozinha era apertada, com bancada de fórmica, fogão elétrico e uma mesinha de madeira com quatro cadeiras. Ele deixava uma planta em cima do móvel para dar alguma cor, porque gostava daquele tipo de coisa. Um armário de metal ficava encostado à parede dos fundos, com contas e papéis avulsos em cima.

Stella tirou os sapatos de salto alto e os colocou ao lado dos outros calçados dele. A bolsa foi largada distraidamente no sofá enquanto ela examinava os DVDs alinhados no rack.

Inclinando-se para olhar mais de perto, ela proporcionava uma bela vista de sua bunda tentadora. "Você guarda em *ordem alfabética*."

Michael não conseguiu segurar o riso. Stella nunca agia conforme o esperado. "Ficou impressionada?"

"O que é isso? *Laughing in the Wind*?" Ela abriu a porta de vidro e pegou a caixa de DVDs.

"Simplesmente a melhor série *wuxia* de todos os tempos."

Ela observou a caixa com os lábios entreabertos, como se tivesse encontrado o santo graal, e Michael precisou se esforçar para não ficar sorrindo como um idiota. Nenhuma de suas namoradas anteriores sabia o que era *wuxia*, muito menos compartilhava de sua obsessão nerd.

Tentando manter a pose, ele tirou os sapatos e colocou junto aos dela. "Pode pegar emprestado se quiser."

Stella agarrou o tesouro junto ao peito. "Obrigada."

"Mas toma cuidado. É bem viciante e tem uns oitenta episódios." Ele segurou um sorriso e passou a mão pelo cabelo. "Fica à vontade enquanto pego minhas coisas."

Em vez de ficar na sala sozinha, ela o seguiu e sentou na beirada da cama, sorrindo enquanto examinava o espaço com olhos curiosos. Com suas roupas caras de executiva, parecia tão fora de lugar naquele apartamento que Michael teve que se perguntar onde estava com a cabeça quando a levou para casa.

Provavelmente só queria se atormentar com aquilo.

Ali era uma zona livre de clientes e mulheres, o local em que colocava a cabeça em ordem. Quando tudo terminasse, como serenaria seus pensamentos tendo lembranças dela sentada na sua cama, à sua espera, sorrindo para ele daquele jeito?

Michael se enfiou no closet e olhou para os ternos e as camisas, lembrando uma época em que não vivia com a corda no pescoço. Escolheu as peças que levaria para a casa de Stella e pegou uma mochila preta na prateleira do alto. Então contou mentalmente a quantidade de meias e cuecas a levar. Para uma semana precisaria de...

Stella estava acomodada sobre suas cobertas, deitada em seu travesseiro com uma expressão de puro êxtase no rosto. Uma cena estranhíssima. Que não deveria deixá-lo excitado.

Mas deixou.

Ele largou a bolsa no chão e se inclinou sobre ela. "Agora que encontrou meu travesseiro e meus lençóis, não precisa mais de mim. É isso?", ele murmurou.

Ela abriu os olhos num movimento repentino, ficando toda vermelha. "O cheiro é tão bom..."

"Não passou pela sua cabeça que podem estar sujos?"

Ela arregalou os olhos e jogou as cobertas longe. Parecia que ia passar mal, como se estivesse se sentindo traída.

Antes que ela começasse a hiperventilar, ele deitou na cama e a puxou para junto de si. "Só eu durmo aqui, Stella. Era brincadeira. E sempre tomo banho antes de deitar." Ele precisava lavar o rastro das clientes para dormir. E nunca levaria uma para sua cama.

Bom, a não ser aquela. Nenhuma de suas regras se aplicava a Stella.

Ela deu um soco fraco no peito dele. "Não tem graça nenhuma, Michael."

"Desculpa." Ele afastou os cabelos do rosto dela e ajeitou seus óculos. "Só estava provocando você. Nem pensei... nas outras... até ver sua reação."

"Você nunca trouxe nenhuma cliente aqui?"

Stella estava com ciúme? Ele *queria* que ela estivesse? E como... "Nunca."

Ela contorceu os lábios como se estivesse mordendo a bochecha por dentro. "Melhor eu ir embora. Meio que me convidei para vir aqui, né? Obrigada por me mostrar sua casa. Gostei. Acho que vou comprar uma planta também."

Stella fez menção de se levantar, e Michael disse a si mesmo para soltá-la. Aquele era um espaço pessoal, e não lhe faria bem ter lembranças dela na sua cama.

Solta.

Mas seus braços se recusaram a obedecer. Ele a puxou mais para perto, para que seus corpos se alinhassem perfeitamente, como se fossem feitos um para o outro.

"Não penso em você como uma delas, Stella."

"Ah, não?"

Ela pareceu tão animada que Michael não conseguiu se segurar: "Não. Você não é só mais uma cliente para mim".

"No bom sentido, né?", Stella perguntou com um sorriso nervoso.

"No melhor sentido possível." Michael acariciou os cabelos soltos dela, que fechou os olhos e se aninhou à carícia, confiando nele de uma forma que o fazia se sentir vulnerável.

Quando ele removeu os óculos dela e os colocou no criado-mudo, Stella abriu os olhos e engoliu em seco, atraindo a atenção de Michael para o pulsar intenso sob seu maxilar. O rosto de Stella se encheu de cor. Ela o queria. Michael jamais tinha gostado tanto de ser desejado.

"Você é tão linda, Stella."

Ele passou o polegar no lábio inferior dela, que suspirou e o beijou antes de surpreendê-lo enfiando-o na boca e chupando. Stella passou a língua por toda a extensão do dedo antes de mordê-lo, lançando uma onda de calor diretamente para seu pau.

"Onde foi que você aprendeu isso?"

Ela soltou o polegar. "Me deu vontade, só isso. Mas pretendo pesquisar sobre mordidas eróticas amanhã."

"Você pode me perguntar a respeito, sabe?" Michael ergueu a mãozinha dela e deu uma mordida na base da palma.

Os dedos de Stella se contorceram, e ela soltou o ar com força, em um suspiro trêmulo. "Quero saber do que você mais gosta." Ela capturou sua mão e levou à boca. Os dentes brancos se cravaram na pele dele, fazendo os pelos de seu corpo se arrepiarem.

"Adoro beijar você", Michael confessou.

Ela passou as pontas dos dedos de leve pelos lábios dele. "Então posso te beijar agora?"

"Não precisa nem pedir." Ninguém nunca tinha feito aquilo. O que talvez fosse o motivo pelo qual o deixava maluco.

"Posso beijar você quando quiser?" Ela observava sua boca como se fosse uma coisa boa demais para ser verdade.

"Pode."

Stella colou os lábios nos dele e o beijou como se fosse um balão de oxigênio e ela estivesse morrendo sufocada. Michael desceu as mãos pelas costas dela até encontrar a bunda da qual tanto gostava e a puxou para junto de seu pau duro. Ela fez força para se aproximar mais, enroscando os dedos em seus cabelos enquanto se derretia toda no beijo.

Cada parte dela era de uma maciez impressionante. Michael adorava roupas, mas no momento elas apenas o afastavam de Stella. Nunca tinha sentido uma vontade tão grande de abrir botões quanto naquele momento. Interrompendo o beijo, ele segurou a mão dela e abriu o botão do punho da camisa.

"Tira a roupa", ele grunhiu.

Ela começou a fazer o mesmo com a camisa dele, e ele percebeu que aquela era a primeira vez que Stella o despia. Centenas de pessoas diferentes já tinham feito aquilo. Naquele momento, não conseguia se lembrar do rosto de nenhuma.

Havia apenas Stella.

Eles trabalhavam juntos, com os braços se cruzando e se entrelaçando enquanto desabotoavam as camisas um do outro e o colete dele. Ela acariciou seu peito com as mãos pálidas e roçou de leve os mamilos nele, fazendo a pele de Michael se incendiar.

Ele passou os dedos pela clavícula dela, rumo ao vale entre os seios cobertos pelo sutiã, descendo pela barriga lisa e chegando à cintura da saia. Depois que ela soltou o fecho lateral, ele baixou o zíper pela bela curva do quadril dela.

"Tira a saia, Stella. Se não puder tocar você, vou enlouquecer." Ele precisava de suas mãos no meio das pernas dela, precisava sentir aquele gosto.

Ela se ajoelhou e baixou a saia. Em seguida, voltou a sentar, acabou de tirá-la e a colocou sobre o criado-mudo. Stella o espiou por entre batidas de cílios enquanto dobrava as pernas sob o corpo e mexia nos punhos abertos da camisa. A peça desabotoada revelava o conjunto de calcinha e sutiã bege e sua pele impecável cor de creme.

"Você ainda está vestida demais", ele falou.

Ela arrancou a camisa com um movimento tímido dos ombros e abriu o sutiã, deixando a peça cair. Michael quase soltou um grunhido com a visão daqueles mamilos pontudos. Então ela começou a passar as mãos nos seios e esfregar os bicos com movimentos incessantes, e ele de fato grunhiu.

"Eles ficam doendo quando você me olha assim", Stella murmurou.

"Assim como?", ele murmurou, rouco, imaginando se ela conseguiria dizer.

"Como se q-quisesse..."

"Lamber? Chupar?"

Seu rosto ficou vermelhíssimo, mas ela assentiu.

"Vem cá."

Stella engatinhou até ele e se aninhou no seu corpo, passando o nariz em seu pescoço enquanto enfiava as mãos por baixo da camisa e agarrava suas costas. Os mamilos pontudos roçaram o peito de Michael, que não conseguiu resistir à tentação de agarrar aqueles peitos e brincar com eles. A respiração dela estava acelerada contra seu pescoço, e ele sentiu os dentes dela na pele.

"Você está muito mais vestido do que eu, Michael."

"Então tira para mim."

Os olhos dela se acenderam, e um sorriso se insinuou em seus lábios. Stella gostou muito da ideia de despi-lo. Passou a mão pela seda preta do colete antes de arrancá-lo e colocá-lo com cuidado sobre o criado-mudo — porque era uma criação dele, e ela respeitava aquilo. Era um gesto simples, mas que o fazia querer se agarrar a ela e nunca mais largar.

A camisa também foi tirada e dobrada sobre o criado-mudo. Quando a atenção dela se voltou de novo para ele, Stella perdeu o foco. As mãos famintas passearam por seus braços, seu peito, seu abdome, contornando sua tatuagem. Ela beijou e lambeu o olho do dragão.

"Adoro sua tatuagem."

"Você não me parece ser do tipo que gosta de tatuagem."

"Em você eu gosto", ela disse simplesmente.

Ele a puxou pelos quadris e se inclinou na direção dela para que Stella pudesse sentir o efeito que produzia nele.

Stella deixou a cabeça cair para trás, e seu corpo amoleceu. Michael era bom, mas nunca tinha sido *tão* bom quanto agora. Era como se Stella fosse especialmente programada para reagir ao seu toque. E só ao seu. Aquilo o encheu de pensamentos possessivos.

Ele começou a tocá-la de um jeito mais bruto, e sua boca tomou a dela com ardor. Foi um beijo selvagem entre dentes e línguas, mas Stella não protestou. Igualou sua pegada à dele e continuou beijando-o até ficar ofegante.

Michael estava despreparado quando ela levou a mão à braguilha dele. O prazer dominou seu corpo em uma onda fervente. Seu pau pulou e um grunhido áspero escapou de sua garganta. Os músculos de seu estômago se flexionaram. Ele lutava para recobrar o fôlego.

"Adoro essa parte sua", Stella murmurou enquanto o acariciava. "Me mostra como te agradar."

Um vago senso de autopreservação lhe dizia para rechaçá-la, avisando que não era prudente muni-la de armas que levariam à sua própria ruína, mas, como sempre, ele não conseguiu negar. Desabotoou a calça e desceu o zíper, pondo para fora o pau duro e quase perdendo a cabeça quando os olhos dela se turvaram de desejo.

"Assim." Ele posicionou os dedos dela em torno de si com um grunhido e mostrou o ritmo que preferia, a pressão que o fazia enlouquecer, coisas que jamais mostrava a suas clientes.

Porque Stella era diferente. Estava totalmente concentrada em agradá-lo. Porque queria aprender como fazer aquilo com outra pessoa ou porque ele era mais importante que qualquer um com quem já tivesse estado? Michael não sabia. Mas a queria do mesmo jeito.

Ele passou as mãos pelas costas dela e enroscou os polegares no elástico da calcinha, puxando a peça para baixo. Estava toda molhada, e o cheiro da excitação dela quase o fez perder o controle e gozar na mão de Stella. Ela fazia aquilo para sua própria educação sexual, mas também estava adorando. Era impossível falsificar provas como aquela.

Depois de deitá-la de novo na cama, ele arrancou sua calcinha, amassou e levou ao nariz. "Não vou devolver isso."

"Não é... é..."

Ele arreganhou as coxas dela e apreciou a visão de sua boceta. Molhada, toda inchada e rosada, à sua disposição. Seus dedos a acariciaram à vontade antes de penetrá-la.

Era quente e apertada. Perfeita para ele. Seu corpo todo era um enorme acúmulo de desejo.

"Stella, você não imagina que tesão é a sua..."

"Michael", ela gemeu, sem parar de mexer as coxas. "Não fala isso."

Ele fez uma pausa. Ela dizia que não, mas seu corpo... O peito de Stella subia e descia, arfante, com seus dedos comprimidos lá dentro.

"Acho que você gosta quando eu falo essas putarias", ele murmurou.

Ela sacudiu a cabeça negativamente de forma frenética. "Fico com vergonha."

"Sua boceta não fica. Você está esmagando meus dedos, Stella."

Ela o apertou ainda mais em resposta, arqueando os quadris contra sua mão, empurrando-o mais para dentro.

"S-são seus dedos. Adoro quando me toca assim." Stella fechou os olhos e afundou o rosto nos lençóis.

Com a mão livre, ele segurou o clitóris e começou a acariciá-lo de forma lenta e constante. Ela levou o dorso da mão à boca e o comprimiu um pouco mais, ainda que não com tanta violência quanto antes.

Stella gostava de ouvir. E muito.

O que era ótimo. Porque Michael gostava de falar.

"Acho que é o que eu digo", ele retrucou, continuando a acariciá-la com as duas mãos. "Pena que você não pode se ver agora. Meus dedos estão bem fundos na sua boceta, e minha mão está encharcada. Está gostoso?"

Ela arqueou o corpo e se agarrou às cobertas, dizendo o nome dele.

Os mamilos dela chamaram a atenção de Michael, e a língua dele se enrolou toda dentro da boca ao relembrar o sabor e a textura. "Os bicos estão doendo?"

Ela fez que sim com a cabeça, ergueu os quadris em sua direção e deslizou as mãos pela barriga até os peitos. Um som de frustração irrompeu da garganta de Stella quando beliscou os mamilos. "Só é gostoso quando você faz."

A mente dela precisava ser seduzida tanto quanto seu corpo, e pelo jeito seu cérebro brilhante gostava muito de Michael. Ele sabia que era só um namorado num relacionamento simulado, mas Stella reagia a ele como ninguém.

Ele encerrou a tortura para ambas as partes e enfiou um mamilo delicioso na boca. "Você é toda doce, Stella."

Ela começou a se remexer ainda mais depressa em torno de sua mão.

"Já vai gozar para mim? Tão depressa? Nem lambi sua boceta."

Um resmungo escapou dos lábios dela. Stella ficou tão tensa que ele achou que não teria mais volta, mas, depois de um instante de respiração suspensa, os músculos dela voltaram a relaxar.

"De repente é melhor tentar outras palavras", ele murmurou, passando os lábios pela barriga dela.

Os músculos internos dela se contraíam ao redor de seus dedos, e ele percebeu que faltava pouco. Ela cravou os dentes no lábio inferior e jogou a cabeça para trás, respirando fundo.

Ele tocou o clitóris com a ponta da língua antes de perguntar: "Como quer que eu chame?".

"De nada."

"Sua... vagina?"

Ela sorriu com a boca colada ao lençol. "Não."

"Sua vagina maravilhosa?"

Com um sorriso ainda mais largo, ela fez que não com a cabeça.

Ele a lambeu de novo, sugando com uma leve pressão, e ela se arqueou toda na direção de sua boca. Estava no limiar do orgasmo, exatamente onde ele queria.

"Já sei." Ele beijou a coxa dela. "Sua..." Ele marcava cada palavra com um beijo na carne úmida. "Batata. Doce. Quentinha."

Ela caiu na gargalhada, um som que reverberou nele por dentro e por fora, acendendo uma chama intensa de felicidade. Michael adorava ouvi-la rir. Adorava vê-la sorrir. Adorava...

Ele interrompeu os pensamentos. Não era hora de pensar muito. Era hora de sentir. Ele abocanhou o clitóris, e a risada dela se transformou num longo gemido. Stella enfiou os dedos nos cabelos dele, se esfregando contra seu rosto, e ele se perdeu no sabor, no cheiro e nos ruídos eróticos dela, na sensação de prová-la com a língua. Não havia nada igual.

Quando ela o agarrou pelos ombros e começou a puxá-lo, ele ergueu os olhos, confuso.

"Michael, eu estou a fim. Estou precisando. Agora. Por favor", Stella falou, ofegante.

"Por favor o quê?" Ela nunca ia falar umas putarias para ele?

Stella continuou tentando colocá-lo em cima dela. "Estou com tanta vontade que até dói."

Ela era tímida demais, mas aquelas palavras tiveram o mesmo efeito que outras mais fortes. Ele precisou de um instante para se concentrar em respirar e não melar os lençóis antes de descer da cama, virá-la e puxar os quadris dela para a beirada. Era assim que Stella precisava. Olho no olho era pessoal demais. Talvez com um namorado...

Michael espantou a imagem da cabeça acariciando aquela bunda generosa. O relacionamento dos dois podia ser falso para ela, mas naquele momento parecia bem real. "Gostei da sua cama, mas é muito baixa. A minha é perfeita para isso."

Ela enfiou a cabeça nas cobertas. "Vem agora, por favor."

Quando ele enfiou a mão no bolso da calça, notou que estava vazio.

Michael soltou um grunhido de incredulidade. Quem estava tão a fim que até doía agora era ele. "Não tenho camisinha." Um acompanhante profissional sem camisinha... Ele estava tão ansioso para encontrar Stella que havia esquecido.

"Não me provoca assim, Michael." Ela arqueou os quadris, presenteando-o com a visão de sua boceta inchada. *Nossa.*

Como ele queria meter nela...

"Não estou provocando. Deixei o pacote no carro."

Ela o encarou com olhos desconcertados.

"Já volto."

Ele colocou o membro dolorosamente duro de volta na cueca, vestiu a calça e saiu correndo do apartamento.

{19}

Stella desabou na cama de Michael. Depois de suas três primeiras experiências sexuais, estava convencida de que aquela não era sua praia. Parecia uma coisa confusa, às vezes dolorosa, e extremamente desconfortável. Mas, no momento, não conseguia pensar em mais nada.

Seu corpo todo latejava com a força do desejo, a vontade de ser preenchida, agarrada e... de ouvir certas coisas.

Ela sorriu ao se lembrar do que Michael havia dito. Seria comum rir durante o sexo?

Batucando com o dedo na cama, ela ficou esperando, mas a paciência não era seu forte. Stella era uma pessoa prática. Detestava perder tempo. E não havia terminado de ver o apartamento de Michael.

Ela apoiou os pés no chão, pegou os óculos e vestiu a camisa dele, sorrindo sozinha ao ver que chegava aos seus joelhos. As costuras pinicavam sua pele, mas o cheiro dele compensava. E ela não ficaria vestida por muito tempo.

Uma olhada dentro do closet a encheu de alegria. Estava mesmo impressionada. Todos os belíssimos ternos e camisas estavam perfeitamente alinhados, organizados por cor, tecido e padrão. Ela passou os dedos pelas mangas dos paletós antes de se virar para a cômoda. Pensou em abrir as gavetas e ver como ele guardava as meias, mas achou que seria invasivo demais. E se ele a pegasse bisbilhotando? Pensaria que estava procurando alguma coisa? E ela estaria de fato procurando alguma coisa? Talvez, mas nada específico. Só queria entendê-lo melhor.

Stella saiu do quarto, passou pela tv — já tinha visto a maior parte dos dvds e guardado *Laughing in the Wind* na bolsa —, deslizou os dedos pelas superfícies frias dos pesos e do banco de musculação, deu um soco no saco de pancadas e depois esfregou a mão, porque doeu.

Uma espiada na geladeira revelou que ele cozinhava com frequência. Havia um monte de temperos asiáticos com rótulos misteriosos, legumes e verduras e um monte de coisas saudáveis com que Stella nem saberia o que fazer. E alguns potes do iogurte de que ela gostava.

Quando passou pela mesa para admirar a planta ali, a papelada em cima do armarinho de metal chamou a sua atenção. Deviam ser contas a pagar.

Michael tinha problemas financeiros.

Ela lançou um olhar para a porta, que permanecia fechada. Apurou os ouvidos, à espera de passos. Nada.

Seu coração disparou. Sabia que era uma violação de privacidade. Não deveria fazer aquilo.

Ela abriu a primeira cobrança e leu o mais rápido possível. Era só uma conta de luz. Menos de cem dólares. Estava prestes a guardá-la de volta quando viu o nome escrito. Michael Larsen.

Um incômodo doloroso se instalou em seu peito. Ele não confiara nela o suficiente para revelar seu sobrenome verdadeiro.

Ela fez uma careta. Se não soubesse quem ele era, não poderia persegui-lo depois que tudo terminasse. Stella pôs a conta de volta no lugar. Apesar de amargurada, não conseguiu deixar de espiar outro papel sobre o armário. Uma cobrança da Fundação Médica de Palo Alto. Não era endereçada a ele, mas a Anh Larsen.

Stella pegou o papel e leu a lista de procedimentos: tomografia computadorizada, ressonância magnética, raios X, coletas e exames de sangue e outros. O total chegava à assombrosa soma de 12 556,89 dólares.

Eles não tinham plano de saúde?

Ela levou a mão trêmula à testa. Michael estava pagando as despesas médicas da mãe? Como poderia...?

Sua respiração ficou acelerada e seu estômago se revirou. Ele não tinha nenhum problema com drogas ou jogatina.

Só amava muito a mãe.

Os olhos dela se encheram de lágrimas, embaçando sua visão. Stella deixou a conta como a encontrara e engoliu em seco, sentindo um nó na garganta. Ele tinha dormido com toda aquela gente, inclusive ela, porque precisava cuidar da mãe doente.

Ela levou a mão fechada aos lábios e deitou encolhida no sofá. A porta se abriu.

Michael deu uma longa olhada nela e foi correndo para seu lado. "O que aconteceu?"

Stella abriu a boca para falar, mas não conseguiu dizer nada.

Ele sentou no sofá e a abraçou, beijando sua testa, secando as lágrimas do seu rosto e acariciando suas costas. "O que foi?"

O que ela poderia fazer? Como resolver a situação? Não sabia como curar um câncer. Talvez devesse ter estudado medicina mesmo.

Stella o agarrou pelo pescoço e o beijou.

Ele tentou se esquivar. "Você precisa me falar..."

Ela o beijou com mais força. Michael amoleceu um pouco e retribuiu o gesto por um momento inebriante antes de se afastar de novo.

"Me diz o que está acontecendo", ele falou com firmeza. "Por que está chorando? Acelerei demais as coisas de novo? Você ainda não estava pronta e eu forcei a barra?"

Ela não sabia como comunicar o que estava sentindo. Seu peito ardia com tantos sentimentos. Era muito intenso, e era demais para ela... Uma coisa assustadora.

"Estou obcecada por você, Michael", ela confessou. "Não quero só uma noite ou uma semana. Quero você o tempo inteiro. Gosto de você mais do que de cálculo algébrico, e olha que matemática é a única coisa capaz de unir o universo. Se você se afastar de mim, vou ser aquela cliente louca que fica te seguindo só para poder te ver à distância. Vou continuar ligando até você ser obrigado a trocar de número. Vou te comprar um carro de luxo e fazer tudo e qualquer coisa em que puder pensar para continuar me sentindo próxima de você. Menti quando prometi que não ia ficar obcecada. É parte da minha natureza. Eu..."

Ele tapou sua boca com a dele, e a urgência do beijo reverberou dentro dela. Michael a agarrou com um gesto mais rude, mas Stella nem se importou. Levou a mão à calça dele para poder libertá-lo de novo. Em seguida se afastou e foi descendo pelo corpo dele até colocar seu pau na boca.

Ela chupava e lambia com movimentos desajeitados da língua. Não sabia o que estava fazendo, mas aquilo não parecia ter muita importância para ele. Michael remexia os quadris com movimentos sinuosos na direção de sua boca. Ela acariciava a tatuagem e as coxas fortes dele. Pela tensão do corpo e pela velocidade cada vez maior dos movimentos, além dos ruídos ásperos que soltava, Stella percebia que ele estava quase lá. Aquilo só intensificou sua excitação, fazendo com que fechasse as pernas com força e sentisse a umidade se espalhar pelas coxas.

"Quero sentir você", ele falou, tentando afastá-la de sua ereção.

Mas Stella não queria parar. Precisava senti-lo preencher sua boca, precisava saboreá-lo por inteiro.

Ele grunhiu ao constatar a resistência dela às suas sucessivas tentativas de libertação. Quando Stella enfim cedeu, deixando-o tirar o pau de sua boca, ele a beijou de forma sedenta e a deitou no sofá. Em seguida sentou e enfiou a mão no bolso. Ele arfava quando abriu a embalagem e colocou a camisinha.

Michael deitou sobre ela e beijou sua boca, seu queixo, seu pescoço. O pau duro dele encontrou o sexo dela. Enquanto deslizava para dentro, seus olhos se cruzaram acidentalmente, então se fixaram uns nos outros. O pânico dela foi às alturas. Era um contato direto demais, exposição demais. Stella tentou desviar o rosto, mas então percebeu que a vulnerabilidade *dele* era evidente. Os olhos turvos continuaram em contato profundo, revelando tudo um para o outro.

Os corpos de ambos assumiram um ritmo natural. Quadris se erguiam e se retraíam, dominavam, cediam. Ele estendeu a mão entre os dois para tocar o lugar onde ela mais precisava. Seu corpo passou a queimar e se desfazer ainda mais. Gemidos escapavam de seus lábios, e ela se arqueou na direção dele. Durante todo o tempo, seus olhares permaneceram fixos um no outro. Ele via tudo, ouvia tudo. Ela teria ficado com vergonha se não fosse o sorriso dele, a forma carinhosa como afastou os cabelos do rosto dela antes de entrelaçar os dedos da mão livre com os dela. Uma sensação absolutamente incrível tomou conta de Stella ao se sentir amada.

O alívio veio forte. Espasmos violentos a impossibilitavam de coordenar seus movimentos, de falar, de pensar. Ela o sentiu apertar sua mão mais forte. Os movimentos dele se aceleraram. Com uma última estocada profunda, Michael desabou com ela.

O mundo parou.

Tudo era silêncio, a não ser pelos dois corações descontrolados tentando se sincronizar.

Murmurando seu nome e beijando-a de leve, Michael saiu de dentro dela e a carregou para o quarto. Ele a acomodou na cama, puxando as cobertas até seu queixo. Em seguida foi ao banheiro. Stella ouviu barulho de água. Antes que sentisse demais a falta dele, Michael voltou e deitou na cama, de frente para ela.

Ele passou os dedos em seu rosto e beliscou seu queixo.

"Minha Stella quer ficar aqui ou ir para casa?"

Ela sentiu um sorriso se formar em sua boca. Quando ele havia começado a chamá-la daquele jeito? *Minha Stella*. Ela poderia desejar algo no mundo além daquilo? Sentiu vontade de perguntar o que significava, mas ficou com medo de que ele parasse de chamá-la daquele jeito.

"Posso passar a noite aqui?" No apartamento dele, na cama dele, onde as clientes não tinham permissão para entrar. Stella estava conseguindo uma aproximação maior então? Talvez houvesse esperança. Talvez ele pudesse ser seu.

"Se quiser. Mas vai ter que usar minha escova de dente e dormir pelada", ele falou, erguendo as sobrancelhas de modo sugestivo.

Aquelas coisas a incomodavam, era verdade. Provavelmente dormiria muito mal e o expediente no dia seguinte seria muito improdutivo. Mas valeria a pena, se era para ficar com ele. E queria demarcar aquele apartamento como seu território, tal qual um animal.

"Quero ficar."

O sorriso que ele abriu já fez sua decisão valer a pena.

{20}

Ao longo da semana seguinte, Michael foi aprendendo o ritmo de Stella.

Na cama, ela reagia melhor quando ele ia devagar e murmurava safadezas no ouvido dela. Se quisesse algo mais intenso — fosse o que fosse —, ela se mostrava disposta e ansiosa para agradar. Ele não podia querer uma amante melhor. A ironia da situação não passava despercebida.

Fora da cama, ela se dava bem com a rotina. Acordava todos os dias no mesmo horário, tomava um banho para se livrar dos resíduos do sexo matinal — ele adorava começar o dia com o pé direito —, tomava um iogurte e ficava no trabalho até as seis da tarde. As noites eram de Michael. Mas não ficavam se pegando como dois adolescentes cheios de hormônios — eles preenchiam o tempo com jantares, conversas e silêncios cúmplices que Michael nunca havia experimentado.

No sábado à noite, depois de passar o dia em um museu em San Francisco se revezando em comentários absurdos sobre arte, viram mais um episódio de *Laughing in the Wind*. Na verdade, *ela* viu. Michael ficou olhando para ela, penteando seus longos cabelos com os dedos.

Stella apoiou a cabeça no ombro dele, com os olhos voltados para a tv de tela grande pendurada na parede do quarto. De tempos em tempos, suspirava ou ficava tensa, reagindo à história, e suas pernas descobertas se mexiam sob a bainha da mesma camiseta comprida que usava na primeira noite que haviam passado juntos.

Michael não sabia descrever como se sentia ao vê-la com as roupas dele, ou ao tomar conhecimento de que ela guardara a camiseta e sempre a usava para dormir, mas era uma sensação boa. Ele vinha se sentindo bem nos últimos tempos — toda vez que Stella sorria, pedia um beijo ou chegava perto dele, mas também quando nem estavam juntos. Ele passara a semana inteira num estado de euforia, sorrindo ao pensar nela.

Não havia dúvida.

Estava perdidamente apaixonado.

Ele sabia que era só uma coisa temporária, que não era de verdade, que não havia como terminar bem, mas tinha feito algo proibido para um acompanhante profissional: ficara caidinho por uma cliente.

"Então ela salvou a vida dele, mas agora está escondida atrás da cortina fingindo ser uma velhinha. Ele vai ver a cara dela em algum momento?", Stella perguntou, atraindo a atenção dele. "Ele vai se apaixonar por ela?"

"Quer mesmo que eu conte?"

Stella ficou pensativa por alguns instantes, então fez que sim com a cabeça. "Quero. Me conta."

Ele deu risada e a puxou para mais perto, beijando sua testa. Ela era séria e pensativa, mas também cheia de caprichos. Michael adorava aquilo. "Não. Você vai ter que ver para descobrir." Sem conseguir se segurar, ele beijou seu queixo e mordeu sua orelha. Era muito bom tê-la tão perto. Ele tinha sido feito para amá-la.

Stella cruzou os braços. "Por que ela não se deixa ver? Está na cara que gosta dele."

"Porque ela sabe que os dois nunca vão poder ficar juntos."

"Por que não?"

"O pai dela é um vilão." Aquilo fez Michael pensar em si mesmo e em seu pai, o que o destroçou por dentro.

"Mas *ela* não é", Stella insistiu. "Eles podem dar um jeito."

Michael não disse nada. A heroína da série não era má pessoa, mas Michael ainda estava *sub judice*. Procurava andar na linha, mas quando as coisas ficavam feias e ele sentia que a vida o sufocava, pensamentos ruins passavam por sua cabeça. Um atalho, uma forma mais fácil de se libertar, uma trapaça. Ele conhecia as pessoas. Seria fácil aproveitar-se delas. Não havia muita coisa que o impedisse de fazer aquilo além de um código de ética um tanto vacilante e o desejo de não seguir o mesmo caminho do pai.

Se ele fosse uma pessoa melhor, contaria a Stella sobre seu passado e abriria mão dela. Mas não se sentia capaz de fazê-lo. Queria mais contato, e não menos. E aquele relacionamento a estava ajudando. Dava para sentir. A cada dia, a confiança dela crescia. Stella sorria, dava risada e até fazia piada. Em pouco tempo, perceberia que estava pronta para seguir adiante.

Até lá, Michael estava decidido a aproveitar cada momento ao lado dela. Passando o nariz naquele pescocinho sensível, ele subiu uma das mãos pela coxa macia dela, por baixo da camiseta que era *dele*. Em seguida soltou um grunhido, sentindo o corpo todo enrijecer.

"Sem calcinha. Está tentando passar algum recado?", ele murmurou no ouvido dela, gostando de vê-la estremecer e abrir as pernas para facilitar seu acesso. Stella nunca o recusava, estava sempre faminta por ele, da mesma forma que Michael por ela.

"Você sempre joga longe, e demoro um tempão para achar. Achei que..." Ela respirou fundo quando ele começou a massagear o clitóris, e jogou a cabeça para trás.

"Presta atenção no programa. Você pode perder alguma coisa." Ela já estava molhadinha. Uma umidade quente se espalhou pelos dedos dele enquanto a acariciava, e seu pau tentou pular para fora da calça como se fizesse semanas que não transava, e não algumas horas. Ele queria tê-la de novo — aquela proximidade, aquela conexão, aquele prazer incrível e enlouquecedor. Por mais que transassem, nunca era suficiente.

Ela tentou obedecer — como sempre fazia —, mas não demorou para desistir e agarrá-lo num beijo profundo, que levou a outro, e mais outro, e mais outros...

Quando ele olhou para a TV de novo, estava na tela do menu. O DVD tinha passado inteiro enquanto se ocupavam com outra coisa. Depois de se lavar e desligar a TV e as luzes, ele deitou. Stella murmurou alguma coisa junto a seu peito e deu um beijo sonolento em seu pescoço.

Ele sentia uma possessividade misturada com carinho. Afastou os cabelos do rosto dela e passou os dedos no ombro macio iluminado pelo luar.

Sua Stella.

Por enquanto.

Até que ela decidisse que bastava de simulação. Ou descobrisse tudo a respeito do pai dele.

* * *

Quando Stella chegou em casa do trabalho na semana seguinte, encontrou a casa vazia. Michael mandara uma mensagem avisando que estava atrasado. O que ela não esperava era aquela tristeza aguda, aquela solidão fria.

O relacionamento simulado só estava em vigor fazia uma semana, mas ela já havia se acostumado com ele. Michael fazia parte de sua rotina, de sua vida, e a ausência dele a deixava inquieta. Quando as coisas terminassem, não restaria nada além do vazio.

Se as coisas terminassem.

Caso ela não conseguisse seduzi-lo. A lista inicial de quando pensara em aulas de sexo já tinha sido mais do que preenchida. Ela verificara. Estava na hora de partir para a sedução.

Desejou que Michael pudesse ensiná-la a fazer aquilo também, porque não tinha ideia de como agir. As pesquisas no Google resultaram em conselhos conflitantes, quase nada úteis em uma situação como a sua, já estando envolvida em algum tipo de relação monogâmica. Uma matéria particularmente revoltante aconselhava as mulheres a concentrar todos os seus esforços e seu tempo em melhorar o visual e a baixar o nível de exigência.

Mas os padrões de Stella já estavam fixados no mais alto nível. Apenas Michael serviria. Quanto à sua aparência, ela não ia se submeter a usar lentes de contato ou maquiagem, a não ser em ocasiões especiais. E, se a insaciabilidade dele na cama servisse como sinal indicativo, Michael estava satisfeito com seu visual.

Os músculos do ventre dela se contraíram ao se lembrar do que ele havia feito naquela manhã — a maneira como a beijara, acariciara, as coisas que dissera. Stella passou uma mão do peito até a coxa, desejando que fosse a dele. Mesmo que jamais dormissem juntos de novo, ainda o desejaria. E o que Michael fazia fora da cama era tão encantador quanto o que fazia entre quatro paredes, se não mais. Ele a fazia rir e a escutava, mesmo quando ela não dizia nada de muito interessante. Stella se sentia confortável ao seu lado, até demais. Às vezes ela até se convencia de que os rótulos atribuídos a ela não importavam. Eram apenas palavras. Não mudavam quem ela era. Se ele ficasse sabendo, não daria nem bola.

Talvez.

Por força do hábito, foi até o piano. Acomodou-se no banquinho e ergueu a tampa. A frieza das teclas sob os dedos a acalmou. Durante anos, a música fora sua principal forma de lidar com as emoções — as boas, as ruins e as intermediárias. Com os acordes potentes das cordas, entoados por pura memória muscular, ela se entregou à melodia, deixando com que tudo o que sentia fluísse para as pontas dos dedos. Quando a música terminou, Stella manteve as mãos nas teclas, ouvindo o eco das notas se esvaindo no ar.

"Eu sabia que você tocava, mas não bem assim", Michael comentou atrás dela.

Foi impossível para ela segurar o sorriso quando o olhou por cima do ombro. "Você já chegou."

Ele abriu um sorriso cansado, mas que se estendeu até estreitar os olhos. Em uma fração de segundo, tudo pareceu voltar a ser como devia. A frieza desapareceu, e as peças que faltavam retornaram a seu lugar.

"Que música era? Acho que já ouvi antes", ele comentou.

"'Clair de Lune', de Debussy. Minha favorita."

Ele pôs as mãos nos ombros dela e deu um beijo em sua nuca. "É linda, mas muito triste. Sabe alguma mais alegrinha?"

Os lábios dela se curvaram em algo que não era bem um sorriso. Tristeza era o tema comum a todas as peças de seu repertório. "Bom... talvez esta."

Ela mordeu o lábio e executou a conhecida melodia no piano, se perguntando se poderia ser considerada *alegre*.

Para sua surpresa, ele sentou ao seu lado no banquinho e falou: "Pensei que 'Heart and Soul' fosse um dueto".

Ela encolheu os ombros. "Só toco a versão solo."

Michael segurou a mão direita dela e a pôs no colo. Um sorriso apareceu nos lábios dele quando apontou com o queixo para o teclado.

"Você toca?", ela perguntou.

"Bem pouco, mas essa eu conheço."

Stella ficou sem fôlego. Seus dedos se atrapalharam nas primeiras notas, mas ela entrou no ritmo rapidinho. A parte mais grave da melodia era uma simples repetição, um padrão, algo que lhe vinha naturalmente.

Michael se manteve no ritmo de forma impecável ao acompanhá-la, fazendo um calor intenso subir por sua espinha e seu corpo se encher de prazer. Ela nunca havia tocado um dueto com ninguém além de seu professor de piano, e só em exercícios técnicos, nada muito especial.

"Você é bom nisso", ela comentou sem parar de tocar, olhando para ele.

O sorriso de Michael se alargou, mas sua atenção continuou voltada para os dedos. "Com seis pessoas e um só piano, a gente aprende a dividir. Além disso, nenhum de nós sabia como tocar a parte grave com apenas uma mão. Você é boa mesmo."

"É só prática." E necessidade.

A visão das mãos dos dois lado a lado no piano a encantou. Era um contraste gritante e belíssimo: grande com pequena, bronzeada com pálida, masculina com feminina. Tão diferentes, mas num ritmo perfeito. Produzindo música. Juntos.

A música terminou, e ela afastou os dedos do teclado e desviou os olhos. A sensação de nudez estava de volta.

Michael beijou seu pescoço e acariciou seu queixo com os dedos, puxando-a para que o encarasse. Stella pensou que ele fosse dizer alguma coisa, mas não. Apenas sorriu.

Ela teve vontade de perguntar se ele gostava de ficar ao seu lado, se gostava *daquilo*, mas não conseguiu criar coragem. E se dissesse que não?

"Está com fome?", ele falou, e o momento se desfez. "Vamos comer."

Ficaria para mais tarde. Depois que o seduzisse.

{21}

Uma semana depois, Stella ainda não sabia em que pé estava seu projeto de seduzir Michael. Ele *parecia* feliz — e ela sabia que estava —, mas o primeiro mês chegava ao fim, e ela não tinha certeza de que o acordo seria renovado.

Naquela noite, jantaria de novo na casa da mãe dele. Ela vasculhou seu cérebro em busca de maneiras inteligentes de pedir conselhos à família dele. Se havia alguém que o conhecia, eram aquelas mulheres. Mas como não levantar suspeitas de que havia alguma coisa errada em seu relacionamento? Todos achavam que o namoro era real.

Stella entrou sem tocar a campainha, conforme as instruções de Michael, e tirou os sapatos de salto, deixando-os junto à parede. Pareciam minúsculos ao lado dos sapatos de couro dele, mas ela gostou de vê-los juntos. Aquilo a agradava num nível quase irracional.

Colocou uma caixa com peras na mesinha, perto do buda de bronze, então grunhidos e respirações ofegantes chamaram a sua atenção para a sala de visitas. Stella foi até lá e ficou olhando para o emaranhado de troncos e membros no carpete ao lado do piano. Parecia ser Michael com uma garota. Stella normalmente ficaria com ciúmes, mas eles não pareciam nada felizes.

"Desiste logo", Michael grunhiu.

"Não, minha chave de braço estava encaixada. Você só conseguiu sair porque toma bomba."

"Eu não tomo bomba, e você só conseguiu me pegar porque eu não queria esmagar seus peitos."

"Da próxima vez vou mirar no seu saco."

Olhando mais de perto, Stella viu que lutavam. Como sucuris em um embate mortal, ambos se recusavam a soltar.

"Que tal declarar um empate?", Stella sugeriu.

"Oi, Stella." O rosto da irmã de Michael estava coberto por uma cortina de cabelos escuros, então ela não fazia ideia de qual delas era. Havia *muitas*. "Sua namorada está aqui, Michael. Desiste."

"O jantar fica pronto em dez minutos." A vermelhidão no rosto dele era preocupante, mas totalmente culpa dele, pelo que Stella podia ver. "Falo com você em um segundinho."

"Só se você desistir. Quem é que manda aqui?", a irmã perguntou enquanto apertava a gravata em torno do pescoço dele.

"Não uma pirralha como você."

Os dois rolaram no carpete, chutando e esperneando.

"Vou cumprimentar sua mãe e sua avó", Stella falou. Ela preferia ter a companhia de Michael ao falar com as duas, mas parecia que aquilo ainda ia demorar um bom tempo.

Nenhum dos dois respondeu. Provavelmente não tinham oxigênio para desperdiçar falando.

Ela adentrou a casa, que era bem maior do que aparentava do lado de fora. A mãe e a avó de Michael estavam sentadas na sala de estar, descascando e picando toranjas enquanto conversavam no ritmo musical do idioma vietnamita. Dois homens vestidos de macaco e porco voavam na tela da TV sem som.

"Oi... Wai?" Ela fez uma mesura desajeitada com a cabeça. Não conseguia fazer o movimento necessário com a língua para pronunciar a palavra vietnamita para avó, *ngoại*.

A mulher sorriu e acenou para que ela se sentasse no sofá de couro gasto. Como sempre, tinha um lenço na cabeça, amarrado sob o queixo. Era adorável.

Stella acenou para a mãe dele. "Oi, Mẹ." Ela se sentou no local indicado, sentindo o estômago vazio e os músculos tensos. Apesar de já terem se encontrado algumas vezes, ela ainda ficava nervosíssima diante da mãe de Michael. Cada palavra precisava ser bem medida antes de sair de sua boca, cada gesto precisava ser pensado. Ela não queria estragar tudo de novo. Mẹ era a mulher mais importante da vida de Michael.

A ideia de pedir conselhos sobre ele desapareceu de imediato diante da ansiedade.

Mẹ estendeu uma tigela com fatias perfeitas de toranja descascada. Stella nunca tinha visto a fruta servida daquela maneira, mas pegou um pedaço com uma mistura de curiosidade e medo de ofender. Quando mordeu, a doçura explodiu em sua língua, sem o toque amargo habitual da casca.

Ela cobriu a boca, surpresa. "Está muito boa."

"Pega mais." Mẹ sorriu e pôs a tigela no colo de Stella. Naquele dia a mãe de Michael estava usando uma camisa rosa e calça com estampa floral. Os óculos estavam apoiados no alto da cabeça num ângulo descuidado. "Pode pôr sal, se quiser. Fica gostoso."

"Não, obrigada." Stella comeu mais dois pedaços antes de se obrigar a parar. Parecia uma coisa bem trabalhosa descascar e picar toranjas. Num esforço para manter as mãos ocupadas, apanhou uma metade da fruta e tentou copiar a técnica de Mẹ, sem deixar de notar o silêncio absoluto no cômodo.

A mulher observou tudo e fez um breve aceno. "Michael vai fazer *bún riêu* hoje. É muito gostoso. Ele já preparou para você?"

Stella fez que não com a cabeça, sem tirar os olhos da fruta. "Não, nunca." Mẹ sabia que Michael andava dormindo na casa dela? Aprovaria aquilo?

"Quando a comida vai ficar pronta, mãe?" Janie deteve o passo ao entrar, então sorriu para Stella. "Oi."

Ela retribuiu o sorriso. "Oi. Michael falou que sai em dez minutos."

Janie desabou numa poltrona bastante usada, jogando as pernas por cima do braço do móvel. "Estou morta de fome. Só comi umas bolachinhas no almoço. Estou estudando desde as dez da manhã."

Stella estendeu a tigela com toranjas descascadas, enquanto Mẹ olhava feio para a filha. "Você está ficando muito pálida." Virando-se para Stella, perguntou: "Não acha?".

Janie pegou a tigela e começou a devorar um pedaço após o outro. Stella ficou perplexa. A garota não sabia o quanto demorava para descascar e picar a fruta daquele jeito?

"Talvez só um pouquinho", Stella sugeriu.

Mẹ falou alguma coisa em vietnamita com Ngoại, que lançou um olhar de desaprovação para Janie. Stella não entendeu, mas não parecia boa coisa.

"Obrigada por me jogar para as feras, Chị Hai." Um sorriso torto quase idêntico ao de Michael surgiu no rosto dela quando Janie deu uma piscadinha. O peito de Stella se derreteu.

"O que significa *Chị Hai*?"

Mẹ abriu um sorriso enquanto descascava as frutas.

Janie enfiou o último pedaço de toranja na boca. "Quer dizer 'irmã dois'. Michael é meu *Anh Hai*, 'irmão dois'. Estou lá embaixo, no número seis. Sou a quinta, mas a contagem não começa no um. Acho que esse número é reservado para os pais, ou coisa do tipo. Enfim, é coisa do sul do Vietnã."

Um sorriso abobalhado apareceu no rosto de Stella, e seu coração começou a dar cambalhotas no peito. Ela adorou a ideia de ter o número de Michael. Aquilo os tornava um casal. Como os sapatos colocados perto da porta e as mãos trabalhando juntas no piano.

Janie deu risada e disse alguma coisa em vietnamita para a mãe e a avó. Elas olharam para Stella, deram uma risadinha e concordaram.

"Michael anda bem felizinho", Janie comentou. "É meio ridículo até. Só pode ser por sua causa."

Ela ficou sem fôlego. "Verdade?"

"Ele fica *insuportável* quando está feliz."

Stella mordeu o lábio para esconder um sorriso. Os sentimentos que borbulhavam em seu peito ameaçavam explodir, em um jorro de glitter e arco-íris. "Ele não conseguiria ser insuportável."

Janie soltou um risinho de deboche. "Aposto que não obriga *você* a cheirar as meias sujas dele."

Stella segurou o riso.

"O que está acontecendo aqui?", Michael perguntou, parado na porta.

Os cabelos dele estavam totalmente bagunçados, e o rosto continuava vermelho da luta com a irmã. Vestia uma camisa branca por cima de uma camiseta lisa e calça jeans desbotada. Estava lindo.

"Contei pra ela das meias, babaca", Janie falou com um sorriso maligno.

Mẹ lançou um olhar sério para a filha, que se encolheu toda na poltrona.

"Anh Hai, eu quis dizer", ela murmurou.

"Isso mesmo. Vê se me trata com respeito." Ele sorriu como alguém presunçoso e... insuportável. Stella adorou. "Vamos lá, o jantar está pronto."

Na cozinha, Mẹ começou a servir o macarrão de arroz em tigelas enormes e jogar o caldo em cima. Janie pegou a primeira tigela e colocou na mesa diante de Ngoại, cortando tudo em pedacinhos bem pequenos com uma tesoura antes de espremer um limão em cima.

Michael puxou Stella de lado. "Oi." Passando os olhos por ela, ele acariciou suas costas e a puxou mais para perto. "Gostei desse vestido em você. As costuras estão incomodando?"

"Não. O problema é a frente."

"Por quê? Quer que eu arrume?" Ele desabotoou o cardigã preto dela e examinou a estrutura do vestido justo, franzindo a testa. "Não estou vendo nenhum problema."

"Você tem como embutir um... um..." Ela olhou para a família dele, que montava as tigelas, e baixou o tom de voz. "Pode costurar um sutiã por dentro?"

Um sorriso malicioso surgiu no rosto dele, que abriu um pouco mais o cardigã para ver os mamilos pontudos sob o tecido. "Até posso, mas não vou fazer isso."

Ele a puxou para a sala de jantar e a encostou na parede. Quando agarrou seus seios e brincou com os mamilos, Stella respirou fundo, e seu corpo amoleceu inteiro.

"Assim é mais legal, sabe?" Michael se abaixou e beijou sua testa, seu rosto e por fim sua boca — um toque levíssimo que a deixou querendo mais. "Você sabe que levo moda muito a sério."

Ela enfiou a mão por dentro da camisa dele para sentir a musculatura rígida do abdome. "É indecente."

Ele a beijou de novo, de forma lenta e profunda, e se afastou com os olhos semicerrados. "Você pode ficar com o casaquinho, mas nada de sutiã." Michael acariciou seus mamilos da maneira exata para deixá-la toda mole. "Pelo jeito está ficando de pernas bambas. Que tesão..."

Ele capturou seus lábios e enfiou a língua em sua boca. Quando se afastou, os lábios dela latejaram de excitação, e o calor que se espalhou pelo corpo fez seus dedos se contorcerem. Não era para ela estar com vontade de novo. Aquela manhã havia sido particularmente acrobática, e por muito pouco Stella não chegara atrasada ao trabalho.

A tensão em seu couro cabeludo se desfez quando Michael soltou seus cabelos. Ele enfiou a mão por baixo do vestido e apertou a coxa dela.

"Afe, parem com isso", uma das irmãs disse ao passar.

Michael se afastou com olhos risonhos e desejosos. "Você só está brava porque perdeu a luta."

"Cuzão", Maddie disse.

Depois que a irmã desapareceu na cozinha, Michael passou a mão nos cabelos de Stella. "Tudo bem com você? Está envergonhada por ter sido pega no flagra?"

Ela sacudiu a cabeça negativamente. Desde que ele não ligasse também...

Michael pôs as mãos espalmadas na parede atrás dela e alinhou seus corpos para que se encaixassem direitinho, rigidez contra maciez, curvas contra ângulos retos. "Você é muito gostosa."

Os lábios dos dois se colaram num beijo ofegante.

"Ai, meu Deus, parem!"

Stella teve um sobressalto com o tom brusco da voz de Sophie, e Michael se afastou dando risada. Sem voltar a olhar para os dois, Sophie foi para a cozinha.

"Vamos comer." Ele pegou na mão de Stella e a conduziu até os últimos lugares vazios à mesa.

Todas lançaram olhares na direção dos dois. Stella ficou vermelha e baixou os olhos para a tigela. Fatias de tomate e verduras boiavam em cima da sopa engrossada com o que talvez fosse gema.

"Você deveria usar o cabelo solto mais vezes, Stella", Sophie comentou. "Mas para comer é melhor prender, ou pode sujar." Ela estendeu um pote com alguma coisa marrom. "Quer um pouco?"

Stella estendeu a mão para pegar. "O que é?"

Michael arrancou o pote dela e colocou na mesa. "Stella vai desmaiar só com o cheiro. O nariz dela é bem sensível."

Sophie deu de ombros. "O cheiro é ruim, mas o gosto é bom."

A maior parte das coisas escritas no rótulo estava em chinês, mas na parte de baixo dava para ler MOLHO DE CAMARÃO.

"Gosto de camarão", Stella falou.

Michael empurrou o pote para longe. "Não desse tipo de camarão. Nem eu encaro isso aí."

"Deixa ela experimentar, Michael", Sophie insistiu.

Stella olhou para Janie e Maddie, que sacudiram a cabeça horrorizadas.

Com um suspiro de impaciência, Mẹ pegou o pote e colocou na frente de Stella. "Isso é *mắm ruốc*. A forma certa de comer *bún riêu* é com *mắm ruốc*."

Stella fechou os dedos em torno do pote. Sentindo-se como Branca de Neve diante da maçã envenenada, levou o conteúdo ao nariz. Na primeira fungada, seus olhos se encheram de lágrimas. Tinha um cheiro bem forte de mar. Depois de uma segunda e de uma terceira cheiradas, porém, o aroma perdeu um pouco da força. "É só jogar na sopa?"

Mẹ colocou uma colher daquilo na tigela de Stella. "Assim. E com limão e molho apimentado." Ela espremeu a fruta e acrescentou uma colher de um molho vermelho.

Quando Stella pegou os palitinhos e a colher de sopa, Michael a observou com os olhos arregalados, como quem pede desculpas. Ela misturou tudo, enrolou o macarrão nos palitos e colocou o caldo na colher, como vira Sophie fazer. Em seguida enfiou na boca.

O gosto era... bom. Salgado e doce ao mesmo tempo, e um pouco ardido. Ela sorriu ao dar outra colherada. "Gostei."

"É bom, né?", disse Sophie. "Parabéns pela coragem."

Stella bateu na mão que a irmã de Michael levantara para ela, se sentindo meio boba, mas querendo compensar toda a história com o BPA do primeiro dia. Mẹ sorriu, Ngoại fez "hummmm" e Janie e Maddie cochicharam.

"Elas se recusam a experimentar", Mẹ explicou, apontando para as duas filhas mais novas.

"Tem cheiro de morte", Janie falou.

Maddie assentiu de modo enfático com a cabeça. "De cadáver."

Mẹ as repreendeu com uma sequência de frases em vietnamita, fazendo as duas baixarem a cabeça.

Por baixo da mesa, Michael apertou a perna de Stella, então se inclinou para ela e murmurou em seu ouvido: "Gostou mesmo? Não precisa comer se não quiser. Posso preparar outra coisa para você".

"Gostei mesmo." Ela comeria mesmo que tivesse detestado. Mẹ parecia orgulhosa e apaziguada. E a comida não estava envenenada. Pelo menos não que Stella soubesse.

Ele roçou os lábios nos dela e se afastou, tossindo e dando risada. "Dá para sentir o cheiro em você."

Stella enfiou outra colherada na boca, olhando feio para ele e afastando os cabelos da frente do rosto.

"Deixa que eu prendo." Ele tirou o elástico do pulso e fez um rabo de cavalo.

"Obrigada."

Michael sorriu e beliscou o queixo dela. Pelo olhar dele, poderia beijá-la se a família inteira não estivesse olhando — e se ela não estivesse cheirando a molho de camarão e cadáver.

"Credo, para de olhar para ela com essa cara", Sophie falou.

"É sério", Maddie acrescentou.

"E desde quando você anda com elásticos na mão para prender o cabelo dela?", Janie perguntou.

Stella quis sumir dentro da tigela de sopa.

Michael se limitou a encolher os ombros e sorrir. Em seguida a enlaçou com um braço e beijou sua têmpora.

O jantar passou depressa, com as irmãs se alternando em suas alfinetadas e provocações. A mãe interferia de tempos em tempos com discursos e olhares, mas Stella ficou com a sensação de que ela estava contente. Quando todos terminaram sua sopa e se empanturraram de toranja descascada e picada, Mẹ ordenou que Janie e Maddie tirassem a mesa e lavassem a louça.

Michael pegou Stella pela mão para levá-la para casa, mas Mẹ fez um gesto para que fossem até a sala de estar.

"Tenho uma coisa para mostrar para Stella."

Michael soltou um grunhido. "Mẹ, não. Hoje, não."

"O que é?" Stella ficou curiosa.

"Vamos deixar para outra vez", Michael sugeriu.

"Ele era uma gracinha", Mẹ falou.

"*Fotos de criança?*" Stella só faltou sair dançando pela casa. "Quero ver!"

Michael resmungou, mas ela o puxou para a sala de estar. Mẹ entregou um álbum de fotos, e Stella se sentou entre os dois no sofá.

Ela passou os dedos na capa aveludada do álbum. O que sua própria mãe tinha dela era quase igual, do tipo que tinha adesivo nas páginas, com uma cobertura de plástico. A primeira página era a imagem granulada de um ultrassom e de um bebê todo enrugado que parecia ter mil anos de idade. À medida que avançavam, Michael ia ficando mais bonitinho.

Havia fotos dele no colo de Ngoại, aprendendo a andar e tentando pegar uma melancia. Em uma, um Michael pequenino e gorducho de terno — teria sido seu primeiro? — estava entre um jovem casal. A mulher era bem novinha, uma versão lindíssima da mãe dele usando um vestido vietnamita branco tradicional com flores bordadas na frente. O homem só podia ser o pai. Era alto, loiro e tinha o mesmo sorriso torto de Michael.

"Você era linda, Mẹ", Stella comentou, passando os dedos pelo vestido florido. "Adorei essa roupa."

"Ainda tenho esse *aó dài*. Pode levar se quiser."

"Sério mesmo?"

"Não serve mais, e as irmãs de Michael não têm o menor interesse nele. Elas sempre queriam usar as joias, antes que eu me desfizesse delas." O tom de voz de Mẹ perdeu o vigor, e os olhos dela se voltaram para o rosto do homem. "Esse é o pai do Michael. Bonito, não?"

Michael virou a página sem dizer nada.

A gordura infantil foi aos poucos dando lugar a membros mais compridos e uma beleza mais masculina. O sorriso de Michael na maior parte das fotos era divertido e cheio de vida. Havia dezenas de fotos dele e das irmãs cercados de dezenas de primos cem por cento vietnamitas. Eles pareciam meio deslocados ali, com a pele mais clara e as feições mestiças, assim como deveriam parecer entre os coleguinhas de escola. Como seria aquela sensação de não pertencer?

Talvez não muito diferente da que ela própria experimentara na infância.

Havia fotos de Michael no início da adolescência, jogando xadrez com o pai com o rosto franzido de concentração, envolvido em projetos científicos ou vestido com traje completo de kendô, com o sobrenome bordado na frente do uniforme em letras garrafais: LARSEN.

Ele virou a página parecendo alarmado, mas ela manteve uma expressão neutra, fingindo que não tinha visto. Não era muito boa em mentir, mas sabia fazer parecer que estava tudo bem. Vinha praticando desde criança.

Mas odiava ter que fazer aquilo com ele.

Por que era importante para Michael esconder dela o verdadeiro sobrenome? O que ele achava que faria com aquela informação? A percepção de que não confiava nela diminuiu a alegria daquela noite. Era tolice ter alguma esperança de que ele fosse seu?

Quando emergiu de seus pensamentos e voltou a prestar atenção nas fotos, já estavam quase no fim do álbum. Elas mostravam um Michael quase adulto, tão lindo que foi impossível para Stella segurar um suspiro. Ao lado do pai, todo sorridente, com um troféu de um torneio de xadrez, e outro de kendô, e outro de uma feira de ciências.

"Quantos troféus", Stella comentou.

"Meu pai ficava feliz quando eu ganhava, então me esforçava bastante."

"Michael era o primeiro da sala", sua mãe contou, olhando para ele com um amor sem limites.

Stella sorriu. "Sempre soube que você era inteligente."

"Eu só me esforçava bastante. Aprendi a me dar bem nas provas. Você é muito mais inteligente que eu."

Ela procurou o rosto dele, se perguntando por que aquele homem se diminuía tanto. "Na verdade, não fui a primeira da classe. Só era boa em matemática e ciências."

"Meu pai teria preferido que fosse assim comigo."

Michael passou para a última página.

Havia uma foto de sua formatura no Instituto de Moda de San Francisco. Os ombros dele estavam firmes, e a expressão no rosto era de determinação. A mãe visivelmente explodia de orgulho e felicidade, enquanto o pai parecia estar ali de má vontade. Os cabelos loiros tinham se tornado brancos. Apesar de ainda ser atraente para um homem mais velho, parecia ter uma expressão carregada de cansaço e cinismo. O sorriso torto não estava mais lá.

"Ele não queria que você estudasse moda."

Michael deu de ombros. "A decisão não era dele." A resposta veio num tom de voz indiferente, assim como o olhar, geralmente tão vívido.

Stella segurou e apertou a mão dele. Michael a virou e entrelaçou os dedos dos dois, retribuindo o aperto.

"Michael é muito talentoso. Logo que se formou, recebeu cinco propostas de emprego. Trabalhava para uma grife importante em Nova York antes de precisar voltar para casa porque o pai tinha ido embora." Mẹ olhou para o vazio, com a boca contorcida de amargura, então piscou algumas vezes e se voltou para o filho. "Mas fico feliz por ter te chamado de volta. Você estava saindo demais. Era um exagero. Tudo de que precisava era uma mulher, boa o bastante."

Mẹ deu um tapinha na perna de Stella, que sentiu um desejo intenso e ao mesmo tempo terrível surgir dentro de si. Naquele momento, ela era considerada uma boa mulher. Mas o que a mãe dele pensaria se soubesse dos rótulos que Stella fazia de tudo para esconder? Poderia se tornar indigna do filho dela? Que tipo de mãe ia querer uma nora e provavelmente netos autistas?

Mas desde quando Stella tinha o direito de pensar em casamento e filhos? Ela e Michael não tinham um relacionamento de verdade. Ele estaria com ela se não precisasse de dinheiro? Se tivesse a liberdade de sair com quem quisesse, escolheria Stella?

"Muito bem", Mẹ falou de forma repentina. "Vimos todas. Michael, vem me ajudar enquanto procuro o *aó dài*."

Michael soltou um suspiro resignado e ficou de pé.

"Posso ver as fotos de novo?", Stella pediu.

Mẹ sorriu e assentiu, mas Stella só conseguiu se concentrar no álbum por um minuto ou dois antes de Janie aparecer na sala com um livro bem grosso nas mãos.

"É verdade que você é economista?", ela quis saber. Posicionou os pés descalços no carpete para que seus joelhos ficassem alinhados.

"É verdade. Você está no terceiro ano em Stanford, certo? É um ótimo curso." Stella se lembrou de que Mẹ queria que ela conversasse com a filha sobre seu trabalho. "Esse livro é sobre o quê? Está precisando de ajuda com algum trabalho da faculdade?"

Janie abraçou o volume e sentou no braço da poltrona que ocupara antes do jantar. "Na verdade, achei..." Ela respirou fundo. "Queria saber se você pode me ajudar a conseguir um estágio. De repente mandar meu currículo para algum colega que esteja contratando. Não estou conseguindo muitas entrevistas. Não tenho experiência nenhuma, e fui muito mal no primeiro ano. Minha média continua baixa por causa disso. Mas tenho um bom conhecimento da área. E sei que é isso que quero fazer da vida."

"Você tem seu currículo aí para me mostrar?" Assim que as palavras saíram da boca de Stella, ela se arrependeu. Estava agindo como se fosse uma conversa formal de trabalho. Janie parecia nervosa.

A irmã de Michael tirou uma folha de papel do meio do livro sobre macroeconomia internacional e entregou para ela.

O currículo mencionava a paixão de Janie por teoria econômica em uma linguagem concisa, listava os aspectos mais importantes de seu histórico e seu potencial e apresentava suas médias. Em disciplinas relacionadas a economia, 3,5. No geral, 2,9. Não bastariam para ingressar em empresas importantes, mesmo sendo aluna de Stanford.

Com a maior gentileza de que era capaz, Stella perguntou: "Posso saber o que aconteceu no seu primeiro ano?".

Janie voltou os olhos para o livro. "Foi quando minha mãe ficou bem mal mesmo. Foi difícil para todo mundo. A gente precisava cuidar dela e tocar a loja, e ainda tinha o lance da separação. Não consegui administrar meu tempo direito. Sendo bem sincera, não estava nem aí para os estudos, o que foi uma grande burrice, porque a faculdade custa uma nota, e a gente estava bem mal de grana."

Qual seria o motivo dos problemas financeiros? Teriam a ver com o pai de Michael? Para quem olhava de fora, eles pareciam bem. A loja era movimentada e tinha boa reputação. A família morava numa casa própria. Morrendo de vontade de perguntar, Stella cravou os dedos no álbum de fotos. Sabia que não era de bom-tom. Por mais que sentisse que conhecia aquelas pessoas, havia entrado na vida delas fazia pouco tempo.

E, da última vez que deixara a curiosidade assumir, fizera a mãe deles chorar. Não queria fazer aquilo com mais ninguém.

Sem saber o que dizer, ela apenas respondeu: "Entendi".

"Acha que tenho chance de conseguir um estágio com essas notas? Tem alguma coisa que posso fazer para deixar meu currículo mais interessante?"

Aquilo era difícil. A não ser que... Uma ideia começou a se formar na mente de Stella, que inclinou a cabeça e encarou Janie com novos olhos. "Você tem algum interesse em econometria?"

{22}

Stella havia preenchido metade da papelada necessária para abrir uma vaga de estágio em seu departamento — que contava apenas com ela — quando seu celular vibrou. Ela pegou o aparelho na gaveta e sorriu ao ver a mensagem de Michael.

O que minha Stella está fazendo?

Respondeu a mensagem na hora. Trabalho burocrático.

Quer almoçar comigo?

Ela agarrou o telefone junto ao peito e deu uma voltinha com a cadeira antes de mandar a resposta. Quero.

Stella havia pedido comida, mas ela continuava intocada sobre a mesa. Podia muito bem guardar na geladeira e consumir no dia seguinte.

A resposta dele fez seu sorriso se abrir ainda mais.

Passa na loja da minha mãe quando puder.

Stella juntou os formulários do estágio em uma pilha e se preparou para sair. Era sexta, e todos tinham saído para comer num dos muitos restaurantes do centro da cidade. Ela atravessou os corredores e entrou no elevador, esperando sair despercebida.

Philip apareceu pouco antes que a porta fechasse.

"Vai almoçar fora hoje? Posso ir junto?", ele perguntou.

"Vou encontrar alguém."

"O mesmo cara?"

Ela assentiu com a cabeça.

"Ele tem sorte."

Stella olhou para o painel, desejando que os dois andares passassem bem mais depressa.

"Ouvi dizer que vão abrir uma vaga de estágio para trabalhar com você."

"É verdade."

"Meu primo seria um bom candidato."

Os olhos dela saltaram dos números no painel para o rosto de Philip. "Já tenho uma pessoa em mente."

Ele pôs as mãos no bolso e deu de ombros. "Tudo bem."

"Quer dizer..." Ela soltou um suspiro. "Pode me mandar o currículo do seu primo." Por mais que quisesse contratar Janie, precisava ser justa no processo de seleção. Sua integridade profissional estava em jogo. A vaga devia ser ocupada por quem fosse mais qualificado.

Michael entenderia. Sua irmã era mais nova, menor e mais fraca, mas ele não facilitava na luta. Stella precisava fazer um processo seletivo adequado, mas achava que Janie acabaria sendo contratada mesmo assim. Quem amava o que fazia — como a irmã de Michael e ela própria — em geral se saía bem. Mesmo que começasse mal, acabava virando o jogo.

Philip pareceu gostar daquilo. "Ótimo."

O elevador chegou ao térreo, e ela saiu para o saguão. Philip a seguiu até o carro.

"Você vai ao evento beneficente amanhã, né?", ele perguntou.

"Como é que você sabe disso?"

"Minha mãe também está no comitê organizador. Mundinho pequeno, né? Enfim, queria saber se você já tem companhia. Se eu disser que vou sozinho, minha mãe vai querer escolher alguém para me acompanhar." Ele sorriu e curvou os ombros de um jeito que o fez parecer uma pessoa muito menos arrogante.

A situação dos dois era bem parecida. Era impossível para Stella não se identificar. "A minha faria a mesma coisa."

"Sei que você já está saindo com alguém, mas... Antes falou que *esperava* que fosse sério, como se não tivesse certeza. Esse é seu namorado?"

Ela olhou para o chão do estacionamento. "É complicado."

"Como assim?"

"Preciso ir. Não quero me atrasar." Ela levou a mão à maçaneta da porta do carro.

Philip fez menção de colocar sua própria mão sobre a dela, mas deteve o gesto a tempo. Saberia que ela gostava de distância? Talvez ele a entendesse de verdade.

"Isso significa que vocês só estão saindo? Porque você merece mais. Espero que saiba disso. Todas aquelas coisas que eu falei sobre praticar... Era bobagem. Você me intimida, e tentei dar uma de gostosão. Uma idiotice. A única coisa que importa é encontrar a pessoa certa. E acho que você pode ser essa pessoa para mim, Stella. Faz um tempão que gosto de você."

"Por que está me dizendo isso só *agora*? Trabalhamos juntos há *anos*." Ela não conseguia acreditar no que estava ouvindo. Philip sempre tinha gostado dela? *Dela?*

"Porque tenho um monte de questões mal resolvidas, e minha língua trava quando estou perto de você, ou então digo um monte de babaquices. Sou inseguro, então fiquei esperando que me chamasse para sair, mas estou tomando a iniciativa agora. A ideia de você saindo com alguém que não te valoriza me deixa maluco. Pra mim você é perfeita, Stella."

Ele a considerava perfeita? *Alguém a considerava perfeita*. Stella sentiu um aperto no peito, e seus olhos começaram a arder. "Não sou perfeita. Tenho... questões mal resolvidas também."

"Eu sei. Sua mãe contou pra minha. E ela me contou. Tenho um monte de problemas também, que mudam de nome sempre que troco de terapeuta. Somos feitos um para o outro. Você é perfeita para mim."

Mas Philip *não* era perfeito para ela. Poderia ter sido, caso as coisas tivessem tomado um rumo diferente. Houve um tempo em que Stella gostaria de descobrir se existia um cara legal por trás daquela fachada. Ela não podia condená-lo por ser considerado arrogante, já que ela própria era vista da mesma maneira. Além disso, sempre desejara que no fundo ele fosse uma boa pessoa. Significaria que havia esperança para ela também.

"Lamento muito, Philip, mas já combinei de ir ao evento com esse cara. Não tenho como desfazer o convite. Nem quero, aliás. Estou obcecada por ele."

Uma expressão teimosa surgiu no rosto de Philip. "Obsessões passam."

"Não as minhas."

"Garanto que é só uma fase. Você não está apaixonada", ele falou, cheio de certeza.

Os lábios dela se abriram. Apaixonada? Então era aquilo que estava acontecendo?

Ela estava apaixonada por Michael?

"Como pode saber?", Stella perguntou.

"Sei porque é por mim que você vai se apaixonar. Por *mim*", ele insistiu.

"Philip, o que quer que você esteja fazendo, é melhor parar."

"Você precisa dar uma chance pra gente."

Ele deu um passo à frente e se inclinou em sua direção.

Ela tentou recuar, mas já estava encostada no carro, então virou o rosto. Philip não estava usando perfume demais, mas havia algo de errado com seu cheiro. Stella pôs as mãos espalmadas no peito dele para afastá-lo. A sensação também tinha algo de errado. Ele não era Michael.

Os lábios dele tocaram os dela. Pele seca contra pele seca. Uma língua molhada escorregou para a boca de Stella, e seu coração congelou. Seu corpo todo travou. Era como se revivesse as três experiências anteriores.

Tudo errado, tudo errado, tudo errado.

Ela se contorceu e limpou a boca com a manga. Uma sensação sinistra e imunda se espalhou, por dentro e por fora dela.

Philip fez uma careta, levantou o queixo e cerrou os punhos. "Você só precisa se acostumar comigo, Stella. Assim como fez com aquele babaca."

Ela deu um empurrão no peito dele, afastando-o. "Nunca mais faça isso."

Com o coração disparado e as mãos trêmulas, Stella entrou no carro. Quando chegou à lavanderia, já havia se acalmado, mas a sensação de sujeira persistia. Precisava escovar os dentes.

Dentro do estabelecimento, viu Michael ajoelhado ao lado de um senhor de idade, marcando com alfinetes as bainhas de uma calça. Ele próprio estava de calça jeans e camiseta preta, com a fita métrica, a almofada de alfinetes e o lápis à mão. Ela adorava vê-lo trabalhar. Devia ser igual quando estava em Nova York, criando modelos em mesas de desenho e ajustando tecidos em manequins.

Como se pressentisse sua presença, ele ergueu os olhos e sorriu ao vê-la.

Stella fez menção de retribuir, mas o gosto ruim na boca a recordou do incidente no estacionamento. E se Michael a beijasse depois de Philip ter feito aquilo? Seria nojento. "Banheiro. Preciso ir ao banheiro."

Michael ficou de pé, com uma expressão incomodada no rosto. "Lá nos fundos."

Ela correu, localizou a porta e abriu a torneira. Ensaboou as mãos e depois lavou os lábios e a língua. Em seguida encheu a boca de água, fez bochecho e cuspiu, repetindo o processo diversas vezes.

Michael abriu a porta do banheiro e viu Stella lavando a boca como se tivesse comido alguma coisa podre. Estaria doente? Suas entranhas se reviraram e sua mente automaticamente se voltou para os cenários mais catastróficos, com os quais estava bem mais acostumado do que deveria.

A porta se fechou atrás dele, que se aproximou e acariciou as costas tensas de Stella. "Ei, o que foi?"

Por favor, que esteja tudo bem.

Por um longo momento, o silêncio permaneceu, a não ser pelo barulho da água correndo. Com a testa franzida, ela observava a água escoar pelo ralo. Então o olhou através do espelho, fechou a torneira e falou: "Um colega de trabalho me beijou".

Michael sentiu suas entranhas congelarem e uma raiva fria se espalhar pelo corpo. Com o treinamento que tinha, não era do tipo que saía arrumando briga. Mas quando entrava em uma era para valer. E entraria naquela em particular com o maior prazer. Suas juntas estalaram quando ele cerrou os punhos.

"Qual é o nome dele? E a cara? Onde ele está?" As perguntas saíram num tom duro e implacável. O filho da puta acabaria no hospital.

Ela se virou para encará-lo, arregalando os olhos. "Por quê?"

"Ninguém pode beijar você contra sua vontade, Stella."

"Está pensando em fazer alguma coisa contra ele? Não quero que se meta em encrenca."

"Você passou um minuto lavando a boca. Agora vou lavar a dele." Com sangue.

Ela remexeu os dedos enquanto pensava em alguma coisa para dizer. "Já estou bem. Viu?"

"Se não estivesse, ele seria um homem morto", Michael grunhiu.

"Quer parar com isso, por favor?"

Michael sacudiu a cabeça, incrédulo. Alguém a havia tocado, beijado, enfiado sua língua imunda na boca dela. "Como é que você consegue ficar tão calma? Por acaso *queria* ser beijada?"

"Não, mas..." Stella desviou os olhos. "Houve um momento que talvez sim."

Um pensamento terrível passou pela cabeça dele. "Foi por isso que me contratou? Para treinar para esse cara?"

O rosto dela ficou todo vermelho. "Ta-talvez. Ele parecia uma boa opção. Mas não quero saber dele agora, o que é bem irônico, porque..." Stella se deteve, com uma careta.

"Porque o quê?"

"Hoje ele me disse que gosta de mim faz um tempão. E que acha que sou perfeita para ele." Com um olhar cauteloso, ela complementou: "E que não liga se sou diferente".

Para Michael, foi impossível segurar a vontade de abraçá-la. Ele mesmo não havia dito aquelas coisas, mas não queria dizer que não as sentia. "Isso porque você é perfeita para qualquer um. Tudo o que te torna diferente faz parte dessa perfeição."

"Não sou perfeita, Michael. Não mesmo", ela falou com um tom de voz dolorido.

"Você retribuiu o beijo?" Àquela altura, era a única coisa que poderia torná-la imperfeita aos olhos dele. Mas talvez nem aquilo.

Stella sacudiu a cabeça. "Não."

"Você gostou? Quando ele te beijou?" Michael precisava saber.

"Nem um pouco", ela murmurou.

"Por quê? O que ele fez de errado? Beijava mal?"

"Eu senti que era errado."

"Por quê?"

"Porque não era você." O olhar suave no rosto dela o desarmou. Ele faria qualquer coisa para ver essa expressão. Qualquer coisa.

Ele pôs a mão no queixo de Stella e puxou a cabeça dela para cima, tentando ser gentil, apesar do impulso violento que corria em suas veias. "Vou te beijar agora." Ele precisava. Se não o fizesse, enlouqueceria.

"Não. Ele ainda está na minha boca. Posso sentir seu gosto. Não consigo me livrar."

Michael soltou um grunhido furioso. "Preciso disso, Stella."

Ela fez um leve aceno, e ele colou a boca à sua em um beijo profundo. Precisava ajudá-la a apagar todo e qualquer vestígio daquele merda.

Stella amoleceu toda e se agarrou a ele. Michael a segurou nos braços, acariciando-a de forma ríspida.

"Ainda está sentindo o gosto dele?", murmurou com os lábios colados ao dela.

"Não", Stella respondeu, ofegante.

Michael abriu a saia dela e enfiou a mão por baixo da calcinha, quase grunhindo quando sentiu a umidade nos dedos. Para quem era aquilo? Para ele ou para o colega de trabalho?

"*Michael.*"

Ouvir seu nome tranquilizou alguma coisa enraizada dentro dele. A necessidade de ouvi-lo de novo o dominou. Michael baixou a saia dela até os calcanhares, abriu a braguilha da calça e pôs o pau para fora. Em seguida pegou uma camisinha no bolso e colocou.

Quando Stella começou a baixar a calcinha, ele fez que não com a cabeça. Ele passou uma perna dela ao redor do próprio quadril e a prensou contra a parede de azulejo.

Ela soltou um ruído de impaciência. "Não me provoca, Michael. Preciso de você."

Ele puxou a calcinha de lado e a penetrou com estocadas fortes e rápidas, se enterrando dentro dela. A respiração de Stella acelerou, e ela começou a gemer seu nome, deixando-o louco de tesão. Michael passou a língua em cada cantinho da boca dela, ajustando o quadril para roçar também no clitóris.

O corpo dela firme nos seus braços, aquela boca doce, as pernas em torno da sua cintura, a respiração quente no seu pescoço — era a perfeição. Ele apreciava cada pedacinho de Stella. Seu coração trovejava, seu sangue corria a mil. O desejo se transformou em desespero para aliviar a tensão, mas ele se segurou, determinado a esperar por ela. Quando Stella desmoronou e começou a se contorcer de forma incontrolável, Michael aumentou ainda mais o ritmo.

Segurando-a pelos quadris e pelas coxas, ele colou a testa na dela para ver aqueles olhos inebriados e deu uma última estocada, deixando tudo o que havia dentro de si dentro dela e se perdendo por completo. Enquanto tentava controlar a respiração, continuava abraçando-a com força. Nunca mais queria soltá-la.

Quando enfim encontrou forças para se afastar, ele a colocou de pé e jogou a camisinha no lixo. Em seguida se limpou, desfrutando do olhar de admiração dela. Stella não olhava para mais ninguém daquele jeito. Só para ele.

Depois de passar quase um mês morando juntos, tinha certeza daquilo. Havia partes de si — muitas partes, as melhores — que ela só compartilhava com Michael, o que o ajudava a esquecer que o relacionamento dos dois não era de verdade.

Mas era preciso lembrar. Stella não queria ser beijada pelo colega de trabalho, mas, se quisesse, não havia nada que a impedisse. Não estavam numa relação monogâmica. Ele não era namorado, noivo ou marido dela. Stella era uma cliente, e ele era um... prestador de serviços. Aquilo soava muito mal, mas era verdade. Michael não tinha o direito de defendê-la ou de ser possessivo. Ela estava pagando por sua ajuda — ou pelo menos achava que estava —, e ele precisava manter uma postura distanciada e profissional.

No entanto, se apaixonara. Quando os dois por fim se separassem, aquilo acabaria com ele. Mas para ela seria melhor. Stella saberia ficar à vontade ao lado de outra pessoa, saberia o que esperar de um relacionamento, saberia como era se sentir amada. Jamais ia se contentar com menos.

Apelando para os anos de experiência como acompanhante profissional, ele conseguiu abrir um sorriso e dizer: "Preciso comprar uma nova para você".

Uma expressão confusa surgiu no rosto dela. Ele apontou com o queixo para a costura lateral rasgada da calcinha, na qual Stella vinha mexendo distraidamente durante todo aquele tempo.

Ela sorriu e pôs a mão na cintura. "Tudo bem. Posso fazer isso."

"Eu não ligo. Mas, na maioria dos casais, quem compra as roupas íntimas é a mulher, né?"

Ela inclinou a cabeça para o lado. "Por que você acha que isso acontece?"

Ele encolheu os ombros. "Mulheres costumam cuidar das pessoas que amam."

Quando ele disse aquilo, Stella respirou fundo, surpresa. Um olhar de descoberta iluminou seu rosto antes que ela se voltasse para o vazio, se concentrando nos próprios pensamentos.

"Cadê você?" Michael acenou até que ela voltasse a ele. Era típico de Stella, e ele sorriu, apesar do vazio que sentia no peito. Adorava como ela era brilhante. E tudo o que fazia por ele. Cada coisinha. "Está pensando no trabalho, né? Eu aqui falando da calcinha rasgada com o sexo selvagem no banheiro e você concentrada em econometria."

Ela franziu o nariz para ajeitar os óculos. "D-desculpa. Às vezes não dá para evitar. Tento não ficar divagando, mas..."

"Só estou provocando você. Adoro esse seu cérebro", ele confessou. Como não conseguia se segurar mesmo estando triste, beijou a boca dela, uma vez, duas vezes, e uma terceira. "Vamos lá, a Ngoại logo mais vai precisar usar o banheiro. E eu tenho uma coisa pra te mostrar."

Stella soltou um suspiro surpreso quando Michael tirou um cabide de um gancho na parede, revelando um vestido branco e curto, de tecido macio. "É para mim?"

"Tive que chutar as medidas, então deve ter uma tonelada de ajustes para fazer. Pode experimentar para mim?"

Ela ficou olhando para a peça, admirada. Seu vestido Michael Larsen.

Stella se fechou no provador sem espelho e tirou a roupa às pressas. Era um tomara que caia, o que a impedia de usar sutiã, mas com forro de seda. Não havia uma única costura exposta para pinicar sua pele. Estava ansiosíssima para ver como ficaria no corpo.

Segurando o vestido na altura do peito, ela saiu e virou. "Pode fechar o zíper para mim, por favor?"

Ele roçou os lábios de leve em sua nuca enquanto fechava o zíper das costas, com um barulhinho familiar e uma proximidade que a fez estremecer inteira. O caimento era perfeito. Até melhor que o das roupas de ginástica que ela tinha passado a adorar. Quando Stella se virou, Michael a avaliou com olhar crítico e os braços sensuais cruzados.

"Posso ver?", ela murmurou.

Um sorriso genuíno se formou nos lábios dele, que apontou com o queixo para a plataforma com espelhos em que fazia as provas de roupas dos clientes.

Quando subiu, ela sentiu seu coração parar, ser reiniciado e voltar a bater. A peça acompanhava as curvas de seu corpo do peito aos joelhos.

210

O tecido caía de tal forma que dava a impressão de que tinha a cintura fina de uma miss. E seus mamilos ficavam *bem* escondidos.

Era perfeito. Simples. Discreto, mas ousado. A cara *dela*.

Stella passou as mãos nos quadris, virou e mais uma vez se admirou ao ver o vestido de costas. Sua bunda nunca tinha parecido tão empinada e voluptuosa. Ela apoiou a mão na curvatura da nádega e ouviu Michael pigarrear.

Ele subiu na plataforma e passou os dedos nas laterais do corpo dela. "Gostei do caimento. Minhas mãos conhecem bem seu corpo."

"Adorei. Obrigada, Michael."

"É um presente. Por todos os aniversários que passaram antes que a gente se conhecesse. Quando é seu aniversário, aliás?"

O interior do corpo dela borbulhava como uma taça de champanhe. Um presente. De Michael. Que ele havia feito com as próprias mãos. Cada costura, cada linha, cada pedaço de tecido — tudo escolhido para ela. "Vinte e um de junho. E o seu?"

"Um dia antes! Mas sou dois anos mais novo que você."

"Te incomoda eu ser mais velha?" Ela sabia que os homens costumavam preferir mulheres mais novas.

Ele sorriu. "De jeito nenhum. Sempre tive uma queda por mulheres mais velhas. A imagem da sra. Rockaway se agachando de saia para pegar o apagador está gravada na minha mente."

"Sra. Rockaway?" Uma sensação desagradável tomou conta de Stella.

"Minha professora de química no segundo ano. Espero que esteja com ciúme, para saber como me senti quando ouvi que o Dexter beijou você", ele disse, passando as pontas dos dedos em seus braços.

"Dexter?"

"Ou Stewart. Também é um bom nome para o tipo de cara que estou imaginando."

"Esquece isso."

"Mortimer."

Ela deu risada. "Não."

"Niles."

"*Michael*."

"O nome dele é Michael também?"

211

"Não. Você é o único Michael. E por que quer saber o nome dele?"

Michael ficou em silêncio por um momento antes de bufar e responder: "Melhor nem saber. Já que você não quer que eu dê uma surra no filho da puta". Ela ficou tensa com a linguagem violenta, então Michael abriu um sorriso suave.

Stella prendeu a respiração, sem saber o que dizer. Não estava preocupada com Philip, e sim com Michael. Se ele fosse atrás de seu colega, as consequências poderiam ser terríveis. Processo judicial, cadeia, denúncia no RH. Um beijo nojento não valia toda aquela dor de cabeça.

"Que bom que gostou do vestido", Michael falou com uma expressão mais branda. "Quero ver você com ele amanhã."

Depois de almoçar sopa de peixe com abacaxi e salsão com uma tigela de arroz para acompanhar, Stella voltou correndo para o escritório. Queria dar mais uma olhada nos dados.

Philip fez um aceno quando ela passou, mas Stella não tinha tempo a perder com ele. Entrou na sala, jogou a bolsa na gaveta, sentou e começou a clicar até encontrar a função que havia formulado para o comportamento dos consumidores homens em relação a cuecas de alta qualidade. Era uma equação elegante, com cinco variáveis-chave que incluíam fatores como idade e renda.

Ela conseguiu reduzir a aquisição de cuecas por homens a uma única variável binária, β, que associou a marcadores como gastos mais elevados com jantares e presentes luxuosos. Parecia contraintuitivo que, em um período de grandes gastos, os homens parassem de comprar cuecas. Mesmo as da mais alta qualidade não eram *tão* caras.

As palavras de Michael voltaram à sua mente enquanto analisava tudo. *Mulheres costumam cuidar das pessoas que amam.* De alguma forma, Stella havia usado os dados de consumo, a matemática e a estatística para quantificar o amor em uma única variável.

β era amor.

β era zero ou um. Sim ou não.

E estava ligada de forma impressionante à época em que os homens deixavam de comprar suas próprias cuecas. Não era uma regra absoluta, claro. Ninguém gostava de ser totalmente previsível. Mas havia uma tendência perceptível. Apostando com base naqueles dados, a probabilidade de ganhar era maior que a de perder.

Quando uma mulher comprava cuecas para um homem, era porque o amava.

Stella era perfeitamente capaz de comprar roupas íntimas.

Ela saiu do trabalho mais cedo naquele dia para ir a uma loja. Quando voltou, embrulhou a compra com um laço vermelho e escondeu no fundo da gaveta de seu armário em que Michael estava guardando suas cuecas. Se ele parasse de comprá-las, significaria que estava apaixonado por ela.

Se a amasse, os rótulos não fariam diferença. Ela poderia contar tudo.

{23}

Michael passou a mão pelos cabelos enquanto observava os ternos pendurados no closet de Stella, tentando escolher o que usaria no evento beneficente daquela noite. Ia conhecer os pais dela. Todos os nervos de seu corpo pareciam querer dizer que seria um desastre, mas ele precisava ir.

Ela o tinha convidado.

Stella o espiava da porta, sorrindo. "Não consegue decidir qual usar?"

"Escolhe você."

Com um jeito tímido, ela entrou no closet. Segurava o vestido feito por ele na altura do peito. "Fecha o zíper primeiro?"

Sem conseguir resistir, ele beijou o pescoço dela, sugando a pele doce enquanto tateava sob o vestido aberto e apertava seus peitos. Quando beliscou os mamilos, Stella inspirou fundo, de um jeito absurdamente sensual.

"Vamos chegar atrasados se você continuar com isso."

"Todo mundo se atrasa nesse tipo de coisa." Ele mordeu a nuca dela, desceu uma mão para sua barriga e se preparou para enfiá-la sob a calcinha. Adorava tocá-la, e a maneira como reagia.

"Meus pais nunca se atrasam. E querem conhecer você."

Ele interrompeu o movimento. Como não conseguia dizer que queria conhecê-los também — porque sabia que não iam aprová-lo —, Michael falou: "Isso vai ser interessante".

"Obrigada por ir comigo. Sei que preferia estar fazendo outra coisa."

Ele preferia estar ajustando vestidos de formatura, mas não disse nada. "Você sabe que gosto de usar terno." Aquilo pelo menos era verdade. Ele tirou a mão de dentro do vestido e fechou o zíper.

"Que tal um de três peças? Adoro te ver em um."

"O preto, então. Vai combinar mais com seu vestido."

Ela sorria quando virou para ele. "Meu vestido combina com muita coisa. As pessoas vão querer saber onde eu comprei. Posso dizer que é uma criação original de Michael Larsen?"

Ele hesitou ao ouvir aquilo sair da boca dela. "Você sabe meu sobrenome."

Stella baixou os olhos. "Estava na conta de luz no seu apartamento e no seu uniforme no álbum. Ficou bravo?"

"*Você* ficou?" Ela teria feito uma busca no Google sobre ele e sua família? Havia matérias bem detalhadas nos jornais locais explicando as merdas que seu pai fizera. Stella poderia ter lido? Não era possível. Ela não o encarava com uma desconfiança velada. Mas era só questão de tempo.

Seu coração disparou, sua pele queimava. *Tique-taque, tique-taque.* A contagem regressiva não era mais para saber quando ele explodiria e acabaria magoando todo mundo. Marcava o tempo até que Stella descobrisse tudo e terminasse o que havia entre eles.

Ela levantou um ombro, mas não olhou para ele nem disse nada.

"Você *ficou* brava", ele falou quando se deu conta.

"*Brava* não é a palavra certa."

"Então qual é?"

"Não sei. Sinto que você não confia em mim." Ela abraçou o próprio corpo. "Como se não quisesse que eu fosse capaz de te encontrar quando isso terminar."

"Não, eu confio em você. É que..." Ele tinha medo de perdê-la. "Odeio meu sobrenome." Aquilo não era mentira.

"Por quê?"

"É do meu pai."

Ela o encarou com a testa franzida. "Por que você odeia o seu pai? Porque ele largou sua mãe?"

Ele engoliu em seco. Se fosse sincero, ia perdê-la ali mesmo, naquele instante.

A maldade em seu coração o aconselhava a mentir. Seria fácil. Seu pai fizera aquilo a vida toda.

"Desculpa", ela se apressou em dizer. Stella piscou várias vezes, ajeitou os óculos e coçou o cotovelo. "É pessoal demais, né? Esquece que eu perguntei."

"Você pode me perguntar o que quiser", ele falou, sentindo uma dor comprimir seu peito e se espalhar pelo corpo. Aquilo jamais seria um relacionamento se eles não pudessem conversar de forma aberta. "Odeio meu pai por causa da *maneira* como ele foi embora, por ter traído minha mãe e ser uma péssima pessoa. Faz anos que não o vejo, mas ele deve estar por aí, enganando outras mulheres, magoando todo mundo e desaparecendo da pior maneira possível. É o que ele faz."

"Você sente que ele abandonou você também?", Stella perguntou com olhos tristes.

"Sim, e todas as minhas irmãs."

Mę dissera a Michael para não guardar rancor do pai e perdoá-lo, mas como perdoar alguém que nunca mais dera as caras? Mesmo um pai de merda era melhor do que nenhum, desde que não fosse abusivo. Michael não tinha um. E tentar manter a família unida estava acabando com ele.

Stella se jogou em seus braços e o abraçou com força, sem dizer nada. Michael beijou sua testa. A cada inspiração, o cheiro doce de Stella o invadia e acalmava. Ele precisava daquilo. Precisava dela. Quando as pessoas ouviam a respeito de seu pai, xingavam o sujeito e se enchiam de compaixão por Mę. Ninguém queria saber o que tudo aquilo significava para Michael. Só Stella queria.

Ele sabia que precisava contar o restante da história, mas não podia. Ainda não tinha desfrutado dela por tempo suficiente.

Então a afastou um pouco e falou: "Melhor a gente se arrumar".

O evento era num clube refinado, com quadras de tênis iluminadas, campos de golfe e piscinas azuis impecáveis. Michael estacionou o Tesla de Stella diante de uma construção de linhas modernas e a fachada marrom horrorosa típica da arquitetura de Palo Alto.

Depois que ele a ajudou a descer do carro, Stella fitou as janelas do lugar. Seu nervosismo era flagrante, mas as luzes amarelas que jorravam pelo vidro faziam com que ela parecesse quase saída de um sonho. Seus cabelos estavam presos na lateral da cabeça por uma fivela de seda branca. Ela não carregava uma bolsa — Michael estava com seu celular e seu cartão no bolso da calça —, e suas mãos vazias insistiam em pousar sobre as coxas.

"Se eu começar a falar de trabalho, você me interrompe, por favor?"

Ele segurou e apertou a mão dela, sentindo o suor frio na palma. "Por quê? Seu trabalho é bem interessante."

"É que eu me empolgo e acabo monopolizando a conversa. As pessoas ficam incomodadas."

"Gosto quando você se empolga." Era quando Stella se tornava mais cativante, com os olhos brilhando. Ele puxou a mão dela para beijá-la.

A boca dela se curvou em um sorriso inseguro quando Stella o encarou. "Você é mesmo maravilhoso."

"Ainda bem que sabe disso."

Stella deu risada, e ele a conduziu até a porta da frente. Quando entraram, o som de centenas de conversas paralelas os envolveu. O salão estava lotado com os maiores figurões do Vale do Silício, enquanto uma banda tocava um jazz suave no palco mais ao fundo. Janelas que iam de uma parede a outra proporcionavam uma vista completa da raia olímpica e do campo de golfe iluminado.

"Como você vai aguentar essa barulheira toda?"

Ela se virou para ele com uma expressão alarmada. "Está incomodando você também?"

"Para mim é tranquilo. Estou mais preocupado com você." Não queria que ela tivesse que sair para respirar outra vez.

"Acho que estou bem. Só não sei como vai ser a mesa. Minha mãe gosta de me colocar com gente nova. Ando conseguindo jogar conversa fora um pouco melhor, mas mesmo assim é um tremendo esforço."

Ele inclinou a cabeça enquanto refletia a respeito. Para Michael, uma conversa era só... uma conversa. Não exigia esforço nenhum. "Você pensa demais."

"*Preciso* fazer isso. Caso contrário acabo dizendo um monte de grosserias e afastando as pessoas."

"Só porque você é sincera."

"Ninguém gosta de sinceridade. A não ser quando é coisa boa. Nunca consigo entender o que os outros acham, em especial gente que não conheço. É como um campo minado."

Uma mulher que só podia ser a mãe de Stella se aproximou com um colar de pérolas gigantesco e um vestido branco e folgado que ia até a panturrilha. Os cabelos estavam presos num coque idêntico ao que Stella costumava usar, acentuando a estrutura facial com que Michael estava bem familiarizado. A mulher elegante de cinquenta e poucos anos provavelmente era o retrato de Stella dali a algum tempo. O que significava que quem se casasse com ela seria um cara de sorte.

A mulher abraçou a filha e se inclinou para trás para admirá-la com um orgulho maternal. "Querida, você está linda." Então a atenção dela se voltou para Michael. "E aqui está ele. Que bom ver você. Sou Ann."

Ela estendeu o dorso da mão, e ele a beijou de leve. Sabia que estava num ambiente em que beijos na mão eram o cumprimento esperado.

"Prazer."

"Que voz bonita. Estou boquiaberta com seu vestido, Stella. Onde comprou?"

Stella abriu um sorriso enorme. "Michael é estilista. É uma criação dele."

Aquilo soou perfeito saído da boca dela. O único problema era que ele não criara muita coisa nos três anos anteriores, nem imaginava que voltaria a fazê-lo tão cedo. Mę dizia que não precisava dele na loja, mas, com a doença dela, ele precisava ficar de olho. Já a tinha encontrado desmaiada no banheiro duas vezes. Se não estivesse lá, o pior poderia ter acontecido.

Suas ambições podiam esperar. Mãe só havia uma.

Se Michael se sentia claustrofóbico e sufocado na prisão em que havia se transformado sua vida, problema dele. Não ia durar para sempre. Ele não queria que Mę morresse, porque a amava. Mas era uma verdade inegável que, se acontecesse, voltaria a ser livre.

O amor era uma prisão. Uma coisa que enjaulava e cortava suas asas. Empurrava a pessoa para baixo, forçava-a ir a lugares onde não queria estar — como aquele clube, que claramente não era seu lugar.

Ann levou a mão às pérolas. "Ah, esse vestido é perfeito para você, Stella. Foi ele mesmo que fez?" Ela rodeou Stella, verificando o zíper e espiando a parte de dentro da peça. "Sem costuras aparentes. Sem etiquetas. E tão macio."

Ann olhou para Michael com os olhos marejados antes de sussurrar no ouvido da filha e dar-lhe um beijo no rosto, deixando-a vermelha.

"Venha comigo. Você precisa conhecer o pai dela", Ann disse a Michael, já pegando o braço dele e o conduzindo até uma mesa bem longe da banda.

Um homem de meia-idade com uma barriguinha proeminente, cabelos grisalhos e óculos de aros brancos estava sentado ao lado de quatro cadeiras vazias, entretido numa conversa animada com um sujeito loiro razoavelmente bonito ao seu lado.

"Edward, este é o Michael. Michael, este é meu marido."

O pai de Stella se levantou para cumprimentá-lo com um aperto de mão educado. Firme, mas sem fazer força demais para mostrar quem mandava. Os olhos castanhos por trás das lentes, porém, o examinaram como se fosse um espécime de laboratório sem origem declarada. Michael se sentiu no baile de formatura do colégio, quando conhecera o pai de uma garota pela primeira vez. Parecia que ia ter que apresentar seu currículo e seu mais recente exame de DSTs. Ele se segurou para não sacudir a mão do homem com força demais e dar a impressão de que estavam em algum tipo de competição ali.

"Muito prazer", Michael falou.

"O prazer é meu", Edward respondeu com um sorriso tenso que fez Michael se lembrar de seu próprio pai.

"Este é Philip James", Ann falou, apontando para o cara loiro. "Philip, este é Michael, namorado da Stella."

Philip ficou de pé e ajeitou o paletó preto bem ajustado à silhueta atlética de um jeito que deixaria qualquer alfaiate orgulhoso. "Prazer." O sujeito estendeu a mão educadamente, mas, quando Michael a pegou, sentiu seus dedos sendo comprimidos de forma desagradável. Os olhos castanhos de Philip se estreitaram ao medi-lo de cima a baixo. "Stella me falou bastante de você no trabalho."

No trabalho? Michael olhou para ela, que desviou o rosto, sem jeito. O beijo. *Aquele* era Dexter Stewart Mortimer Niles.

Michael soltou a mão de Philip antes de acabar cedendo à vontade de derrubá-lo em cima da mesa. Só fez um aceno breve e seco para ele.

Aquele bosta tinha enfiado a língua na boca de Stella. E não era nem um pouco como Michael esperava. Deveria ser um magrelo com postura torta e nenhum músculo no corpo. Devia usar óculos com lentes grossas.

Sem perceber a tensão que se elevava no ar, Ann continuou apresentando as pessoas bem-vestidas em torno da mesa: um nerd que se encaixava muito mais na imagem que Michael criara de Philip e que era dono de uma empresa renomada de tecnologia, um casal de indianos educadíssimos e uma mulher mais velha de cabelos brancos e terninho cor de laranja, com o pescoço, as orelhas e os dedos carregados de diamantes enormes.

Michael desabotoou o paletó e sentou entre Stella e a última cadeira vazia da mesa com o decoro que três anos atuando como acompanhante profissional tinham lhe ensinado.

"Então, Michael, me conte mais sobre você", o pai de Stella falou, cruzando os braços e se recostando na cadeira com um olhar analítico no rosto. De fato era como se estivesse na noite da formatura.

E ele sabia exatamente como aquilo ia se desenrolar.

"O que gostaria de saber?", perguntou.

"O que você faz?"

Philip o encarou com um interesse visível.

O pai de Michael queria que ele fosse astrofísico ou engenheiro. Mais perto do fim, se contentaria com arquiteto. Ainda era uma profissão respeitável. "Sou designer."

"Ah, que interessante. De quê?"

Ele quase deu risada. "De roupas."

"Foi ele que desenhou o vestido da Stella, querido", Ann falou com um sorriso gentil no rosto. "É talentosíssimo."

O rosto de Edward se crispou em desgosto, mas ele pareceu conceder a Michael o benefício da dúvida. "Deve ser um ramo muito difícil. Trabalha para alguma grife conhecida?"

"No momento, não."

"Está criando sua própria linha de roupas? Que fascinante", Ann falou.

"Estou fazendo uma pausa, na verdade."

Stella começou a falar, mas ele segurou a mão dela e sacudiu a cabeça de leve. Não queria que aquelas pessoas soubessem que passava os dias cuidando de uma lavanderia e fazendo pequenos ajustes. Ainda que essa fosse a verdade.

Não porque era algo ruim. Ele não tinha vergonha. Era um trabalho honesto. De que adiantava mentir? Mas, sentado ali com aquelas pessoas bem formadas e endinheiradas, *sentia* vergonha, porque não era o tipo de homem que deveria acompanhar alguém como Stella.

"Então... você não faz *nada*?", Philip perguntou, incrédulo.

Michael fingiu desinteresse e deu de ombros. "Quase isso." Ninguém ali precisava saber da doença de sua mãe. Ele não queria que a mesa inteira o encarasse com dó.

Os rostos de Edward e Philip se contorceram em caretas parecidas, e Michael cerrou os dentes. Deviam achar que estava interessado em Stella por causa do dinheiro dela. Não sabiam que Stella era inteligente demais para cair numa cilada daquelas? Quando se apaixonasse, seria por alguém que estivesse à sua altura.

"Eu morreria de tédio." Philip pareceu pensativo quando se voltou para Stella. "Você não suportaria ficar parada, não é? Tem tanta determinação, e sabe o impacto que seu trabalho tem. É por isso que a gente se dá tão bem."

"Gosto mesmo de trabalhar", Stella admitiu, lançando um olhar preocupado para Michael.

"Ed, você precisava ver o último trabalho que desenvolvemos juntos", Philip falou. "Ela abordou o problema de um jeito que nunca vi antes. Vai revolucionar a forma como o varejo expõe seus produtos para os clientes."

"Aposto que Stella não teria conseguido sem sua ajuda, Phil." Edward deu um apertão carinhoso no ombro de Philip. Então eles dois já se conheciam? Eram parceiros de golfe ou algo do tipo? Umas quinze maneiras diferentes de jogar um homem longe passaram pela cabeça de Michael. E que história era aquela de Stella *precisar* de Philip? Ela não precisava de ninguém. Nem mesmo de Michael, ou não mais. Ele nem sabia se em algum momento precisara de fato.

Um sorriso sincero surgiu nos lábios de Stella. "Isso é verdade. Trabalhamos bem juntos."

Era só o que faltava. Michael já detestava a ideia de Stella trabalhando com Philip, quanto mais gostando disso. Aquele imbecil deveria irritá-la tanto quanto irritava Michael. Ele sentiu um desejo juvenil de bei-já-la em público para marcar seu território, e afastou a mão antes que cedesse. Stella nem percebeu. Ainda estava sorrindo para Philip — e era um sorriso genuíno, do tipo que costumava reservar a Michael. Aquilo doía tanto quanto levar um pontapé no saco.

"Stella é uma das poucas pessoas que têm paciência comigo. Sei que sou um babaca. Tenho uns padrões altos, não suporto preguiça e incompetência", Philip falou, lançando um olhar cheio de significado para Michael.

Michael respirou fundo e soltou o ar bem devagar, procurando algum relógio na parede do salão. Por quanto tempo mais teria que suportar aquilo?

O tema da conversa passou a teoria econômica e estatística avançada. Com desânimo, ele notou que Stella começou a se abrir e falar mais. Ela tinha pedido que a interrompesse se falasse sobre trabalho, mas dava para ver que estava adorando aquilo. Era claramente a grande paixão da vida dela. Michael não queria lhe negar tamanha satisfação. Por mais babaca que fosse, Philip era capaz de acompanhá-la em conversas das quais Michael jamais conseguiria participar.

Ele se lembrou do beijo. Ela dissera que não havia gostado. Chamara Philip de irritante, mas não parecia incomodada em interagir com o sujeito.

Era impossível não pensar que os dois formavam um belo casal. Com interesses em comum e uma formação parecida, pareciam feitos um para o outro. Tinha sido por causa de Philip que Stella o contratara como acompanhante, para começo de conversa. Porque queria atraí-lo. E, embora detestasse chegar àquela conclusão, talvez fosse a melhor opção.

No fim das contas, o lance entre Michael e Stella era apenas físico. Eles não tinham nenhuma conexão mental, e ele sabia como era importante que ela tivesse seu cérebro estimulado.

Era terrível admitir aquilo, mas Michael não era suficiente para Stella. Em diversos aspectos. Ela jamais poderia amá-lo. Ele não passava de alguém com quem adquiriria prática. Enquanto a conversa sobre economia continuava, uma sensação de apertar o coração e rasgar as vísceras tomou conta dele. Tudo ali parecia errado.

"Ah, que bom que sua mãe conseguiu vir, Philip", Ann comentou.

Uma mão com unhas pintadas de vermelho pousou no encosto da cadeira de Michael, e uma combinação conhecida de aromas invadiu seu nariz. Canela e cigarros. Ele ouviu os cubos de gelo tilintarem antes que o copo baixo de uísque fosse colocado sobre a mesa.

"Oi para todos. Desculpem o atraso." Uma mulher baixinha com cabelos loiros tingidos e vestido preto justo sentou na cadeira vazia. Estava de perfil para ele, mas Michael a reconheceu. Já havia beijado aquele pescoço. "Precisei fazer uma paradinha antes de..." Ela se virou para ele, e sua expressão revelou toda a surpresa que o botox permitia. "Ora, ora, ora... Michael."

"Oi, Aliza." Era a ocasião *perfeita* para encontrar uma antiga cliente obcecada por ele.

{24}

"Vocês dois se conhecem? Que maravilha." Ann até bateu palmas.

Stella sentiu que a qualquer momento poderia vomitar. A mãe de Philip era a mulher da casa noturna. Fora ela quem dera o carro a Michael. O que ele dirigia todos os dias. O que não queria que Stella substituísse.

Michael se recostou na cadeira com um sorriso tranquilo, parecendo casual e perfeitamente à vontade — além de lindo de morrer com aquele terno preto. "Faz um tempão."

Aliza soltou uma risada rouca e passou a mão no braço dele. "É mesmo."

Ele não demonstrou nenhuma reação ao toque, e Stella sentiu um nó na garganta. Michael gostava de mulheres mais velhas — havia dito aquilo com todas as letras. Com seios grandes, silhueta miúda, voz suave e muito sedutora, aquela mulher era a encarnação do sexo. Stella teve que lembrar a si mesma de que Michael cortara relações com Aliza. Não fora a ela que proporcionara três orgasmos gloriosos naquele mesmo dia com sua boca linda antes de fazer amor até que não aguentasse mais.

"Com *quem* você veio?" Os olhos de Aliza percorreram a mesa e se detiveram em Ann antes de se voltar para Michael.

"Comigo." Stella se inclinou para mais perto e pôs a mão sobre a dele. Esperava que Michael virasse a palma para cima e entrelaçasse os dedos com os dela, como sempre fazia. Mas ele permaneceu imóvel. O estômago dela se revirou. O que aquilo significava?

Aliza pegou o uísque e observou Stella por cima da borda do copo. "Que casal bonito. Sua filha é linda, Ann. Dá para entender por que Phil gosta tanto dela. Pena que não está solteira."

Ann sorriu, mas Stella percebeu pelas marcas em volta dos olhos que estava preocupada. "Obrigada, Aliza. Eles parecem bem felizes. Não é motivo de pena."

Stella apertou a mão de Michael com mais força enquanto a mulher o observava de perfil. Até então, eles estavam felizes. Qual era o problema? Michael permanecia impassível, sempre de olho em Aliza. Stella o tocava, mas o sentia incrivelmente distante.

"Então é *sério?*" Aliza olhou para os pais de Stella antes de dar uma risadinha e lançar um olhar divertido para Michael. "Agora conhece pais e tudo, Michael? Teria conhecido os meus pelo preço certo?"

"Do que está falando?" Philip estreitou os olhos, encarando sua mãe e depois Michael.

Aliza deu um bom gole no uísque e abriu um sorriso sugestivo. "A gente... costumava sair."

"Só pode ser brincadeira." Philip olhou para Michael com o desgosto estampado nos olhos. "Você dormiu com *minha mãe?*"

"Não exatamente", Michael respondeu com um sorriso tenso.

Aliza deu uma risadinha. "Realmente, não havia muito sono envolvido, se me lembro bem."

"Pelo amor de Deus. Preciso de uma bebida." O pai de Stella levantou da mesa.

"Pode aproveitar e me trazer outro uísque com gelo?", Aliza pediu, sacudindo o copo.

"Você já bebeu o suficiente." Edward se afastou na direção do bar, que ficava no fundo do salão.

A risada de Aliza reverberou pela mesa antes que ela esvaziasse o copo e o baixasse. "Isso nunca."

Stella estava sentada bem perto de Michael, e viu quando as unhas vermelhas de Aliza roçaram na coxa dele. Michael não se moveu. Só encarou a mulher enquanto a mão dela ia subindo, chegando cada vez mais perto da braguilha da calça. Por que não fazia nada para impedir? Por acaso queria aquilo?

Ele ficou de pé abruptamente e falou: "Preciso tomar um ar. Com licença".

Antes que Aliza pudesse segui-lo, Stella pulou da cadeira e saiu atrás dele. O ar do lado de fora tinha cheiro de noite, grama cortada e cloro. O frio provocou arrepios em seus ombros e braços descobertos.

"Michael", ela gritou.

Ele parou, iluminado pelo brilho azul da piscina. "É melhor você voltar lá, Stella."

Ela caminhou para junto dele. A distância entre os dois a deixava em pânico. Como faria com que a proximidade voltasse? Stella segurou a mão dele, colocou em torno de sua cintura e chegou mais perto. "Não quero ficar sem você."

A expressão nos olhos dele se suavizou, e Michael a abraçou. Stella suspirou e apoiou o queixo no peito dele, respirando fundo para sentir bem o cheiro. Se ele ainda podia abraçá-la daquele jeito, não havia problema.

"Estava tudo indo bem para você antes que meu passado fosse colocado na mesa." Ele acariciou as costas dela.

"Eu preferiria estar em casa com você." Stella se aproximou um pouco mais e beijou o pescoço dele. "Por que deixou que ela passasse a mão em você daquele jeito? Me deixou maluca." Michael era dela.

"Ah, deixou?" Ele passou os lábios pelo queixo dela, dando beijos de leve na pele sensível.

"Sim."

"Sempre procuro evitar problemas com antigas clientes. Elas podem perder o controle na hora, mas depois caem na real. Vou fazer de tudo para ser igualmente cortês com você no futuro."

No futuro. Depois que eles se separassem. "Não quero isso."

Ele era parte da vida dela, e uma das melhores. Não podia ir embora. "Bom, isso facilita as coisas para mim", ele disse.

"Não, não é disso que estou falando."

"O que você *quer*, Stella?"

"Eu quero..." Ela umedeceu os lábios e respirou fundo. Poderia dizer que era *ele* o que mais queria? Que estava apaixonada? Ela passou as mãos no peito e nos ombros dele e o observou com toda a atenção. Gostaria de ser melhor com as palavras. Bem que seu corpo poderia falar por ela. Sabia se comunicar perfeitamente com o dele. Mesmo naquele momento, Stella notava sua reação à proximidade de Michael. Ela tentava se manter mais perto, sentia os dois se encaixarem perfeitamente.

O pomo de adão de Michael subiu e desceu, então ele se afastou. "Vamos voltar pra sua casa. A não ser que você queira experimentar no carro."

"Do que está falando?"

"De sexo, Stella." As palavras estalaram no ar, duras e ásperas.

Seus pulmões se comprimiram tanto que ela mal conseguia respirar. "Eu não estava pensando nisso."

"Então a gente precisa acabar com essa farsa. Porque não tenho mais nada a oferecer a você."

"Claro que tem. Você me escuta, fala comigo e..."

"Nunca vou conseguir conversar com você como aquele babaca lá de dentro. Nem quero. Sou burro demais para entender alguma coisa de matemática e economia."

"Não é verdade. Você é inteligente."

"Sou um zero à esquerda. Não cheguei a lugar nenhum. Trepo com as pessoas por dinheiro, e quando a grana não basta..." Ele a encarou com um olhar firme e sério. "Penso em roubar. Faço planos na minha cabeça, quem seria a vítima, que mentiras precisaria contar, como encobriria meus rastros. Porque sou igualzinho ao meu pai."

Ela sacudiu a cabeça. Do que estava falando? Ele jamais roubaria. Stella não tinha dúvidas quanto a isso.

"Você queria saber por que odeio meu pai. Vou dizer por quê." Michael fez uma pausa por um segundo carregado de tensão antes de continuar. "Ele é tão bom em enganar os outros que ficou famoso por isso. Saiu no noticiário um tempo atrás. Nunca ouviu falar dele? Frederick Larsen?".

"Eu não..." Enquanto falava, as lembranças foram ressurgindo. Ela respirou fundo. "O estelionatário. Que seduzia mulheres..."

"Que *roubava* mulheres. Dizia para todo mundo que era dono de uma empresa de softwares. Sempre saía em 'viagens de negócios'. Minha mãe sabia que estava sendo traída, mas ele sempre voltava. Até que desapareceu três anos atrás, e outra mulher apareceu na nossa porta procurando por ele. No fim, a gente descobriu que cada dólar que meu pai ganhava era roubado de uma mulher. Com a minha mãe o roubo foi ainda pior. Antes de ir embora pela última vez, ele limpou todas as contas bancárias e fez uns empréstimos enormes no nome dela. Me penhorou tudo o que tinha e um pouco mais para pagar, mas não foi o bastante. Estava correndo o risco de perder a casa e a loja. Minha irmã ia ter que sair da faculdade, porque era impossível de pagar."

Ele virou de costas e começou a desatar o nó na gravata com gestos bruscos. "O trabalho dos meus sonhos, que tinha me levado para o outro lado do país, pagava tão pouco que precisei me demitir. Eu não tinha qualificação para encontrar outro, como você tem. Então peguei o que meu pai me deu, um corpo na exata proporção do dele, um sorriso igual ao dele, e pus à venda. Trepei com metade da Califórnia, dia e noite durante meses, e usei o dinheiro para resolver toda aquela cagada. Então minha mãe ficou doente e..."

A gravata foi ao chão, e ele desabotoou os primeiros botões da camisa, como se o estivesse sufocando. Em seguida cobriu os olhos com a mão espalmada, com a respiração ofegante.

Stella deu um passo hesitante na direção de Michael. Ela pôs a mão no rosto dele e descobriu lágrimas quentes. O nó em sua garganta era grande demais para permitir que falasse, então ela enlaçou seu pescoço e o abraçou com toda a força. Michael enterrou o rosto em seus cabelos e retribuiu o abraço.

"Não é culpa sua se seu pai fez essas coisas. Você não tem nada a ver com ele", Stella murmurou. Como Michael poderia acreditar naquilo?

"Se eu *estivesse* aqui, poderia ter percebido tudo e feito alguma coisa para impedir."

"Shhh." Ela passou os dedos pelos cabelos dele. "Mesmo que você estivesse, teria descoberto tarde demais. Ele enganou dezenas de pessoas. Era especialista nisso."

Michael a apertou com mais força por uma fração de segundo e beijou seu rosto. Quando voltou a falar, foi com um tom de voz mais áspero e íntimo, totalmente sincero. "O mais louco é que, mesmo depois de tudo isso, mesmo com toda a vergonha, com todo o ódio que sinto, ainda tenho saudade dele. É meu pai. Meu pai é um estelionatário mentiroso, e eu o amo mesmo assim."

Stella não sabia o que dizer, então continuou a abraçá-lo. O que poderia falar a alguém com uma mágoa daquele tamanho? O máximo que dava para fazer era colar seu coração ao dele e sofrer junto.

Depois de um momento que pareceu uma eternidade, Michael se afastou. Limpando as lágrimas nos olhos, ele falou: "Aceitei sua proposta porque queria te ajudar, mas seus problemas claramente já foram superados. Você já está pronta para um relacionamento de verdade. Se algum desgraçado te rejeitar por ser autista, não te merece. Ouviu bem? Você não tem nada do que se envergonhar".

O rosto dela ficou pálido, e seu coração parou de bater por um instante. "Você sabia?"

Ele abriu um leve sorriso. "Percebi depois daquela primeira noite na casa da minha mãe."

Michael sabia o tempo todo? Aquilo era bom ou ruim? Ela não conseguia decidir. "Você quer ir embora?", Stella se pegou perguntando.

"Chegou a hora de seguir em frente, Stella. Não estamos proporcionando um ao outro tudo o que precisamos."

Stella entendeu aquilo como um recado de que *ela* não era suficiente para *ele*. Por causa de quem e do que era, suas limitações e suas excentricidades, seu estigma.

Uma desesperança sombria a arrasou. Tinha sido muita ingenuidade esperar que conseguiria seduzi-lo. Seu queixo tremeu, e ela mordeu o lábio para impedir. "Entendi."

Ele passou a mão no rosto dela, prendendo uma mecha de cabelos atrás de sua orelha. "Você precisa de mais do que sexo, e eu não tenho como oferecer isso."

Stella olhou para o chão. Talvez para ele tivesse sido só sexo, mas, para ela, por mais patético que pudesse ser, parecia amor.

Michael passou as mãos quentes nos braços frios dela e apertou suas mãos. "Obrigado pelos últimos meses. Foram muito especiais para mim."

Mas não o suficiente.

"Obrigada, Michael. Por me ajudar com meus problemas de ansiedade."

"Promete que você não vai mais contratar acompanhantes depois disso."

"Prometo." Só havia um acompanhante que ela queria.

"Boa menina." Ele deu um beijo em seus cabelos. "Agora vou indo."

"Posso te levar." Ela ainda não queria se despedir dele.

"Prefiro chamar um táxi. Quero tirar minhas coisas da sua casa, e é melhor fazer isso quando você não estiver lá. Se cuida, tá?"

"Tá."

Ele entregou a chave do carro junto com as outras coisas dela que levava no bolso. "Tchau, Stella."

"Tchau, Michael."

Imóvel e sem sentir o próprio corpo, ela observou a saída dele. Em seguida, deu meia-volta e entrou. Queria ir para casa, mas tinha que deixar que Michael tirasse suas coisas de lá em paz. Todas as outras estratégias de fuga foram descartadas. A ideia de passar por ele no estacionamento ou na rua fez seus olhos se encherem de lágrimas.

Era melhor voltar ao jantar. O último lugar onde gostaria de estar naquele momento.

Depois de passar no banheiro e retocar a maquiagem como podia, ela voltou a sentar à mesa.

"Onde está o Michael, querida?", sua mãe perguntou baixinho.

"Foi embora. Acabamos de terminar."

Philip abriu um sorrisinho.

Aliza lançou um olhar de pena para Stella e pôs a mão em seu ombro. "Homens como ele precisam ser livres, querida."

Stella afastou a mão dela sem dizer nada.

Edward estreitou os olhos, incomodado. Stella sabia que ele não gostava de sua grosseria. "Às vezes essas coisas acontecem para nosso próprio bem."

Pelo menos uma vez na vida, Ann não tinha o que dizer. Apenas observou a filha com olhos preocupados.

"Você pode arrumar coisa muito melhor", Philip acrescentou. O olhar direto que lançou indicava que estava falando de si próprio.

Stella cravou os dedos no joelho com tanta força que suas juntas ficaram brancas. Seus sentimentos borbulhavam, gritando por libertação, mas ela os sufocou.

"Concordo", Edward falou. "Não vi nada de bom naquele sujeito."

Um incômodo agudo se instalou em suas entranhas, e ela perdeu o controle. "Então não olhou direito. Não é que ele não esteja fazendo nada. Michael não é preguiçoso. Mas às vezes existem coisas mais importantes do que perseguir paixões e ambições. Ele deixou a carreira de lado para cuidar da mãe, que está morrendo. É o tipo de pessoa que abriria mão de tudo pelas pessoas que ama, tudo *mesmo*. Só tem coisas boas nele."

Mas Michael não a queria.

A expressão de seu pai ficou mais séria. "Então por que ele não disse isso?"

"Por que entraria num assunto tão pessoal quando estava sendo menosprezado?"

"Eu não estava..."

"Já chega, Edward", Ann esbravejou. "O que você estava pensando ficou muito claro. Você quer alguém determinado e focado na carreira ao lado de Stella, alguém que possa cuidar dela. Não parece perceber que ela tem determinação de sobra sozinha e não precisa de ajuda financeira de ninguém. Vamos sair daqui, querida. Esse barulho todo está me incomodando."

Ann estendeu a mão e Stella a pegou, deixando-se conduzir para fora do salão. Um buquê enorme de lírios e galhos de salgueiro dominava a mesa baixa.

Stella traçou com o dedo o contorno de uma das flores antes de sentar e fechar os olhos. Estava bem mais silencioso ali fora, e uma parte da tensão se aliviou. Mas a dor em seu coração persistia, se espalhando pelo corpo e se intensificando, massacrando-a com uma sensação de desesperança e derrota. O peso suave da mão da mãe em sua perna a fez abrir os olhos.

Ela a abraçou, puxando-a para perto do colar de pérolas e do perfume Chanel Nº 5. Stella ainda não gostava daquele cheiro forte, mas naquele momento a familiaridade a confortou. Ela relaxou e deixou sua mãe a abraçar como quando era criança. Só percebeu que estava chorando quando começou a ser consolada e balançada de leve, de um lado para o outro.

"Lamento muito, querida. Sempre quis que você encontrasse um artista, uma pessoa sensível que colocasse você em primeiro lugar. Mais tarde podemos pensar num plano estratégico para achar a pessoa perfeita. Você deveria mesmo testar o Tinder."

Mesmo naquele momento, sua mãe se mantinha focada. Jamais desistia.

Stella soltou um suspiro longo e trêmulo. "Essa pessoa era o Michael."

"Não seja teimosa. Existem bilhões de pessoas no mundo, e o amor não pode ser uma coisa forçada. Se não perder o foco, você vai encontrar alguém melhor que ele."

Stella não disse nada. Para ela, Michael era como sorvete de menta com gotas de chocolate. Até podia experimentar outros sabores, mas ele sempre seria seu favorito.

Aquele era o jeito dela. Stella se sentia mais solitária do que nunca quando estava cercada de gente. Em geral, aquilo não a incomodava. Não precisava de companhia. Ficava contente se tinha espaço e tempo para se dedicar àquilo que a interessava. Mas Michael a interessava, e ela não se sentia solitária com ele. Nem um pouco. Saber que o sentimento era unilateral doía.

"Mãe, que tal deixar essa conversa de homens e netos de lado por um tempo? Quero deixar você feliz, mas agora estou exausta demais para isso."

Ann a apertou mais forte. "Claro, esquece essa conversa de netos. Só quero que você seja feliz."

Stella suspirou e fechou os olhos. Não queria saber de ser feliz. Naquele momento, só queria não sentir nada.

O silêncio na casa de Stella era absoluto. Era curioso que Michael nunca tivesse notado aquilo antes. Em geral estava ocupado conversando com ela, ouvindo suas observações idiossincráticas, preparando algo para comer naquela cozinha enorme, beijando-a, fazendo amor com ela...

Sentiria falta daquela casa. E sentiria saudade de Stella. Muita. Já estava sentindo. Desmoronava com sua ausência. Mas pôr um fim ao acordo era a coisa certa a fazer. Ela não precisava mais de sua ajuda e merecia alguém melhor. Alguém mais inteligente, que não fosse filho de um criminoso. Alguém que impressionasse os pais dela e não encontrasse antigas clientes em um evento social.

Então ele se deu conta de que precisaria voltar a trabalhar como acompanhante às sextas-feiras. O que não o animava nem um pouco. Duvidava que fosse conseguir ter uma ereção com outra pessoa. Só queria sentir o cheiro, o gosto e a pele de Stella. Seu corpo estava sintonizado com o dela. Ninguém mais serviria. As fantasias que usava para atiçar seu interesse pareciam tediosas e sem atrativos. Ele desenvolvera um novo fetiche, que envolvia uma garota tímida que passava o dia pensando em economia aplicada.

Michael sentou na cama e escondeu o rosto entre as mãos. Era a última vez que estaria ali. Outro cara estaria dormindo naquela cama em breve. Sentimentos desagradáveis vieram à tona. Só ele deveria poder beijar, tocar e amar Stella. Sua vontade era arrancar as cobertas e deixar a cama em pedaços. Se não pudesse mais usá-la, ninguém poderia. Stella que comprasse uma nova.

Cerrando os punhos, ele se obrigou a ir até o closet antes que acabasse destruindo o quarto. Enfiou as camisetas e as calças jeans na mochila antes de passar para a gaveta de cuecas e meias. Queria pegar tudo logo para ir embora. No fundo, encontrou um embrulho. Era uma cueca boxer do tamanho e da marca que costumava usar, mas vermelha, enquanto as suas em geral eram azul-marinho.

Stella tinha comprado uma cueca para ele.

Era o primeiro presente que ela lhe dava. Por acaso achava que as dele estavam gastas? Talvez. Ele a jogou na mochila e fechou o zíper. Não era nada muito caro, e Stella não teria o que fazer com ela. Tinha comprado para ele, então devia aceitar.

Antes de sair do quarto, ele pegou a carteira no bolso, tirou um papel dobrado e colocou sobre o criado-mudo. Ali estava a prova de que não era como seu pai.

Mas talvez não fosse aquele o motivo pelo qual fazia aquilo com tanta facilidade. Talvez o motivo fosse estar apaixonado.

Ele atravessou a casa vazia, apagou as luzes e saiu. Depois de trancar a porta da frente, pôs sua chave sob o capacho da entrada, se despediu silenciosamente e foi embora.

{25}

Quando Stella foi pegar os óculos na manhã seguinte, seus dedos esbarraram num pedaço de papel. Com a testa franzida, apanhou-o e aproximou dos olhos embaçados e inchados. Um cheque. *Dela*. De cinquenta mil dólares.

Ela sentou na cama e passou os dedos trêmulos por ele. O que aquilo significava? Por que Michael não ficara com o cheque?

As palavras da noite anterior voltaram à sua mente.

Aceitei sua proposta porque queria te ajudar.

Não porque queria ficar com ela, nem mesmo pelo dinheiro. Por pena.

Porque ela era autista.

Um sentimento terrível a envenenou, e Stella cobriu a boca para abafar os sons que sua garganta emitia. Ela pensou que estivesse conquistando o afeto dele. Pensou que era especial. Pensou que Michael poderia retribuir seu amor. Mas todo o seu tempo juntos não passara de um ato de caridade. Agora que a boa ação estava feita, ele podia seguir em frente.

A dor que sentia a atingiu de novo com força total, destruindo-a por dentro. Stella não era uma boa ação. Era uma pessoa. Se soubesse como Michael se sentia, jamais teria feito a proposta. Não era um caso de *caridade*. Seu dinheiro tinha tanto valor quanto o de qualquer outra pessoa. Por que ele o recusara?

Esfregando o rosto irritada, ela disse a si mesma que era forte o bastante para aguentar aquilo. Não ia desmoronar por causa de um homem que não a queria.

Stella fez a cama com gestos bruscos e foi para o banheiro pisando duro. Passou o fio dental mentolado com tanta força que suas gengivas até sangraram. Chegou a pegar a escova, mas algum impulso a fez ir para o chuveiro antes. De forma deliberada, inverteu a rotina habitual do banho, esfregando o corpo de baixo para cima. Não era um robô nem uma autista disfuncional. Era o que era. E aquilo *bastava*. Podia fazer o que quisesse. Podia *se transformar* no que quisesse. Podia provar que todos estavam errados.

Quando saiu do chuveiro, estava ofegante. Faria mesmo aquilo, e faria direito. Quando terminasse, seria uma pessoa renovada e incrível. Merecia tudo aquilo.

Stella se secou esfregando a toalha com força. Passou direto pela escova de dente e foi até o closet pegar o vestido preto que Michael adorava. Ia usá-lo sem cardigã. Quem quisesse que olhasse.

Então voltou para a pia e enfim começou a escovar os dentes, vendo no espelho seus olhos faiscando de determinação. Seus cabelos estavam bagunçados, mas não pretendia arrumá-los. Não estava no clima. Outras mulheres permitiam que seu estado de humor afetasse suas atitudes, alterasse sua rotina. Por que não ela?

Depois de engolir a seco uma fatia de torrada, olhou para a casa vazia. Seu corpo clamava por ação, por mudanças, por violência. Não podia ser só mais um dia de trabalho. As pessoas não trabalhavam aos domingos. Quando as lojas abriam, saíam para fazer compras. Encontravam outras pessoas e faziam coisas juntas.

O conceito de "junto" não existia mais para Stella.

Ela sentou diante do Steinway preto e reluzente e levantou a tampa. Automaticamente, começou a tocar os primeiros acordes de "Clair de Lune", mas era uma música lenta e romântica demais, que a fazia se lembrar de Michael. Deixou de lado a partitura depois do primeiro *crescendo*. Em vez de permitir que a música voltasse ao ritmo suave, elevou o tom, impregnando-o de uma angústia melódica. Sua garganta se fechou, seu coração se derramava a cada nota.

Aquilo não bastava. Ela transmitiu ao piano sua raiva. Despejou nas teclas acordes em rápida sucessão, como as ondas do mar se chocando contra um penhasco em meio a uma tempestade. Onda após onda de pura raiva. Mas ainda não bastava.

Então fez algo que nunca fizera. Sempre fora uma pessoa gentil. Que falava baixo. Que não ofendia ninguém de propósito. Que adorava música, ordem e padrões.

Ela bateu com força no teclado, produzindo uma avalanche de notas desordenadas. Um aglomerado de caos. Alto, alto, cada vez mais alto. Várias vezes seguidas até suas mãos doerem, seus dentes rangerem, seu corpo inteiro estremecer com a overdose de sons. Àquela altura, começou a bater mais forte, enfrentando o ruído e a si mesma.

Um estalo reverberou em seus dedos e braços. Só então ela afastou as mãos trêmulas das teclas e levantou o pé do pedal, eliminando o ressoar residual das cordas. O retumbar de seu coração em disparada invadiu seus ouvidos.

O piano precisaria ser afinado.

Ela se preocuparia com aquilo depois. O comércio abriria em breve, e ela queria comprar um perfume.

A loja fechava aos domingos, mas alguma coisa fez Michael ir até lá mesmo assim. Ele destrancou a porta da frente e entrou. Depois de passar pela sala de provas vazia, chegou à oficina nos fundos. Uma vez lá, observou a arara motorizada em que ficavam penduradas as roupas da lavanderia, as paredes com linhas de todas as cores e as máquinas de costura verdes.

Aquele era o ganha-pão de sua mãe, que sentia um orgulho imenso de ser dona de um negócio bem estabelecido. De toda a família, ela era a mais bem-sucedida. Ou seria, caso não tivesse sido roubada pelo marido.

Para Michael, aquele lugar era uma prisão. Ele não queria passar seu tempo fazendo ajustes e consertos tediosos. Queria criar alguma coisa a partir do zero.

Ele se dirigiu à escrivaninha no fundo da oficina e abriu a gaveta destinada a seus desenhos. Sentiu a textura fria e familiar do caderno nos dedos, a maciez do papel, depois sentou a uma mesa e abriu numa página em branco, com o lápis na mão.

Em geral, começava desenhando o que determinava o modelo da roupa: o colarinho e os ombros, às vezes a cintura, quando era o ponto central da peça. O rosto do manequim costumava ser só um contorno, um perfil, uma curvatura de um queixo. As pernas e mãos eram traços rápidos, dando apenas uma ideia vaga. Naquele dia, ele começou pelo rosto. Era a única coisa que passava por sua mente.

Olhos com cílios grandes. Sobrancelhas arqueadas. O nariz. Lábios tentadores. Quando terminou, Stella o encarava do papel. Havia capturado a essência dela com perfeição. As mãos dele conheciam cada contorno do rosto dela.

A semelhança foi suficiente para lhe provocar um nó na garganta. Michael pegou o celular no bolso para ver se havia alguma mensagem ou chamada perdida.

Nada. Assim como nas outras noventa e nove vezes em que o havia feito.

Ela disse que ia persegui-lo, que ficaria ligando, e Michael era desequilibrado o bastante para querer aquilo. Se a obsessão fosse a única coisa que poderia ter dela, por ele, tudo bem. Quanto mais drama, melhor. Talvez não restasse alternativa a não ser ficarem juntos.

A tela de seu celular se apagou, e a dura realidade veio à tona. A obsessão dela não era forte o bastante para passar por cima do passado criminoso de sua família, além de todos os seus outros defeitos. Só haviam tido uma relação de aprimoramento sexual.

O telefone vibrou com um alerta do aplicativo da agência de acompanhantes. Por um momento, pensou que pudesse ser Stella, e uma alegria radiante o invadiu. Apesar de saber tudo a seu respeito, ela ainda o queria. Ele abriu o aplicativo o mais rápido que pôde, então viu que era uma cliente nova. Seu estômago se revirou.

Tinha havido um tempo em que ele gostava de variedade nos programas como acompanhante. Agora seu corpo se contorcia de repulsa com a simples ideia de tocar outra pessoa, quanto mais beijá-la e fazer sexo com ela. Ele se sentia... preso a determinado par, como um cisne. Só que um cuja fêmea em questão não o havia escolhido de volta.

Por que escolheria?

Era só ver o número de pessoas com quem tinha transado nos últimos tempos. O que havia produzido de relevante? O que tinha feito da vida? Só lavara roupas. Era um nada. Servia para um test drive, mas não era bom o suficiente para ser levado para casa. Podia se orgulhar de ter elevado a autoconfiança de Stella e provado que era melhor que o próprio pai, mas continuava sendo um imbecil egoísta, e só conseguia pensar em ter mais dela para si.

Num futuro próximo, Stella estaria levando outro homem à loucura — aquele Philip — do mesmo jeitinho que fazia com Michael. As mãos dela tocariam outro corpo, sua boca ia...

Michael levou as mãos aos olhos e respirou fundo para tentar se livrar da náusea. Se Stella ia transar com outras pessoas, ele faria o mesmo. E o quanto antes. Fez menção de ficar de pé, mas se interrompeu. Era domingo de manhã. Não era hora para aquilo.

E ele estava fisicamente incapacitado.

O toque de outra mulher naquele momento faria com que vomitasse. Ou pior, chorasse como um bebê.

Já estava difícil demais manter a cabeça no lugar. Seus olhos e sua garganta ardiam, seu corpo todo doía. Nada de mulheres. A não ser que fosse uma de olhos castanhos gentis, com um sorriso tímido, um amor desmedido por economia e capaz de produzir os ruídos mais deliciosos quando ele a beijasse...

Não. Era preciso dar um basta. Ele agarrou os cabelos e tentou arrancar da mente os pensamentos direcionados a Stella.

Aguenta firme.

Mas Michael estava cansado de aguentar firme. Era o que vinha fazendo havia três anos. Estava aprisionado ali, naquela vida, com aquelas dívidas sem fim. E agora tinha sido aprisionado pelo amor.

Aquele era seu problema. Ele amava demais. Se conseguisse destroçar seu coração e deixar de ter sentimentos, estaria livre. Um frenesi o dominou quando olhou para o papel.

Murmurando para si mesmo um pedido mental de desculpas, ele arrancou a página com a imagem de Stella e a rasgou no meio, depois picou em pedacinhos, que foram ao chão como folhas caídas de uma árvore morta. Em seguida, voltou ao início do caderno. As manhãs ensolaradas com Stella tinham inspirado o vestido branco e amarelo da primeira página. O favorito dele. Michael arrancou a folha e a destruiu. E fez o mesmo com a seguinte. E a seguinte. Todas elas. Depois voltou à escrivaninha nos fundos, pegou todos os seus desenhos e os jogou no lixo. Então abriu a gaveta maior, onde guardava os projetos em que trabalhava em segredo. Cerrando os dentes, rasgou os tecidos, costura por costura, peça por peça, sonho por sonho.

Quando enfim tinha destruído tudo o que poderia ser destruído, observou os restos no chão e o cesto de lixo transbordante.

Tinha funcionado. Àquela altura, não sentia mais nada.

Michael caminhou até a máquina de costura que costumava usar, sentou e observou a pilha de roupas por terminar logo ao lado. Algumas barras de calças para fazer, vestidos para ajustar e um paletó com o forro rasgado. Roupas que outras pessoas haviam criado. Visões que não eram suas.

Era melhor terminar logo com aquilo. Pelo menos lhe daria um respiro durante a semana.

Ele começou a costurar.

{26}

Mais tarde naquela semana, Michael deixou Sophie trabalhando na loja e cuidando de Ngoại enquanto ele levava a mãe ao médico para a consulta e a bateria de exames mensais. Era um trajeto curto, mas pareceu eterno, com Mẹ o encarando fixamente de braços cruzados. Ele aumentou o volume da música e se concentrou no trânsito.

Ela desligou o rádio. "Não aguento mais. Você passa o dia inteiro andando de um lado para o outro como um cachorro sem dono. Não fala nada. Está espantando a freguesia. E quando trabalha parece que está morrendo. Michael, me diga o que está acontecendo."

Ele apertou com mais força o volante de couro. "Nada."

"Como vai Stella? Ela podia ir em casa sábado. A toranja estava em oferta, comprei um monte."

Ele não respondeu.

"Não sou idiota, sabe? Você terminou com a moça?"

"O que faz você pensar que não foi o contrário?" Stella teria feito aquilo, quando decidisse que já tinha praticado o bastante.

"Está na cara que ela é apaixonada por você. Jamais faria isso."

Ele cerrou os dentes ao se sentir dominado por uma sensação desagradável. Stella gostava dele, mas só se mostrava "apaixonada" mesmo na cama.

"Conheci os pais dela."

"Ah, é? Como eles são?"

"O pai dela não me achou bom o bastante", Michael respondeu, contorcendo os lábios de amargura.

"Claro que não."

Ele desviou os olhos do trânsito para encarar o perfil da mãe. "Como assim?" Ele era o único filho dela. Jamais imaginaria que falaria assim dele.

"Você é orgulhoso demais, igualzinho ao seu pai. Precisa ser mais compreensivo. Ele só quer o melhor para ela. Stella é filha única, não? Como acha que foi quando casei com seu pai?"

"O vovô e a vovó adoram você."

"*Hoje.* Mas no começo não me aprovavam. Por que iam querer que ele casasse com uma vietnamita que só tinha estudado até o oitavo ano e mal sabia falar inglês direito? Eles se recusaram a ir ao casamento, só acabaram cedendo porque seu pai ameaçou cortar relações com toda a família. Tive que me esforçar para conquistar os dois. Não foi do dia para a noite. Mas valeu a pena."

"Eu não sabia disso..." Aquilo o fazia enxergar seus avós sob uma nova luz, bem menos favorável.

"Quando você ama uma pessoa, precisa lutar por ela de todas as formas. Se fizer um esforço de verdade, o pai de Stella vai gostar de você. Aliás, se tratar bem a filha dele, vai te adorar."

"Acho que seria muito egoísmo da minha parte lutar por ela. Existem caras muito melhores por aí. Com mais grana, mais educação, mais..." Ele se interrompeu ao notar que a mãe se virava para ele com os olhos estreitos.

"*Você está parecendo seu pai.* Não suporta a ideia de ter uma mulher bem-sucedida, então desiste de tudo. Ela está melhor mesmo sem você. Se amasse Stella de verdade, saberia valorizar esse amor e se comprometer com ele. Ela não precisa de mais nada de você além disso."

"Acha que sou como papai? Acha que eu faria o que ele fez?" As palavras de Mẹ o atingiram como uma lufada de água gelada nos pulmões. Se sua própria mãe achava que...

"Você jamais faria isso", ela disse com um gesto de mão. "Ele não tem coração. Você tem, e dos bons. Mas acha que precisa ser o melhor em tudo e fazer tudo sozinho. Você e seu pai têm esse mesmo problema."

"Eu não..."

"Então por que ainda está trabalhando na loja? Por que costura para mim? Acha que a velhinha aqui não consegue?", ela perguntou, irritada.

"Não, eu..."

241

"Não aguento mais ficar em casa. Sei que não sou mais tão rápida quanto antes, mas trabalho direito. Estou me sentindo melhor. Os remédios estão fazendo efeito. Vocês precisam parar com isso. E você, Michael, precisa parar de ir à loja. Não quero mais você lá, principalmente com esse mau humor. É ruim para os negócios."

"Mẹ, não posso te deixar sozinha. E você não vai querer trabalhar com ninguém de fora da família." Era uma verdade incontornável à qual ele se agarrava, uma grade a mais na jaula em que havia se enfiado. Porque amava sua mãe.

"Acha que é a única pessoa na família que sabe costurar? Quantos primos você tem mesmo? Que tal o Quan? Ele apareceu na loja no sábado para usar a máquina para arrumar o zíper de uma jaqueta. Sabia o que estava fazendo, e não gosta de trabalhar com a mãe. Ela grita demais."

Michael se encolheu no assento. Seu cérebro não conseguia registrar direito o que Mẹ estava dizendo. "Você deixaria Quan trabalhar no balcão? Com todas aquelas tatuagens?"

Ela apontou para o braço de Michael, no ponto em que a tinta preta aparecia por baixo da manga. "Você também tem tatuagem. Não pense que não percebi. Não entendo o que vocês jovens fazem com o próprio corpo."

Ele soltou a mão esquerda do volante para esconder os braços. "As garotas gostam."

"Stella gosta disso?"

"Claro." Ela beijara a tatuagem tantas vezes que o dragão até deveria estar com saudade. Aquilo o fez pensar que Philip Mortimer devia ser lisinho como um bebê por baixo das roupas. Um sorriso de satisfação surgiu nos seus lábios. "Ela não é tão inocente como você pensa", ele acrescentou, tentando amenizar a decepção da mãe.

Mẹ lançou um olhar como quem diz "está de brincadeira comigo?". Em seguida voltou a se concentrar nos prédios que passavam pela janela. "Como se alguma garota pudesse continuar inocente depois de se envolver com você. Além disso, toda mãe quer para o filho uma garota que saiba o que faz na cama. Gostaria de segurar muitos bebês no colo."

Michael engasgou antes de cair na risada.

"Não vai perder a entrada." Ela apontou para o prédio da Fundação Médica de Palo Alto.

Ele a deixou na porta e foi estacionar no subsolo. Sua mente estava perdida em um turbilhão de pensamentos quando saiu do elevador e foi procurá-la na sala de espera da ala de oncologia.

Me dizia que ele tinha um bom coração e que jamais faria o mesmo que o pai. Além disso, queria que ele lutasse por Stella. Achava que o amor era o suficiente.

Mas não se não fosse correspondido.

A recepcionista de que mais gostava no hospital, Janelle, acenou para ele. "Ela já está sendo atendida. Preciso que assine alguns papéis."

Ele foi até o balcão com uma sensação de medo. Pelo que havia aprendido, papéis nunca eram uma coisa boa. Cobranças eram enviadas em papéis.

"Pode assinar aqui e aqui", Janelle indicou.

Ele franziu a testa para a papelada. Não parecia ser nada referente a procedimentos médicos. "Para que tudo isso?"

"A fundação criou um programa para fornecer assistência a famílias sem cobertura de plano de saúde que não se qualificam para receber auxílio do governo federal ou estadual. Sua mãe foi uma das poucas aprovadas. Vai receber auxílio completo daqui em diante. Deve ser um tremendo alívio..."

Michael apanhou os papéis e começou a ler as letrinhas miúdas o mais depressa que conseguia. Quanto mais lia, mais atordoado ficava. Sua pele até se arrepiou. "Isso é sério? Cobertura *total*?"

"É, sim. Basta assinar os papéis." Os olhos de Janelle brilhavam de alegria e compaixão. Ele não sabia como reagir. Era bom demais para ser verdade.

Nada de despesas médicas. Nada de dívidas. Nada de cobranças. Aquilo era possível? Michael não tinha aquele tipo de sorte. Com ele só aconteciam coisas *ruins*. Sua vida se resumia a esperar para ver como aguentaria as porradas e continuaria de pé. Aquilo só podia ser algum tipo de pegadinha.

"Como ela foi selecionada?" Ele mal conseguia ouvir a própria voz em meio à cacofonia exaltada de seu próprio coração.

Janelle sacudiu a cabeça e abriu um sorriso. "Não sei como funciona o processo de seleção, mas estamos fazendo uma porção de famílias felizes hoje. Pode acreditar." Ela apertou a mão dele antes de lhe entregar uma caneta com uma margarida na ponta.

Michael releu as letras miúdas, deparando com frases com "reconhecimento de condição financeira insuficiente" e "cobertura de saúde total". Não havia nenhum impeditivo, nenhuma solicitação de pagamento prévio, nenhuma restrição, nenhuma cláusula ambígua. Era tudo preto no branco. Seu instinto dizia aquilo. A ponta da caneta pousou sobre a parte grifada de amarelo no documento.

"Quem financia esse programa?", ele quis saber.

"A iniciativa privada. Tem um monte de organizações filantrópicas nesta região. Assina isso logo. Você está me deixando nervosa."

Seu coração desacelerou e suas mãos recuperaram a firmeza. Ele assinou nas linhas indicadas em páginas após páginas do contrato.

Janelle juntou a papelada, pegou um copo d'água do outro lado do balcão e entregou a ele. "Bebe. Você está pálido. Agora vai lá dar a notícia pra sua mãe. Ela está na sala de sempre."

Ele bebeu de um gole só e se dirigiu às pressas para a penúltima sala. Sua mãe estava deitada na maca, ligada por uma porção de fios a uma máquina de eletrocardiograma. Uma enfermeira imprimiu os resultados e fez anotações na prancheta antes de retirar os sensores.

"Como estão as coisas?", Michael perguntou enquanto se acomodava na cadeira.

"A médica vai poder dizer isso assim que chegar." A enfermeira sorriu, recolheu os papéis e o maquinário e saiu.

"Tenho certeza de que está tudo bem." Mẽ ajeitou o suéter lilás que, pela primeira vez, combinava com a calça, que era branca. "Estou me sentindo ótima."

Seriam boas notícias demais para um único dia, mas o rosto dela estava corado e as manchas sob seus olhos não pareciam muito pronunciadas.

"Você ganhou peso?", ele quis saber.

"Um quilo e meio."

Aquilo aliviou um pouco da tensão do corpo de Michael. "Que bom."

"Para de se preocupar. Confia em mim."

Depois de uma batida na porta, a médica entrou, uma mulher curvilínea com cabelos loiros até os ombros e uma postura que logo deixava as pessoas à vontade.

"Você está progredindo muito bem", ela falou com um sorriso para Mẹ. "Os resultados mostram estabilidade, então vamos começar a fazer exames mais espaçados, a não ser os de sangue, que continuam mensais. A dosagem dos remédios também permanece a mesma. É claro que, se alguma coisa mudar, vamos precisar ver você o quanto antes, mas não acho que seja provável."

"Diz pro meu filho que posso trabalhar mais. Ele e as irmãs ficam me prendendo em casa."

A médica encarou Michael com um sorriso compreensivo. "Se ela quiser trabalhar, pode deixar. É mais saudável permanecer em atividade, tanto para o corpo como para a mente."

Michael cruzou os braços. "Em vez de trabalhar mais, talvez ela pudesse começar a namorar."

"Ah, não, não, não, não. Não quero mais saber de homens." Mẹ fez gestos enfáticos e sacudiu a cabeça com vigor. "Para mim, já chega."

A médica levantou as sobrancelhas, pensativa. "Seu filho tem razão. Acho que poderia ser divertido."

Mẹ olhou feio para Michael, que não conseguiu segurar o riso.

Eles saíram do consultório logo em seguida. Quando passaram pela recepção. Janelle abriu um sorriso simpático, que Mẹ respondeu com um aceno distraído.

"O que foi?", Janelle quis saber.

Mẹ franziu a testa. "Ele quer que eu arrume um namorado. *Eu*. Com quase sessenta anos."

Janelle balançou a cabeça com uma expressão de quem sabe das coisas. "Nunca é tarde demais para encontrar o amor."

"Eu só quero saber de trabalhar. Dinheiro é melhor que homem. Quero uma bolsa Hermès."

"Bom, talvez agora consiga comprar", Janelle falou com um sorriso.

Michael conduziu sua mãe para fora, antes que começassem a falar sobre o motivo pelo qual talvez ela pudesse gastar com um acessório de grife. Quando entraram no carro e saíram do estacionamento para o sol, ele desejou que pudesse falar para ela sobre o programa, mas então teria que admitir todas as mentiras que contara sobre o excelente plano de saúde que tinha feito para ela, totalmente inventado, e confessar que vinha pagando todas as despesas médicas do próprio bolso.

A única pessoa que entenderia seria Stella, mas ela não fazia mais parte da vida dele. Portanto, Michael precisaria guardar a notícia para si.

Stella apoiou a testa na palma da mão e metodicamente repassou os atributos que associava à sua síndrome: sensibilidade excessiva a sons, cheiros e texturas; necessidade de estabelecer rotinas; falta de traquejo social; tendência a desenvolver obsessões.

Ao longo da semana anterior, vinha atacando todos, com exceção dos dois últimos, que não sabia como abordar. Conseguia ouvir músicas horrorosas enquanto trabalhava, usar perfume, usar roupas com costuras comuns e deixar a rotina de lado, mas não achava possível começar a conversar com desconhecidos com naturalidade e não era capaz de ignorar sua obsessão pela pessoa que amava.

Sua mente girava em círculos sem parar, buscando uma solução para o problema. Embora Stella não fosse boa em interações sociais, tinha melhorado bastante ao longo dos anos. Caso se concentrasse e tomasse cuidado com o que dizia, era capaz de interagir sem deixar as pessoas sem graça — na maior parte do tempo. Mas restava a questão da obsessão.

Como não desenvolver uma por algo que considerava maravilhoso? Como apreciar com moderação? Sendo bem realista consigo mesma, precisava admitir que não era uma possibilidade no seu caso. Stella não conseguia gostar só até certo ponto. Já tinha tentado com Michael e fracassado. Aquilo significava que teria que se abster por completo das coisas que a agradavam?

Talvez até conseguisse abrir mão do piano, dos filmes de artes marciais e dos dramas asiáticos. Mas e quanto à sua grande paixão?

A econometria?

Desistir de seu ramo profissional seria o maior sinal possível de comprometimento. Seu trabalho era o principal pilar de sua vida. Se pedisse demissão, tudo mudaria. Ela de fato ia se tornar outra pessoa.

Stella pôs os óculos sobre a mesa e cobriu os olhos com a mão espalmada, desistindo de analisar os dados nos monitores. Sua mente estava desestabilizada demais para conseguir se concentrar. Se não pudesse mais executar seu trabalho, talvez fosse *mesmo* melhor se demitir.

Ela poderia se dedicar a alguma coisa que produzisse benefícios mais concretos para a sociedade. Como a área médica. Com esforço, poderia se tornar médica. Não era muito ligada a coisas como fisiologia e química, mas faria diferença? A maioria dos médicos provavelmente se concentrava mais nas consequências de sua atuação do que na realidade do dia a dia. Na verdade, seria até melhor se o trabalho a entediasse. Assim não desenvolveria uma obsessão pelo que fazia.

Estava decidido. Ela precisava largar o emprego.

Com os dedos rígidos e uma determinação febril, Stella começou a escrever uma carta de demissão para entregar ao chefe.

Caro Albert,

Eu agradeço pelos últimos cinco anos. Fazer parte de sua equipe foi uma experiência de valor inestimável para mim. Apreciei muito a oportunidade de não apenas analisar estatísticas fascinantes do mercado de varejo, mas também de promover mudanças concretas com a aplicação dos princípios econométricos. No entanto, é hora de sair da empresa, porque

Porque o quê? Albert não entenderia nenhuma das razões que passavam por sua cabeça naquele momento. Ele era economista. Só pensava naquilo.

Mesmo se ela contasse que era autista, Albert não daria a mínima. Aquilo não tinha nenhum impacto negativo em sua eficácia como econometrista. Na verdade, sua tendência obsessiva de manter o foco por longos períodos, seu apego a rotinas e padrões e seu modo de pensar implacavelmente lógico que a tornava incapaz de jogar conversa fora faziam dela uma econometrista *ainda melhor.*

Era uma pena que essas mesmas coisas tornassem impossível amá-la.

Stella ouviu uma batida discreta na porta e deu uma olhada no relógio antes de se virar e ver Janie entrando. Bem no horário marcado. Ela minimizou às pressas a janela do computador com a carta de demissão e ficou de pé para receber a candidata a estagiária.

Janie sorriu. Apesar dos lábios trêmulos de nervosismo, aquilo fez Stella se lembrar de Michael, o que lhe provocou um aperto no peito.

Com certa demora, ela apertou a mão de Janie. "Que bom ver você. Por favor, sente."

Janie alisou com as mãos o terninho preto e obedeceu. Ela bateu com o pé no chão algumas vezes antes de cruzar as pernas. "É bom ver você também."

No silêncio constrangedor que se seguiu, Stella coçou o pescoço distraidamente. As costuras da camisa faziam parecer que havia uma fileira de formigas percorrendo sua pele.

"Como você vai?", ela perguntou, tentando esquecer a coceira.

"Eu? Hã, vou bem." Janie estava com os cabelos compridos soltos, e prendeu uma mecha castanha atrás da orelha. Ela baixou os olhos para o portfólio com capa de couro na mesa de Stella. "Já Michael nem tanto."

O peito de Stella se comprimiu, e ela começou a sentir que agulhas espetavam seu rosto. "Não? Por quê? O que aconteceu? Sua mãe está bem?"

"Ela está ótima, não precisa se preocupar", Janie falou, gesticulando para tranquilizá-la. "Bom, só está chateada por causa do Michael. Quer que ele pare de trabalhar na loja, mas não tem jeito. Ele anda insuportavelmente ranzinza, trabalhando sem parar. Parece possuído. Estamos todas preocupadas. E irritadas."

"Eu não... não entendo por que ele está tão infeliz." Não poderia ser pelo mesmo motivo que ela. Uma esperança misturada com o incômodo das costuras a deixou com vontade de arrancar a camisa e gritar.

"É por *sua* causa. Michael sente sua falta."

Ela sacudiu a cabeça. Impossível. Ouvir seu maior desejo ser vocalizado por outra pessoa a encheu de uma amargura quase raivosa. "Que tal começarmos a entrevista?" Stella pegou os documentos de um estudo de caso que tinha elaborado e entregou para Janie.

Em vez de olhar para os papéis, Janie os colocou em cima do portfólio. "Por que vocês terminaram?"

Porque nunca tinham começado, para começo de conversa. Porque para ele tudo o que acontecera entre os dois se resumia a um ato de caridade.

Stella começou a remexer na gaveta do arquivo ao notar que seus olhos se enchiam de lágrimas. Depois de vários segundos angustiantes piscando furiosamente, o risco de choro passou. Ela engoliu em seco, limpou a garganta e falou: "Isso não é relevante para a entrevista. Você tem cinco minutos para ler o estudo de caso, então vamos falar a respeito".

"Acho que vocês dois precisam conversar."

"Tivemos uma longa conversa." Uma que Stella não queria reviver. Caso ouvisse mais uma vez que ser quem era não bastava, acabaria perdendo a cabeça.

"A separação claramente não está sendo boa para nenhum dos dois", insistiu Jane. "Vocês deviam conversar de novo."

Stella esfregou as têmporas, sentiu uma dose concentrada do perfume que havia passado no pulso e sentiu seu almoço subir pela garganta. Ela afastou a mão do rosto e começou a respirar pela boca. "Não posso."

"Por favor, Stella. Sei que ele deve ter estragado tudo, mas dá mais uma chance. Ele é louco por você."

"Não foi o Michael que estragou tudo. Fui eu." Ela tinha estragado tudo sendo quem era.

"Não consigo acreditar. Michael é péssimo em relacionamentos. Tem várias questões mal resolvidas."

Stella fez uma pausa. Quem tinha questões mal resolvidas com as quais lidar era ela. Ou não? "Que tipo de questões?"

"Está falando sério? Ele não contou?" Janie olhou para o teto e resmungou consigo mesma antes de continuar. "Meu pai pegou pesado com ele por ter se recusado a fazer engenharia, apesar de ter sido aceito. Disse que Michael não ia ser nada na vida, que ia ficar pobre e ser obrigado a dar um jeito de ganhar dinheiro com o rosto bonito dele, porque não serviria para nada mais. Depois ainda cortou relações com meu irmão e fez com que ele pagasse pelo diploma de moda do próprio bolso. Michael é supertalentoso e *parece* confiante. Mas você foi a primeira garota que pareceu fazer bem para ele."

Depois de absorver a informação e armazená-la para refletir mais tarde, Stella abriu um sorriso forçado. "É muita gentileza sua dizer isso. Obrigada."

"Ai, meu Deus, você também vai agir assim? Vocês foram claramente feitos um para o outro. Enfim, já vi que minha vinda aqui foi um fracasso total. Já vou indo." Janie fez menção de levantar.

"Você não vai fazer a entrevista?"

Janie prendeu o cabelo atrás da orelha de novo. "Não seria nepotismo, já que a gente se conhece?"

Stella sorriu. "Você teria que falar com seis pessoas, e a decisão precisa ser unânime. Acho que isso elimina qualquer preocupação a esse respeito. Além disso, mesmo que não seja contratada, acho que pode aprender alguma coisa com o processo seletivo. Temos gente de altíssimo nível trabalhando nesta empresa. Que tal dar uma lida no estudo de caso?"

"Certo." Janie se debruçou sobre os papéis e começou a ler com uma expressão compenetrada que fez Stella se lembrar de Michael.

Janie acertava na mosca pergunta após pergunta, revelando um modo de pensar singular e criativo que seria de grande valia no futuro. Claramente já havia se recuperado dos tropeços no primeiro ano de faculdade.

"Uma última pergunta", Stella disse. "Por que você busca uma carreira no ramo da economia em vez de outro campo de conhecimento?"

Os olhos de Janie brilharam, e ela se inclinou para a frente. "Isso é fácil. A matemática é a coisa mais bonita que existe no universo, e a economia é o que move o mundo das realizações humanas. Ela é o caminho para ter uma compreensão mais sofisticada das pessoas."

"E por que quer entender melhor as pessoas? Você já tem uma família enorme, e imagino que tenha um monte de amigos."

"Tenho mesmo muitos amigos e parentes." Janie deu de ombros. "Mas eles são um subconjunto minúsculo da sociedade, muito diferentes de mercados ou países inteiros. E, sinceramente, não tem nada de muito interessante neles. Não me causam fascínio. Não estimulam minha visão de mundo. Eu morreria por eles, mas prefiro viver por outra coisa. Pela economia. É minha vocação, assim como a sua."

Com os olhos marejados e emocionada sem nem entender direito o motivo, Stella ficou de pé e apertou a mão de Janie. "Acho que o pessoal daqui vai gostar bastante de você."

Janie sorriu. Stella a acompanhou até a sala onde seria a entrevista seguinte e lhe desejou sorte. Quando voltou ao escritório, olhou para a frase inacabada em sua carta de demissão: *No entanto, é hora de sair de empresa, porque...*

Porque ela estava pensando em abrir mão de sua vocação?

Por causa de Michael. Por causa de um cara.

Stella passou os dedos pelos cabelos, soltando algumas mechas. Não fazia sentido se sacrificar por um homem que não a amava tal como ela era. Ninguém ganharia nada com aquilo, muito menos ela. Não era justo ou honesto. Não era nem um pouco sua cara.

Sua transformação terminava ali. Não havia nada de errado com ela. Seu modo de ver o mundo e interagir com ele podia ser diferente, mas fazia parte de quem Stella era. Podia mudar seu comportamento, seu modo de falar, sua aparência, mas não tinha como alterar sua essência. Ela sempre seria autista. Autismo era um transtorno, mas não *parecia* um. Era simplesmente seu jeito de ser.

Stella precisava aceitar o fato de que ela e Michael simplesmente não combinavam. Abrir mão de uma parte sua para forçar uma relação era uma grande bobagem. *Pedir demissão* era uma tremenda bobagem, e ela não faria aquilo. Cerrando os dentes, fechou a carta de demissão sem salvar.

Em seguida recolheu suas coisas e se preparou para ir embora mais cedo. Precisava tirar aquela camisa e o perfume da pele. Seu comportamento na última semana a deixou enojada.

Sim, Stella se sentia sozinha. Sim, seu coração estava partido. Mas pelo menos ia ser ela mesma.

{27}

Uma campainha tocou baixinho, alertando Michael de que a porta da frente da loja havia sido aberta. Quando ergueu os olhos da costura, ele viu Janie entrando como um furacão na oficina.

"Recebi uma proposta de estágio!"

Ele deixou a costura de lado. "Ei, isso é ótimo!"

Mẹ gritou e foi correndo abraçá-la. "Estou muito orgulhosa. Parabéns."

"Nem sabia que você tinha uma entrevista", Michael comentou. "Onde?"

Os olhos de Janie brilharam. A mãe deu um tapinha na cabeça dela e voltou para a máquina de costura. "Na empresa da Stella."

O silêncio retumbou nos ouvidos de Michael. "Quê?"

"Pedi a ajuda dela para conseguir um estágio, e deu certo. Começo daqui a duas semanas. Estou muito empolgada." Janie começou a dançar sozinha, com um sorriso de orelha a orelha.

"Ela arrumou um emprego para você?" Não era possível. Stella não faria aquilo pela irmã dele.

"Você nunca me falou que ela trabalha na AEA. Todo mundo vai ficar impressionado. Eles pagam seus estudos se você mostrar que tem potencial. Estou feita! Quer dizer, se não pisar na bola."

"Você precisa ligar para agradecer Stella, Michael", a mãe falou num tom bem sério. "Isso não é pouca coisa."

As pessoas faziam isso quando um ex arrumava emprego para um parente delas? Haveria um precedente para aquilo? Só Stella seria capaz de coisa do tipo. Como podia não a amar?

Janie estufou o peito e soprou as unhas. "Em minha defesa, arrasei nas entrevistas. Conversei com os seis econometristas seniores, e eles decidiram por unanimidade que a vaga era minha."

Foi então que ele se deu conta de que Janie tinha falado com Stella. Pouco tempo antes. Seu coração disparou. Ele precisava saber.

"Como é que ela estava?"

Os olhos da irmã se endureceram ao ouvir a pergunta. "Bem. Pareceu ótima, para dizer a verdade."

"Ah... que bom." Mas a sensação não era aquela. Michael se sentia um merda. Devia ficar contente, mas não conseguia. Queria que Stella estivesse triste sem ele, assim como ele estava triste sem ela.

Ela havia seguido em frente. Uma facada nas costelas seria melhor.

"Pois é. Que *bom*", Janie falou.

A mãe lançou um olhar de advertência para ela, que simplesmente cruzou os braços e ergueu o queixo.

Michael se afastou da máquina de costura. "Já que chegou, vou encerrar mais cedo hoje."

Ele entrou no carro sem nenhum destino em mente. Só sabia que precisava sair dali.

Janie começaria no primeiro emprego em breve. A saúde da mãe andava boa. Stella estava seguindo em frente.

Todo mundo progredia, menos ele.

E o que o impedia? As despesas médicas tinham acabado, e ele não precisaria mais trabalhar como acompanhante. A mãe queria que ele parasse de trabalhar na loja. As grades de sua jaula tinham sido eliminadas, mas Michael continuava no mesmo lugar, com medo de se mover.

Talvez fosse o momento de mudar aquilo.

Ele parou o carro diante do restaurante da família de Quan. A campainha tocou quando ele entrou. Seu primo recolhia a louça suja em um carrinho e limpava as mesas com um pano. A hora do almoço tinha acabado, e ele estava sozinho no salão — a não ser pelos peixes de água doce que viviam no aquário que ocupava uma parede inteira.

Quan olhou para o primo, fez uma breve pausa e falou: "Você está com uma aparência de merda".

Michael esfregou a nuca. "Não ando dormindo muito bem." Depois de passar tanto tempo dividindo a cama com Stella, estava com dificuldade para pegar no sono sozinho. Quando conseguia, sonhava com ela. E gozava nos lençóis. Aquilo o lembrou de que precisava lavá-los. De novo.

"Quase não vejo mais você. Como andam as coisas com Stella?"

Michael enfiou as mãos nos bolsos. "A gente terminou."

Os braços tatuados de Quan pararam de limpar a superfície da mesa. "Por quê?"

"Não estava dando certo."

"E por que não, caralho?"

"Escuta só, vim pedir sua ajuda com outra coisa."

Quan levantou as sobrancelhas. "Então é por isso que você está com essa cara. O que aprontou para levar um pé na bunda? Já tentou pedir desculpa? Mandar flores? Comprar um bichinho de pelúcia? Chocolate? As garotas adoram essas coisas. Na verdade eu nem precisaria estar te falando isso."

"Fui eu que terminei tudo."

Quan jogou o pano em cima da mesa. "Como assim? Por quê?"

Michael passou a mão nos cabelos, sentindo retorcerem a faca encravada em suas costelas. Porque ele não era bom o bastante para ela. E, mesmo que *conseguisse* ser, Stella não estava mais interessada. Já tinha seguido em frente.

Quan bufou ao ver que o primo o ignorava. "Esquece. E você precisa da minha ajuda pra quê? Finalmente resolveu comprar uma moto?"

"Não, nada de moto. Eu... estou procurando um substituto para mim lá na oficina de costura." Só de dizer aquelas palavras em voz alta ele começou a transpirar.

"E está me dizendo isso porque...?"

"Você sabe costurar e..." Michael deu uma olhada para a porta que levava à cozinha e baixou o tom de voz. "Sei que detesta trabalhar para sua mãe, mas se dá bem com a minha. E, acima de tudo, confio em você. Não posso sair de lá se não tiver certeza de que estou deixando alguém legal com minha mãe".

"O que pretende fazer? Vai voltar para Nova York?"

"Não, vou ficar por aqui... Preciso ficar por perto, pelo menos. Mas estou pensando em criar minha própria linha de roupas."

Sempre tinha sido seu sonho, mas ele havia sido forçado a adiá-lo. Durante todo aquele tempo, ideias e conceitos tinham enchido sua cabeça, ficando cada vez mais claros e difíceis de ignorar, e agora...

"Já estava na hora." Quan deu um soco em seu ombro e sorriu.

"Então você topa? Vai trabalhar lá na oficina?"

O primo fez uma careta antes de responder. "Posso trabalhar por um tempo, se estiverem precisando, mas não para sempre. Ajustar e consertar roupas é entediante pra caralho. Por outro lado, Yen está procurando emprego, e gosta de costurar. Se ela puder levar o bebê, acho que seria o ideal".

Michael sentiu uma estranha leveza tomar conta de seu corpo. "Parece perfeito."

"Você deveria ter pedido antes. Sempre vai ter alguém na família para ajudar. Ninguém entende por que você ficou tanto tempo lá na loja. Está na cara que detesta. Não precisa se virar sozinho. Estamos aqui para ajudar."

Observando o rosto sincero do primo, Michael se deu conta de que nunca havia nem pensado em pedir ajuda. Pensava que o problema do pai e a saúde da mãe eram responsabilidade *dele*. *E por quê?* Talvez porque quisesse se punir por seu egoísmo. Talvez porque fosse orgulhoso demais, assim como seu pai.

"Tem razão. Eu deveria ter pedido ajuda antes." As coisas foram se encaixando em sua cabeça, e ele falou: "Agora que estou pensando, seria bom contar com sua ajuda no meu novo projeto. Sou designer, não empresário, e você está fazendo MBA...".

Quan cruzou os braços com uma expressão bem séria. "Está me chamando para ser seu sócio?"

Michael retribuiu o olhar do primo com a mesma seriedade. "É. Acho que sim. Meio a meio."

Quan continuou limpando as mesas. "Preciso pensar."

"Claro. Vou te mandar uns desenhos meus para você ver."

"Não precisa fazer isso", Quan rebateu, concentrado no trabalho.

"Tudo bem, então." Michael deu um passo atrás, hesitante. Talvez não devesse ter falado aquilo. Eles já haviam cogitado ser sócios antes, mas talvez tivesse sido apenas uma conversa, sem maiores consequências.

Quan ergueu os olhos da mesa com uma expressão impaciente. "Sei do que você é capaz."

Michael soltou o ar com força, e sua preocupação de repente não era mais com seu primo, e sim com a pouca confiança que tinha em si mesmo. "A gente teria um contrato formal, claro, para que eu não pudesse te ferrar, como meu pai fez com minha mãe."

Quan revirou os olhos e ficou de pé diante dele. "Que tal só um aperto de mão?" Ele estendeu a sua para o primo.

O olhar dele se alternou entre a mão e o rosto de Quan várias vezes. "Para quê? Você já decidiu? Assim do nada? Não pensou nem dois minutos."

"Quer fazer isso ou não?"

Michael apertou com firmeza a mão do primo, sem conseguir segurar o sorriso que surgiu em seu rosto. Ao que parecia, todo mundo confiava nele, menos ele próprio. "Vamos nessa. Meio a meio."

Em vez de soltá-lo, Quan o puxou com força para um abraço. "Você é um idiota, sabia? Estava só esperando que me chamasse. Que puta demora."

Stella parou em frente à sala de Philip, respirou fundo e bateu na porta. Ele desviou a atenção dos monitores. Assim que a viu do outro lado do vidro, foi abrir.

"Oi, Stella." Ele sorriu, mas seu olhar se manteve cauteloso.

"Estou de saída. Quer ir jantar comigo?" A última coisa que ela queria no momento era passar algum tempo com ele, mas prometera aos pais que levaria o colega em consideração, e costumava cumprir suas promessas. Os pais dela gostavam dele. Talvez Stella também conseguisse gostar. E ela tinha cem por cento de certeza de que ele não era do tipo que ficaria com ela por pena. Aquilo era importante.

"Eu adoraria." Philip abriu um sorriso tão reluzente que chegava a ser ofuscante. "Só me dá um segundinho para salvar o trabalho."

Enquanto andavam pelas calçadas iluminadas rumo aos restaurantes no centro, Philip posicionou a mão na base da coluna dela. Stella fez o possível para ignorar, mas, depois de um minuto ou dois, abriu certa distância.

Ela fechou os dedos sobre as alças da bolsa. "Ainda não estou pronta para isso."

Philip baixou a mão. "Continua ligada a ele, pelo que estou vendo."

"Estou trabalhando nisso." Stella pedira à faxineira que lavasse os lençóis da sua cama. O cheiro de Michael iria embora.

"Ele dormiu com minha mãe, Stella. Isso deve ajudar você a esquecer o cara depressa."

Ela encarou o desgosto no perfil dele. "Você dormiu com Heidi."

"Heidi não é... velha."

"Sua mãe também não."

Philip revirou os olhos.

"Se der em cima da nova estagiária, vou ficar muito irritada com você. Ela é praticamente uma criança. E é irmã do Michael."

"Aquela gata é irmã *dele*?"

"Ela era a melhor candidata."

"Era mesmo", Philip admitiu a contragosto. "Tem boas noções de regressão e estatística. Não acredito que seja irmã dele."

Quando sentaram no restaurante, Philip ainda estava resmungando sobre Janie.

"Faz só três anos que ela saiu do colegial."

"E daí?"

Ela soltou um suspiro de irritação. Em vez de apontar a hipocrisia dele, disse: "Vamos falar sobre hobbies. Quais são os seus?".

Aquilo deixou o estado de espírito dele imediatamente mais leve. "Levo o golfe bem a sério. Não sou ruim, não. E gosto de ir à academia."

Philip deu um gole no copo d'água e percorreu com os olhos o interior refinado do restaurante.

Stella esperou que perguntasse quais eram os passatempos dela. Ele batucou com os dedos na mesa ao ritmo do violão clássico que tocava de fundo. Depois tomou mais um gole de água.

"E me alterno entre natação e corrida todos os dias", Philip acrescentou.

"Nenhuma luta?"

"Fiz esgrima na faculdade, mas pareceu bobagem continuar."

Aquilo significava que Michael provavelmente acabaria com ele em um embate mano a mano. Ela até que ia gostar de ver aquilo.

"Gosto de filmes de artes marciais", Stella falou.

"Sério? Não é muito sua cara. Eu gosto de documentários."

Enquanto Philip tagarelava sobre o último que havia visto, a mente de Stella começou a divagar. Ela se pegou fantasiando sobre a noite do jantar beneficente. Em sua versão, Michael não terminava com ela. No lugar, se declarava irresistivelmente apaixonado. Louco de raiva, Philip o desafiava para um duelo, e os dois iam para o lado de fora, perto da piscina. Como não havia espadas à mão, usariam tacos de golfe.

Ela sorriu com seus pensamentos inusitados, o que Philip interpretou como um incentivo para continuar falando, ficando ainda mais animado ao expor seu fascínio por escândalos e comentários políticos.

Stella se perguntou como seria um duelo entre um praticante de kendô e um esgrimista. Provavelmente ficaria bem divertido com tacos de golfe — desde que ambos tivessem controle suficiente para não se matar a pauladas. Bem que podia haver uma cena desse tipo num drama coreano. Ela veria várias vezes.

O herói não precisaria nem vencer. Para ficar com a garota, só precisaria lutar por ela. Se perdesse, ela ia beijá-lo até que se sentisse melhor.

Quando saíram do restaurante para a calçada movimentada, Philip sorriu para ela e segurou sua mão. "Acho que a gente se dá muito bem, Stella. Precisamos fazer isso de novo."

Então ele se inclinou para beijá-la.

Enquanto Michael se encaminhava com Quan para seu restaurante de churrasco coreano favorito, na University Avenue, foi impossível não esquadrinhar as calçadas com os olhos em busca de Stella. Afinal, a casa dela ficava a poucos quarteirões dali. Era improvável que estivesse na rua à noite, mas não impossível.

Ainda assim, foi pego de surpresa quando a viu do lado de fora de um restaurante mediterrâneo do outro lado da rua. Seus cabelos estavam presos no coque habitual, e ela usava a camisa, a saia justa e os sapatos de bico fino de sempre, além dos óculos. Sua Stella, sua genial, doce e...

Aquele era Philip Niles? Prestes a dar um beijo nela?

Michael ficou furioso.

Seus músculos se enrijeceram e ele avançou. O aperto firme de Quan em seu braço o impediu.

"Calma aí, cara."

Antes que os lábios de Philip tocassem os dela, Stella virou o rosto e deu um passo atrás. Soltou a mão dele e disse alguma coisa que não era possível ouvir à distância, mas que claramente configurava uma rejeição.

Em vez de aceitar o não como um homem decente, Philip avançou na direção dela com uma expressão predatória no rosto.

"Certo, o cara está pedindo", Quan falou.

Ele soltou o primo, que atravessou a rua sem prestar atenção. Se houvesse carros passando, nem perceberia. Seria capaz de atravessá-los no meio, de tão determinado que estava. Antes que Philip encostasse a boca imunda em Stella, Michael o puxou e meteu o punho fechado no olho dele.

Enquanto Philip cambaleava, Michael abraçou uma Stella atordoada. Uma sensação de que aquilo estava certo o invadiu, aplacando a raiva que consumia seu coração. Sentia o corpo dela, o cheiro dela, que era *toda sua*.

"Você está bem?", ele murmurou.

Ela piscou várias vezes, surpresa. "Sério que você deu um soco no olho dele?"

"Aquele merdinha estava tentando te beijar à força. De novo. Ninguém pode fazer isso. De jeito nenhum."

Philip baixou a mão que estava sobre o olho já inchado e apontou na direção de Michael. "Isso é um encontro. Não forcei ninguém a nada."

Stella se desvencilhou de Michael e ajustou as alças da bolsa no ombro. "Vou para casa. Sozinha. Boa noite."

"Stella, espera." Philip tentou segui-la, mas Michael entrou na frente dele.

"Você ouviu. Ela vai para casa sozinha."

Philip pareceu disposto a insistir, então Quan apareceu ao lado de Michael. Estava com as mãos abaixadas, mas com uma postura intimidadora e um olhar de frieza no rosto. "Algum problema aqui?"

Philip observou a barricada formada pelos dois primos e resolveu recuar. Abriu a boca como se fosse dizer alguma coisa, mas no fim cerrou os dentes, lançou um último olhar na direção de Stella e foi embora.

Michael deu um apertão no ombro do primo. "Valeu."

Quan deu um sorrisinho e apontou com o queixo para Stella. "Melhor ir ver como ela está."

"Vai pegando uma mesa. A gente se encontra lá dentro."

Ele foi correndo atrás de Stella. Quando o viu, ela acelerou, voltando os olhos para a frente.

"Estava tudo sob controle. Esqueceu que tenho um taser?"

O tom abrupto e impessoal que ela usou pegou Michael com a guarda baixa e o deixou irritadíssimo. Sonhava com ela todos os dias, enquanto Stella estava saindo com outro cara. Não fazia nem duas semanas que tinham se separado.

"Está ansiosa para testar suas novas habilidades, pelo que posso ver."

Ela agarrou a bolsa e começou a caminhar ainda mais depressa. A calçada acabou, e os saltos dela batucavam o asfalto ao entrar na rua onde morava.

"Se quer mesmo dormir com ele, começou com o pé errado. Deveria ter aceitado o beijo. Por que não aceitou? Ficou nervosa?"

"Vai embora, Michael."

"Quero saber por que recusou o beijo. Você quer o cara. Não é?"

Ela deteve o passo, virando para ele com o peito ofegante. "Por que está me seguindo? Por que está falando comigo? Não sei como lidar com isso. Não sei como agir, não sei o que falar."

"Não podemos ser amigos?" Ele gostaria que fossem pelo menos aquilo.

Ela o encarou. Sob a luz dos postes e a lua, os olhos dela pareciam marejados e vulneráveis. "Amigos?"

"Espero que sim."

"Para mim não serve." Ela se afastou, com o queixo cerrado e os olhos estreitos. Michael imaginou que estivesse com raiva, até que viu as lágrimas escorrendo. "Não quero saber da sua pena."

Seu peito se apertou com aquela visão, impedindo-o de respirar. "Quem foi que falou em pena?"

Ela secou o rosto com a mão, sentindo o queixo trêmulo. "Você. Quando disse que já tinha me ajudado, mas que eu não servia. E estava falando sério. Não pode voltar atrás agora."

"Eu não estava falando de você. Estava falando *da gente*." Michael engoliu em seco. "Não passou pela sua cabeça que o problema na verdade sou eu? Que *eu* não sirvo para *você*?"

Olhos ansiosos se voltaram para o rosto dele, arregalados com a incompreensão. "Por que eu pensaria isso?"

"*Porque sou um prostituto e meu pai é um criminoso.*"

Com os lábios virados para baixo, ela deu um passo atrás. "Não ligo para essas coisas. Não mudam quem você é e como me trata. Você está usando essas coisas como pretexto, porque não quer me magoar. Mas sou capaz de aceitar a verdade. Não sou boa o bastante para você. Entendo e aceito isso. Vou acabar esquecendo você algum dia. Não quero que ninguém me enrole ou minta para mim por ser como sou. Não preciso que tenha pena de mim."

Ela passou por ele e se afastou a passos largos, muito séria. Sem nenhum balançar sedutor de quadris, nenhuma graciosidade. Não era um desfile numa passarela. Michael amava aquilo nela.

E amava *ela*.

Mas Stella estava tentando esquecê-lo.

Para tanto, precisaria estar apaixonada por ele. Mesmo sabendo de seu trabalho como acompanhante, sua situação financeira, sua formação, seu pai, ela ainda o amava.

Aquilo mudava tudo.

Uma determinação o dominou. Suas inseguranças o tinham deixado tão cego que ele a afastara e a magoara. O que deveria fazer era lutar por ela.

E a luta começaria naquele instante. Se ela era capaz de confiar nele e aceitá-lo como era, então ele próprio também poderia fazê-lo. Era aquele tipo de homem que Stella merecia. Ela achava que ele podia ser aquele cara.

Michael a seguiu à distância para garantir que chegaria em segurança em casa, depois foi correndo encontrar Quan. Precisava de ajuda para elaborar um plano.

{28}

Uma batida na porta distraiu Stella do algoritmo que estava formulando. Quando virou, a porta se abriu e um enorme buquê de copos-de-leite foi levado para dentro de sua sala.

A recepcionista da portaria, Benita, uma mulher curvilínea de quarenta e poucos anos, pôs o vaso sobre a mesa e soltou o ar com força pela boca. "Nossa, estava pesado. Parece que você tem um admirador."

Stella pegou o cartão no meio das flores. Reconheceu imediatamente a caligrafia de Michael.

Para minha Stella. Estou pensando em você. Com amor, Michael.

"Não entendi nada." Ela ficou olhando para o bilhete na palma da mão.

Benita inclinou a cabeça para ler o cartão e sorriu. "Michael é o cara com quem você está saindo, né? Ele é bem bonitão."

"A gente terminou."

O sorriso de Benita se tornou mais malicioso. "Parece que ele quer reatar. Vai dar mais uma chance a ele?"

Antes que ela pudesse responder, Philip passou na frente da porta. Uma fração de segundo depois, estava de volta, olhando feio para o buquê sobre a mesa. Um hematoma bem escuro decorava o lado direito de seu rosto.

"Aquele filho da puta." Ele entrou na sala sem pedir licença e se dirigiu às flores.

Stella se jogou na frente dele. "O que está fazendo?"

"Vou jogar essa porcaria no lixo, onde é o lugar dela."

"Ah, não vai, não. As flores são minhas." Era a primeira vez na vida que ganhava um buquê de um homem.

"Eu compro outras melhores", ele disse com os dentes cerrados. "Essas daí precisam sumir."

"Não quero ganhar flores de você."

"Estamos saindo juntos, lembra?"

"Não estamos, não. Saímos uma vez, e não quero repetir a experiência. Não somos compatíveis."

Benita contorceu os lábios e ficou observando Philip com as sobrancelhas erguidas, obviamente apreciando o drama.

Ele se aproximou de Stella com os ombros carregados de tensão e os punhos cerrados. "E você e ele são compatíveis?"

Stella segurou o cartão entre os dedos. Era possível uma compatibilidade unilateral?

"Fui muito feliz enquanto estávamos juntos. Ele me ouvia. Queria saber mais sobre mim, sobre meu dia, sobre o que eu estava fazendo e..."

"Para mim só interessa se ele é bom de cama ou não", interrompeu Benita.

Stella mordeu o lábio, ficou vermelha e olhou para o chão. O "bom" não fazia justiça a Michael. "Fenomenal" parecia mais apropriado.

"Sua sortuda." Benita se virou para Philip e o pegou pelo braço. "Vem, PJ, vamos lá para a cozinha. É melhor pôr um gelo nesse olho."

PJ?

Philip resmungou baixinho e ainda olhou feio mais algumas vezes para as flores antes de permitir que Benita o levasse do escritório de Stella. Enquanto os dois andavam pelo corredor, ele pôs a mão na base da coluna dela, então a desceu um pouco e apalpou a mulher. Em vez de dar um tapa nele, como Stella imaginava que faria, Benita afastou os cabelos claros do rosto dele e examinou o hematoma.

Aquilo era... interessante.

Parecia que Benita não se importava que Philip fosse um verdadeiro cachorro. O que para Stella era até bom, porque talvez ele saísse do seu pé.

Stella começou a mexer no buquê. Flores nunca tinham feito sentido para ela. Cheiravam mal, depois murchavam e definhavam, e alguém tinha que limpar a sujeira. Mas aquelas tinham sido dadas por Michael.

Seu celular começou a vibrar. Quando tirou o aparelho da bolsa, ela viu que era ele. Pensou em deixar a ligação cair na caixa de mensagens, mas seu dedo apertou o botão por vontade própria.

"Alô."

"Recebeu?", ele perguntou.

"Sim... obrigada."

"Como é que está o olho do Philip Dexter?"

"Roxo."

Michael soltou um ruído de satisfação. Stella quase conseguia ver seu sorriso maligno. Por sorte conseguiu se segurar, em vez de suspirar como uma garotinha. Aquele tipo de barbaridade não deveria agradá-la.

"Daqui a alguns dias vai começar a amarelar", ele falou.

"Você não deveria ter batido nele daquele jeito." Mas a verdade era que tinha adorado aquilo. Fizera com que se sentisse especial, de um jeito que nunca experimentara. Stella era uma vilã sedenta por sangue.

"Tem razão. Da próxima vez, vou acertar logo no saco. Se alguém vai beijar você, que seja eu." Depois de uma pausa constrangedora, ele acrescentou: "Quer jantar comigo hoje?".

O coração inocente de Stella disparou com a ideia de vê-lo de novo, mas ela o forçou a se acalmar. Não entendia por que Michael estava fazendo aquilo. "Não", disse, desconfiada.

Houve um longo silêncio antes que ele respondesse: "Tudo bem. Gosto de desafios".

"Não estou tentando procurar você."

"Sei que não. Está tentando me esquecer, o que é pior."

"Michael..."

"Estou ocupado. A gente se fala mais tarde. Sinto sua falta." A ligação foi encerrada.

Stella começou a andar de um lado para outro, com passos cada vez mais acelerados. Michael não queria que ela o esquecesse. Era irritante. O que Stella poderia fazer? Ficar chorando por ele a vida toda?

Aquela demonstração bizarra de interesse tinha começado logo depois que vira Philip tentando beijá-la à força. Michael estava tentando afastar seu colega porque achava que ela não sabia se defender sozinha.

Stella continuava sendo uma obra de caridade.

Com a respiração ofegante, ela pegou o cartão, amassou e jogou no lixo. Era assim que se fazia com uma demonstração de pena.

Se quisesse esquecê-lo, precisava se esforçar.

Ela sentou e releu as últimas linhas de programação no monitor. Estava abalada demais para conseguir se concentrar. Seus pensamentos continuavam voltando para Michael. Seu corpo ainda desejava as carícias e as palavras obscenas dele. Mais que aquilo, ela sentia falta *dele* e da rotina que tinham criado juntos.

Não era possível que ele a quisesse de volta, mas seria maravilhoso se fosse verdade. Quando ela percebeu que seus pensamentos estavam ficando esperançosos demais, repreendeu-se e se obrigou a se concentrar nos números. Não funcionou. Soltando um ruído de frustração, Stella pegou o cartão do lixo, desamassou e enfiou numa gaveta.

Todos os dias da semana, ele ligava e a chamava para jantar. Ela sempre recusava o convite. Não precisava da ajuda dele. Sabia se cuidar sozinha.

No fim da tarde de sexta-feira, sua mesa ainda abrigava um vaso com os lindos copos-de-leite, além de outro com rosas em vários tons de vermelho, balões infláveis e um ursinho de pelúcia preto vestindo quimono de caratê. Ela era velha demais para aquilo, e ver o bichinho a enchia de vergonha. A extravagância de Michael a havia transformado em motivo de falatório na empresa. Stella precisava arrumar um jeito de acabar com aquilo.

Na hora de ir embora, ela desligou o computador, pegou a bolsa e tomou a direção da porta, apanhando o ursinho carateca no caminho. Não o queria, mas a ideia de deixá-lo sozinho a noite toda era de partir o coração.

Ela o enfiou debaixo do braço, apertando-o para escondê-lo, e saiu. Ninguém precisava ver que ela estava levando aquilo para casa.

"Já vai?" A voz veio de trás de Stella enquanto ela atravessava o estacionamento vazio, e fez seu coração ir parar na boca.

Ela se virou com a mão no peito.

Michael se afastou da parede onde estava encostado, com os polegares enfiados nos bolsos. Usava um colete acinturado sobre uma camisa aberta no colarinho e uma calça social escura. Lindo demais. Ela afastou os olhos e foi pegar o ursinho, que tinha caído.

Tirando a poeira da pelúcia, ela falou: "Isso pode ser interpretado como perseguição, você sabe".

Ele baixou a cabeça com um sorriso tímido. "Sei."

"Então precisa parar."

"Não posso ser considerado nem um pouquinho romântico? Não tenho muita experiência nessa coisa de correr atrás de uma mulher, então me desculpa se acabei exagerando."

Ela franziu os lábios. Com a aparência e o carisma que tinha, com certeza Michael não precisava de mais que um aceno para que as mulheres fossem rastejando até ele. E não queria mais ser uma tonta. "Para com isso, Michael. Nós dois sabemos que não tem nada disso."

Os ombros dele ficaram tensos. "Como assim?"

"Não precisa se preocupar em me proteger do Philip. As atenções dele agora estão voltadas para a recepcionista."

"Nada disso é por causa do Philip." Ele se aproximou dela com a testa franzida e o maxilar cerrado.

Seus instintos diziam para Stella se afastar, mas sua teimosia a fez fincar os pés no chão. Ela levantou o queixo. Não tinha medo dele. "Não preciso da sua pena. Não quero mais..."

Ele segurou o rosto dela entre as mãos e a beijou. O choque da sensação se espalhou pelo corpo de Stella, encerrando sua resistência antes mesmo que começasse. A maciez fria dos lábios dele era divina. Quando enfiou a língua quente em sua boca, o gosto salgado e o cheiro familiar a deixaram inebriada. Stella o agarrou pelos ombros e puxou o corpo dele contra o seu. Ele a pegou nos braços e alinhou os quadris dos dois — a maciez dela contra a rigidez dele. Um desejo transbordante invadiu os membros de Stella.

"Olha só você, se derretendo toda para mim", Michael murmurou junto à sua boca. "Que *saudade*."

Ele a beijou de novo, em uma degustação lenta e profunda que fez Stella se contorcer até os dedos dos pés e soltar um suspiro. Ele soltou os cabelos dela, que estremeceu ao sentir aqueles dedos entre as mechas soltas.

"Linda", ele murmurou, passando a mão em seus cabelos. "Posso não saber correr atrás de mulher, mas sei bem como beijar você."

Aquilo a tirou imediatamente do estupor produzido pelo beijo. Stella se desvencilhou dos braços dele e limpou a boca na manga. "Não me beija. Não encosta em mim. Não quero que faça nada comigo por pena."

"Por que insiste nessa história de pena? Nunca falei que sentia pena de você", ele disse, com a testa franzida.

"Então por que não aceitou meu dinheiro?" Sem esperar resposta, ela pegou o ursinho de pelúcia do chão pela segunda vez. Queria abraçá-lo com força, mas em vez disso o estendeu para Michael. "O que você fez esta semana foi simpático, mas já chega. Estou pedindo para você parar. Por favor."

"Isso significa que não sente mais nada por mim?"

Os olhos dele ficaram marejados, e ela virou as costas às pressas. "Tenho que ir."

"Porque eu ainda tenho sentimentos por você."

Ela ficou paralisada, e Michael puxou sua mão para que se virasse de novo. Ele levantou seu queixo, e as lágrimas que ela vinha segurando ameaçaram cair. Michael tinha falado aquilo mesmo? Com o coração disparado e retumbando nos ouvidos como estava, era possível que Stella tivesse ouvido mal.

Ele respirou fundo uma vez, depois outra. "Não aceitei seu dinheiro porque estou apaixonado por você. Fiquei dizendo para mim mesmo que você precisava de mim, que te ajudando provaria que não sou como meu pai, mas eram só desculpas para continuarmos juntos. Você não precisa de mim para nada, e eu não tenho que provar para ninguém que não sou como meu pai. Terminei tudo porque achei que meu amor não era correspondido. Mas, quando você disse que estava tentando me esquecer, me enchi de esperança."

Ela sentiu sua pele esquentar — as mãos, o pescoço, o rosto, as pontas das orelhas. Michael não tinha pena dela. Ele a amava. Era aquilo mesmo que ela havia ouvido? Podia ser verdade?

Ele engoliu em seco. "Diz alguma coisa, por favor. Quando alguém declara seu amor, não espera silêncio como resposta. É tarde demais? Você me esqueceu?"

"Está usando a cueca que eu comprei?"

Ele caiu na risada. "Às vezes sua mente é um mistério total para mim."

"Está?" Ela enfiou o ursinho debaixo do braço e meteu os dedos pela cintura da calça dele, sob o cinto de couro.

Com um sorriso nos lábios, Michael soltou o cinto e baixou o zíper da calça. "Se eu for preso por ato obsceno em público, é bom que me ponham na mesma cela que você."

Ela afastou a bainha da camisa. Mesmo sob a luz fraca do estacionamento, dava para ver o tom vermelho da cueca boxer. Stella ergueu os olhos para ele, e uma sensação efervescente tomou conta de seu corpo, inflando seu coração e se espalhando por suas extremidades. Ele a amava *mesmo*. E sua teoria fora confirmada. O β de Michael passara de um a zero. Por ela. "Está."

"Não gosto de sair sem cueca. É incômodo."

Tentando segurar um risinho patético, ela ajeitou a calça e o cinto dele. "As mulheres compram cuecas para os homens que amam. É a economia que diz isso. E os dados comprovam."

"Você está dizendo que me ama, Stella?"

Ela agarrou o ursinho carateca e confirmou com a cabeça, de repente ficando toda tímida.

"E não vai me dizer isso com todas as letras?", ele questionou.

"Nunca falei isso para ninguém além dos meus pais."

"Acha que saio por aí declarando meu amor para todo mundo?" Ele a puxou para junto de si e colou a testa dos dois. "Vou arrancar essas palavras de você. Ainda hoje."

"Isso é uma ameaça?"

"É."

"Você vai..." A excitação nos olhos dele fez com que ela se interrompesse.

"Vamos para casa."

"Certo."

Ele a levou até um Civic compacto e abriu a porta do passageiro. "Troquei de carro", Michael falou, encolhendo os ombros, meio sem jeito.

Ela sentou e pôs o cinto, sentindo o cheiro do interior limpo e simples. Nada ali a fazia lembrar de Aliza. "Gosto mais deste."

"E deveria mesmo." Ele sorriu e se acomodou atrás do volante. "Eu e Quan vamos criar uma linha de roupas, e eu precisava de capital inicial.

Como não trabalho mais como acompanhante, não tinha por que continuar com aquele carro."

Michael enfim estava dando aquele passo, se arriscando e tentando estabelecer seu nome no mercado. Naquele momento, ele parecia tão perfeito que ela sentiu vontade de se jogar por cima do console e beijá-lo até deixá-lo sem fôlego.

"Ótimo. Estou muito feliz por você." Mas a ideia de Michael vender o carro porque precisava de dinheiro a incomodava, principalmente depois de ter devolvido seu cheque. "Você ainda precisa pagar as despesas médicas da sua mãe? Ou o programa de assistência da fundação cobriu tudo?"

Ele inclinou a cabeça, franzindo a testa para ela. "Como é que você sabe disso?" Depois de um instante de hesitação, os olhos dele se arregalaram. "Foi *você*?"

Stella desviou os olhos.

"Foi você *mesmo*", ele falou, com um tom de quem fazia uma descoberta. "Como sabia que a minha mãe não tinha plano de saúde?"

"Descobri naquela noite no seu apartamento. Vi as contas e fiz a relação entre os custos do tratamento e seu cachê como acompanhante. Acho que... foi quando me apaixonei por você de vez."

Um sorriso travesso surgiu no rosto dele. "Vou arrancar essas palavras de você do jeito mais delicioso possível." Em seguida os lábios dele se contraíram numa linha reta e pensativa. "Deve ter custado uma fortuna. Você fundou um programa inteiro de cobertura médica. Quanto dinheiro você *tem*, afinal?"

Ela mordeu o lábio inferior, continuando a abraçar o ursinho. "Não tanto quanto antes. Bom, ainda sou mais ou menos rica. Depende de como se define a palavra. Mas provavelmente você não vai gostar. Quer mesmo saber?"

"Fala de uma vez, Stella."

"Eu tinha uma conta de investimentos. Com quinze milhões de dólares", ela falou, encolhendo os ombros. "Doei tudo para a Fundação Médica de Palo Alto."

"Você abriu mão de todos os seus investimentos? Por mim?"

"É o tipo de coisa que pessoas com todo esse dinheiro deveriam fazer, não acha? Doar para quem precisa? Consigo me sustentar muito bem com o meu salário. É só dinheiro, Michael, e eu não me conformava com a ideia de você ser forçado a trabalhar como acompanhante. Se fosse por vontade própria, era uma coisa. Mas assim..." Ela sacudiu a cabeça. "Decidi dar uma chance a você. Além disso, estamos ajudando um monte de outras famílias também. Foi a coisa certa a fazer."

"*Estamos*?" Ele se inclinou e a beijou no rosto e no canto da boca. "Quem fez tudo aquilo foi você. O dinheiro não era meu." Michael beijou várias vezes seus lábios. "Obrigado por me dar a chance de te escolher. Obrigado por ser quem você é. Eu te amo."

Ela não conseguiu segurar o sorriso daquela vez. Achava que jamais se cansaria de ouvir aquilo. "Agora posso dizer que meu namorado é designer. Quer dizer, se você *for* meu namorado. Você é?"

Em vez de responder, ele ligou o carro e saiu do estacionamento. Com os olhos voltados para o trânsito e em um tom de voz casual, Michael falou: "É bom que eu seja seu namorado, já que vou pedir você em casamento daqui a três meses".

Stella ficou boquiaberta, e o choque a atingiu em ondas que se alternavam entre calores e calafrios. "Por que está me dizendo isso?"

Um sorrisinho apareceu nos lábios dele, que lançou um rápido olhar na direção dela antes de voltar a se concentrar no trânsito. "Porque você não gosta de surpresas, e eu achei que fosse precisar de um tempo para se acostumar com a ideia."

Ele tinha razão, mas, antes que Stella se perdesse em pensamentos, soltou uma das mãos do volante e pegou a dela, entrelaçando seus dedos, como sempre fazia.

Sem dizer nada, ela resolveu curtir o momento, a incerteza, a esperança de tirar o fôlego, a ansiedade e o contentamento fervoroso. A visão de seus dedos entrelaçados lhe agradava. Eram bem diferentes, mas ainda assim eram cinco de cada, com a mesma quantidade de articulações, o mesmo projeto básico.

Ela apertou mais forte, e ele retribuiu o gesto. Palma com palma, duas metades solitárias encontrando conforto juntas.

{Epílogo}

Quatro meses depois

Stella caminhava por uma rua tranquila no distrito de galpões industriais de San Francisco, um lugar pouco movimentado da cidade, ocupado por várias empresas de moda com base na Costa Oeste. Depois de abrir uma porta não identificada, ela entrou num espaço fabril com paredes metálicas, piso de cimento e telhado exposto.

Uma sessão de fotos estava em andamento num dos cantos, e Stella sorriu ao ver os modelos exibindo as mais recentes criações de Michael. Mal havia chegado o outono e as roupas já eram da coleção de inverno. Crianças entre cinco e doze anos posavam com terninhos de corte impecável, coletes com boinas combinando, suéteres e casacos com forro de pele.

Quan foi o primeiro a vê-la. "Oi, Stella." Ele acenou distraído antes de continuar uma conversa animada com a fotógrafa.

Michael parou de amarrar um laço dourado no vestido de chiffon de uma garotinha e ergueu os olhos para ela. A expressão dele se iluminou. "Você chegou mais cedo."

"Estava com saudade."

O sorriso dele se alargou. Michael deu um tapinha no ombro da menina e a direcionou para o set, onde a coordenação de produção cuidava de posicionar as crianças e os objetos de cena. Então se aproximou de Stella, enfiando as mãos no bolso e lançando um olhar de admiração para o tailleur azul-marinho que ela usava, com um lenço amarrado frouxamente no pescoço. Stella sabia que tinha gostado de sua escolha de vestuário para o dia, e comprimiu os lábios para não sorrir. Era cada coisa que o deixava feliz...

Quando chegou nela, Michael se inclinou e beijou sua boca, então segurou suas mãos. Ele levou sua mão esquerda, onde um respeitável trio de diamantes brilhava, à boca, acariciando-a com o polegar.

"Ainda não acredito que você se endividou para me comprar isso", Stella falou.

No entanto, era obrigada a admitir que adorava tudo o que a peça representava. Nunca gostara muito de joias, mas várias vezes se pegava olhando para a aliança, mais do que esperava, invariavelmente pensando em Michael. Quando seus colegas a pegavam sorrindo sem nenhuma razão aparente no trabalho, reviravam os olhos e murmuravam entre si.

"É sinal do nosso comprometimento. Além disso, hoje de manhã minhas dívidas ficaram oficialmente para trás. Quan conseguiu novos investidores. Vamos abrir três novas lojas até o Natal."

Ela fez os cálculos de cabeça, e sentiu a empolgação borbulhar dentro de si. "Está acontecendo tudo bem depressa. Vocês estão superando minha projeção de crescimento."

"Estamos mesmo. E foi sua análise que convenceu os investidores, na verdade."

"Acho que foi mais por causa das suas criações e da estratégia de marketing agressiva."

"Isso pode ter influenciado também." Ele deu risada, mas com um olhar suave no rosto. "Ter você ao meu lado esse tempo todo significou tudo para mim. Espero que saiba disso."

"Eu sei." Os meses anteriores tinham sido agitados para os dois, mas, juntos, eles haviam feito tudo dar certo. "O mesmo vale para mim."

A expressão dele ficou séria. "Você disse que tinha uma reunião com os sócios da empresa hoje. Como foi?"

"Eles me ofereceram outra promoção. Com cinco subordinados além da minha fiel estagiária."

"E?"

Ela respirou fundo antes de responder: "Eu aceitei".

Michael abriu a boca para falar e, no instante seguinte, a abraçou com força e deu um beijo em sua testa. "Está arrependida?"

Stella se aconchegou um pouco mais para sentir o cheiro dele. "Não. Estou apreensiva, mas, em termos gerais, feliz."

"Que orgulho de você."

Ela abriu um sorriso tão largo que suas bochechas até doeram. "A promoção significa um bônus bem gordo. Já vou avisando que você vai ganhar um carro novo."

Quando Michael se afastou, Stella temeu que pudesse ter ficado chateado. Era impossível ler a expressão no rosto dele quando falou: "Posso comprar meu próprio carro".

Ela mordeu o lábio para não fazer uma careta, mas entendeu que ele queria conquistar as coisas por seu próprio mérito. Não precisava mimá-lo. Mas ela queria.

"Mas eu bem que queria um igual ao seu", Michael continuou. "E gosto de carro preto."

Ela inclinou a cabeça para o lado e respirou fundo. "Isso significa que...?"

"Significa que, se você quiser me comprar um carro novo, vou usar." Michael abriu um sorriso sugestivo, e os olhos dele pareceram dançar no rosto. "Se quiser me comprar cuecas, vou usar."

Ela ficou tão feliz que se agarrou à mão dele para não sair flutuando pelo galpão. "Isso significa que você me ama."

Ele entrelaçou seus dedos como sempre fazia e apertou sua mão. "Isso mesmo. É a economia que diz."

{Nota da autora}

A primeira vez que ouvi falar de autismo de alta funcionalidade, antes conhecido como síndrome de Asperger, foi numa conversa particular com a professora da minha filha na educação infantil. Fiquei completamente chocada com o que ouvi. Minha garotinha dava trabalho, mas não se encaixava no conceito que eu tinha de "autista". Aos meus olhos, ela sempre fora como deveria — uma menininha linda com personalidade forte. O que encontrei em uma pesquisa rápida na internet não parecia bater com as características dela. Só para ter certeza, pedi a opinião de familiares e da pediatra, e o veredicto foi unânime: minha filha *não* era autista. Eles deviam ter razão, então deixei a questão para lá.

Ou pelo menos foi o que pensei. Minha versão da vida real seguiu em frente, mas meu lado escritora ficou fascinado pelo assunto. Eu já vinha pensando em uma versão de *Uma linda mulher* com gêneros invertidos fazia um tempo, mas não conseguia arrumar um motivo para uma moça bonita e bem-sucedida querer contratar um acompanhante. Um dos traços do autismo que encontrei na minha pesquisa ficou na minha cabeça: falta de traquejo social. Estava ali uma coisa com que eu me identificava — e um bom motivo para contratar um acompanhante. E se a heroína da minha história fosse autista? Eu precisava aprender mais a respeito.

Comecei a pesquisar para valer e descobri uma coisa interessantíssima: existem livros específicos para mulheres dentro do espectro do autismo. Por que isso é necessário? Somos todos seres humanos. Pensei que homens e mulheres fossem iguais nesse sentido. Então resolvi comprar *Aspergirls*, de Rudy Simone.

Uma sensação estranhíssima se instalou dentro de mim quando comecei a ler, que só foi se fortalecendo à medida que eu avançava no livro. Aparentemente, existe uma enorme diferença na maneira como o autismo é percebido em homens e mulheres. O que eu havia descoberto em minha pesquisa dizia respeito a *homens* autistas, mas muitas mulheres, por uma série de razões, *mascaram* suas peculiaridades e *escondem* seus traços para se tornar socialmente aceitáveis. Até mesmo nossas obsessões e nossos interesses são adaptáveis nesse sentido, passando a cavalos e músicas em vez de placas de carro que começam com o número três. Por causa disso, mulheres muitas vezes não são diagnosticadas, ou só o são num estágio avançado da vida, com frequência depois que seus filhos o são. As mulheres com autismo estão naquilo que se costuma chamar de "parte invisível do espectro".

Enquanto lia, comecei a me recordar da minha infância e a me lembrar de um milhão de pequenas coisas, como alguém ter dito na escola que minha expressão facial era assustadora, fazendo com que eu passasse horas praticando diante do espelho. Ou que às vezes eu ficava imitando o jeito de agir e de falar da minha prima porque ela era popular, de modo que devia ser o certo — só que era uma coisa *exaustiva* para mim. Ou que eu costumava batucar meus dedos no padrão 1-3-5-2-4 sem parar, então percebera que aquilo irritava as pessoas e começara a usar os dentes no lugar, para que ninguém visse, de modo que hoje sofro de periodontite precoce, mas não consigo parar nem se minha vida dependesse disso. Ou que eu tinha uma obsessão por George Winston que me levou a aprender a tocar piano sozinha quando era pequena, e que continua viva décadas depois. Ou, ou, ou...

O que começou como uma pesquisa para o livro se tornou uma jornada de autodescobrimento. Aprendi que *não estou sozinha*. Existem outras pessoas *iguaizinhas a mim*, muito provavelmente incluindo minha filha. Ao buscar e enfim obter meu diagnóstico (aos trinta e quatro anos), Stella, a heroína deste livro, pôde nascer. Nunca foi tão fácil para mim criar uma personagem. Eu a conhecia intimamente, porque ela vinha do meu coração. Não precisava censurar minhas ideias para torná-la socialmente aceitável, algo que eu vinha fazendo de forma inconsciente fazia anos. E essa liberdade me permitiu encontrar minha voz. Eu vinha usando o estilo de escrita de outras pessoas, tentando ser algo diferente. Quando escrevi este livro, passei a ser eu mesma, e continuo sendo desde então, sem o menor peso na consciência. Às vezes, em vez de confinar a pessoa, um rótulo pode ser libertador. Pelo menos no meu caso foi. Comecei a fazer terapia para superar dificuldades que nunca soube que eram comuns em pessoas como eu.

Dito isso, vale a pena assinalar que cada pessoa dentro do espectro tem suas próprias experiências, limitações, perspectivas e também seus próprios pontos fortes. Minha experiência (e portanto a de Stella também) é só mais uma entre muitas, e não pode ser encarada como padrão, porque não existe um.

Para quem se interessar, encontrei fontes de informação sobre o espectro do autismo que são muito úteis e nem um pouco maçantes:

Aspergirls, de Rudy Simone (direcionado a mulheres);
Everyday Aspergers, de Samantha Craft (direcionado a mulheres);
Olhe nos meus olhos, de John Elder Robison;
O que me faz pular, de Naoki Higashida;
Os vídeos do psicólogo clínico Tony Attwood disponíveis no YouTube;
Autistic Women's Association: <facebook.com/autisticwomensassociation>.

{Agradecimentos}

Dizem que escrever é uma tarefa solitária. E é verdade. A pessoa sente e escreve sozinha. Mas esta história não teria chegado tão longe sem a ajuda e o apoio de muita, *muita* gente.

Os números do amor não existiria em seu formato atual se não fosse a oportunidade oferecida pelo concurso de projetos literários Brenda Drake's Pitch Wars. Por isso agradeço a você, Brenda, e à equipe do Pitch Wars. Vocês fazem um trabalho fantástico. (Quem escreve ficção e nunca conseguiu publicar com certeza deveria dar uma olhada no site <pitchwars.org>.) O concurso me possibilitou entrar em contato com minha maravilhosa mentora, Brighton Walsh, que teve um impacto imensurável sobre minha vida. Além de me ajudar a aprimorar minha escrita, ela me guiou pela jornada insana até a publicação e se tornou uma amiga de verdade. Obrigada, Brighton, do fundo do meu coração.

Muito obrigada a todas as leitoras críticas pelo tempo que dedicaram ao meu trabalho. Ava Blackstone, você foi minha primeira amiga escritora. Me deu coragem e confiança, e tenho muita sorte por conhecer você. Kristin Rockaway, você leu o primeiro manuscrito deste livro, que era um horror, e seus comentários me ajudaram a ser selecionada para o Pitch Wars. O primeiro beijo de Michael e Stella ficou melhor (e mais constrangedor, hahaha) graças a você! Gwynne Jackson, você é uma pessoa fantástica, e agradeço muito pela sua presença em minha vida. Você é sincera, paciente e gentil, e pretendo mantê-la por perto para sempre. Suzanne Park, não sei nem por onde começar a falar. Você é uma pessoa verdadeiramente generosa, engraçadíssima e me entende. Jen DeLuca, sou grata por termos dividido a mesma mentora durante o Pitch Wars, e fiquei superfeliz por ter feito isto a seu lado. Tenho inveja do seu talento incrível para a escrita e faço de tudo para imitá-la. ReLynn Vaughn, obrigada por sua sinceridade e seu incentivo e por me incluir em Viva La Colin, possibilitando que eu conhecesse Ash Alexander e Randi Perrin. Vocês são engraçadíssimas. A. R. Lucas, me diverti demais descrevendo Stella com sua aparência. Shannon Caldwell, obrigada por me dizer que leu o livro inteiro em uma noite — fiquei sorrindo durante horas depois de ouvir isso. Jenny Howe, obrigada por receber minhas atualizações de progresso e me manter no cronograma. C. P. Rider, precisamos ir ao Denny's de novo!

Agradeço a todos os participantes da edição de 2016 do Pitch Wars. Que grupo de pessoas incríveis. No momento em que escrevo estes agradecimentos, continuo com alguns de vocês no grupo Am Writing. Ian Barnes, Meghan Molin, Rosiee Thor, Laura Lashley, Tricia Lynn, Maxym Martineau, Alexa Martin, Rosalyn Baker, Julie Clark, Tracy Gold, Tamara Anne, Rachel Griffin (ainda quero escrever um livro chamado *Calculust!*), Nic Eliz, Annette Christi, e muitos outros que chutaram a mesa depois de rejeições e comemoraram as realizações, tudo virtualmente. Vocês tornam a experiência de escrever ainda melhor. Obrigada a Laura Brown. Você não foi a minha mentora no Pitch Wars, mas sua gentileza me marcou muito.

Agradeço à seção de San Diego da Romance Writers of America. Demi Hungerford, Lisa Kessler e Marie Andrears, boa parte da minha escrita e das minhas revisões aconteceu em contato com vocês. Tameri Etherton, Laura Connors, Rachel Davish, Tami Vahalik, Tessa McFionn e Janet Tait, vocês são mulheres incríveis, que me fizeram me sentir muito bem-vinda. Um agradecimento extra a Helen Kay Dimon por ter comandado o April Writing Challenge, durante o qual escrevi a maior parte da primeira versão deste livro.

Obrigada à Autistic Women's Association por me ajudar a conhecer outras mulheres autistas como eu. As pessoas com que interagi no grupo no Facebook são algumas das mais fofas e atenciosas que conheci na vida, e é incrível saber que não estou sozinha e que existem outras com os mesmos desafios e as mesmas excentricidades. Harriet, Heather, Elizabeth e Tad, entre muitas outras, vocês foram uma grande fonte de apoio e me fizeram aprender mais sobre mim e sobre o autismo, até por fim ser diagnosticada. Agradeço pela amizade de vocês.

Um agradecimento especial para minha incrível agente, Kim Lionetti, por ser paciente comigo, lutar por mim e tornar meu sonho realidade encontrando uma casa para este livro.

Obrigada, Cindy Hwang, por ver potencial no livro e por ser absolutamente maravilhosa. Kristine Swartz, Jessica Brock, Tawanna Sullivan, Colleen Reinhart, foi um prazer trabalhar com vocês e o restante da equipe. Agradeço à Berkley por me ajudar a compartilhar outra perspectiva com os leitores e literalmente combater o ódio com o amor.

TIPOGRAFIA Adriane por Marconi Lima
DIAGRAMAÇÃO Osmane Garcia Filho
PAPEL Pólen Natural, Suzano S.A.
IMPRESSÃO Gráfica Bartira, outubro de 2023

A marca FSC® é a garantia de que a madeira utilizada na fabricação do papel deste livro provém de florestas que foram gerenciadas de maneira ambientalmente correta, socialmente justa e economicamente viável, além de outras fontes de origem controlada.